Das Buch:

Eine kleine Firma in Dortmund hat etwas Einzigartiges entwickelt. Es handelt sich um Hightech ‚made in germany', und die Sache macht Furore, mit Tagesschau und allem Drum und Dran.

Aber dann verschwindet der Mann, der alleine das System zuende entwickeln kann. Und das genau zu dem Zeitpunkt, als endlich auch die finanzielle Misere der Dortmunder behoben werden könnte: Die Bundeswehr will das System in großer Stückzahl kaufen, und alle Geldprobleme könnten mit einem Schlag erledigt sein.

Philippa Brentano übernimmt die Suche, weil sie selber vor der Pleite steht, obwohl sie alles andere als eine Detektivin ist. Was tut man nicht alles, um den Gang zum Konkursrichter zu vermeiden. Und dieser Job ist gut bezahlt, sehr gut sogar. Allerdings erfordert er einige sehr spezielle Kenntnisse...

Eine hektische Suche beginnt.

Der Autor:

B.Bach ist ein Pseudonym. Der Autor arbeitet als IT-Spezialist in der deutschen Industrie. Er kennt die Situation in Großkonzernen genauso wie die in den kleinen Startup-Unternehmen. Von der Ausbildung her Geistes- und Sozialwissenschaftler, beruflich aber hauptsächlich mit modernster Technik befasst, lebt er mit den Widersprüchen dieses Arbeitsfeldes und kann manchmal nicht anders, als sie aufzuschreiben.

B. Bach

Philippa Brentano
und die Geisterfahrer

Originalausgabe

November 2001
© 2001, alle Rechte liegen beim Autor
Herstellung: Books on Demand GmbH
Umschlagfoto: B. Bach
(zeigt: "Festplatteninstallation", Peter Möbius)
Printed in Germany . ISBN 3-8311-3101-5

Vorbemerkung

Eine Geschichte zu schreiben, in der den Machern bei SimTech kriminelle Machenschaften untergeschoben werden, wäre eine erstklassige Fortsetzung der im Buch beschriebenen Intrige und sicher ganz im Sinne der (wahrscheinlich fiktiven) Herren Meier und Co.

Deshalb möchte ich hier unmissverständlich deutlich machen, dass die Handlung komplett erfunden ist, und besonders dieser Aspekt nichts mit Dingen zu tun hat, die vielleicht einmal in Dortmund passiert sind. Ein Krimi, in dem der Bösewicht nichts Böses tut, ist eben kein richtiger Krimi ...

Also kein Schwarzgeld, keine mafiosen Verbindungen und keine Verfolgungsjagden im richtigen Leben.

Allerdings weiß man im richtigen Leben auch nie so genau, wer denn nun der Böse ist.

Und schließlich ist das doch auch der Grund, warum wir die Kriminalgeschichten so sehr lieben, oder?

Für Florian und Uschi

Und ein dickes Dankeschön an alle, die sich die Mühe gemacht haben, frühere Versionen zu lesen und mir ihre Gedanken dazu mitzuteilen, allen voran Peter Möbius.

Prolog

Gerd Grevenhagens blonde Haare standen zu Berge.

Aber das täuschte. Sie sahen meistens so aus. Der junge Mann saß in der Fahrerkabine. Der Motor seines 1838 Mercedes Lastzugs dröhnte von unten, vertrauenerweckend wie immer.

Draußen glitt die Landschaft vorbei. Links hohe Felsen, rechts eine Mauer, dahinter ein Abgrund. Kurvig mit schlechter Sicht nach vorne, wenn sich die Straße mal wieder um eine Felsnase wand. Aber nicht so enge Kurven, dass man richtig langsam fahren musste. Gelegentlich leichter Nebel.

Die dreihundertachtzig PS hielten den Lastzug auf über 60 km/h, auch wenn es die ganze Zeit bergauf ging.

Der Fahrer war angespannt. Es ging um so viel! Er musste es ohne Zwischenfälle bis zum Depot am Ende dieses Tals schaffen, sonst gab es eine Menge Schwierigkeiten. Nicht auszudenken, was alles passieren konnte!

Vorhin auf der Autobahn war alles glatt gegangen. Lediglich ein Stau, der plötzlich wie aus dem Nichts vor ihm aufgetaucht war. Aber er kannte das schon, er fuhr hier jetzt bestimmt zum hundertsten Mal entlang. Die Autobahn fand er immer besonders trostlos. Links und rechts nur Schallschutzwände, Gras und ein paar Schilder. Ödnis pur.

Aber die Technik hatte mitgespielt. Keine Probleme. Auch nicht mit der Lenkung, an der er gerade gearbeitet hatte. Darin war er Spezialist. Im LKW-Fahren weniger. Genaugenommen hatte er noch nicht einmal einen Führerschein.

Nicht dass ihm das irgendetwas ausgemacht hätte.

Hier in dem Tal mit den Felswänden hatte er weniger diesen Eindruck von Trostlosigkeit.

Der Verkehr wurde dichter. Eine lange Kolonne hinter einem Tankwagen kam ihm entgegen. Weiter vor ihm fuhren einige PKWs hinter einem langsamen blauen Sattelzug her. Wenn er die eingeholt hatte, war es sowieso vorbei mit dem Schnellfahren.

Egal, Hauptsache, er kam heil an!

Plötzlich scherte aus der Kolonne, die ihm entgegenkam, ein blauer Golf halb auf die Gegenfahrbahn aus.

„Du verdammter Idiot!" zischte Grevenhagen.

Der Golf wollte tatsächlich hier überholen, auf einer zweispurigen Straße ohne Ausweichmöglichkeiten oder Randstreifen. Der Platz zwischen dem Golf und der Mauer würde nicht reichen!

Der Fahrer riss den schweren Lastzug ruckartig nach rechts. Die Kabine schaukelte heftig! Sofort korrigierte er wieder, um nicht mit der Mauer zu kollidieren.

Plötzlich zog es den LKW wie von Geisterhand nach links, direkt auf die entgegenkommende Kolonne zu!

Der Fahrer kurbelte wie wild am Lenkrad und versuchte, wieder in Geradeausfahrt zu kommen. Der Golf war gerade noch rechtzeitig wieder eingeschert.

Er schaffte es nicht. Das Fahrzeug reagierte nicht mehr auf die Lenkung!

Es schepperte laut, als der Achtunddreißigtonner mit der linken vorderen Ecke seitlich in den Geländewagen vom Typ Rover Discovery krachte, der hinter dem Golf in der Schlange fuhr.

Der Fahrer holte tief Luft.

Verdammte Scheiße, es hatte nicht funktioniert!

Gerd Grevenhagen öffnete die Fahrertür und stieg aus.

Draußen stand sein Chef, Dr. Borghold. Daneben ein Kollege, beide hatten zugesehen.

„Sie haben das Problem mit der Lenkung nicht im Griff. Am Montag kommt die Bundeswehr, dann muss das gelöst sein. Ich brauche Ihnen nicht zu erklären, was passiert, wenn die den Eindruck bekommen, dass unser Simulator nicht einwandfrei funktioniert!"

Der Chef rauschte hinaus.

Grevenhagen wandte sich seinem Kollegen zu.

Der war völlig entnervt und starrte auf den Unfall.

Man konnte ihn nun in aller Ruhe betrachten, von der Seite dargestellt auf der riesigen sphärischen 3D-Projektionsleinwand, die vor der Fahrerkabine aufgebaut war. Man sah, wie der LKW circa einen Meter tief mitten in dem Geländewagen steckte. Verbogen war allerdings nichts, das konnte die Computergrafik noch nicht.

Das Ganze machte einen futuristischen Eindruck. Eine Fahrerkabine ohne Räder saß auf einem sechsbeinigen System, das sie bei wilderen Manövern bedrohlich ins Schwanken bringen konnte. Noch darüber erhob sich eine schwarze Bühne, auf der wuchtige Computer-Projektoren thronten, die auf der Leinwand die Illusion einer dreidimensionalen Welt hervorriefen.

Die Anlage stand in Dortmund, in einer kleinen Halle versteckt hinter einem unauffälligen neuen Bürogebäude im Westen der Stadt, nahe der Autobahn 40, die früher einmal Ruhrschnellweg geheißen hatte. Jetzt staute man sich hier öfter als dass man fahren konnte. Aber Projekte wie dieser LKW-Fahrsimulator sollten das Ruhrgebiet wieder in Schwung bringen, wenn man den Hochglanzprospekten trauen wollte.

Die Fahrgeräusche waren verstummt, man hörte nur noch das Rauschen der

Computeranlage und die Lüftung der riesigen Projektoren, die über der Fahrerkabine installiert waren.

„Tja, das Wochenende können wir dann wohl vergessen!" sagte der Kollege.

Gerd Grevenhagen reagierte nicht. Er war ein ungewöhnlicher Mensch. Er hatte eine Art speziellen Mini-Computer entwickelt, der in der Fahrerkabine die unzähligen Lampen, die Schalter, das Lenkrad, die Gangschaltung und alles andere mit dem großen Simulationsrechner verband. Er war ein Spezialist auf dem Gebiet, wie es nur wenige gab.

Er war außerdem auch einer dieser Spezialisten, die das normale Leben nicht groß kümmerte. Friseure, Klamottenläden und französische Küche überließ er den Anderen. Für ihn waren es die großen Abenteuer der miniaturisierten Elektronik, die das Leben lebenswert machten.

Allerdings wusste er ganz sicher, dass er sich an diesem Wochenende nicht mit dem Fehler in der Lenkung befassen würde. Er hatte etwas besseres vor. Etwas, von dem er das Gefühl hatte, dass es seinem Leben eine völlig neue Wendung geben könnte.

Man musste eben manchmal Risiken eingehen, um etwas zu erreichen.

Das wusste er schon lange, irgendwie. Aber darüber nachdenken, und es dann tun, das waren zwei völlig verschiedene Paar Schuhe. Lange genug hatte er das Problem vor sich hergeschoben, und jetzt würde er sich durch seinen kleinlichen Chef nicht von diesem Schritt abbringen lassen.

Er klatschte das Stück Kabel, das ihm irgendwie in die Hände geraten war, auf den Labortisch an der Wand, dass sein Kollege zusammenzuckte.

„Schau'n wir mal!" war alles, was er sagte.

Mittwoch

„Ich kann den Kerl auf den Tod nicht ausstehen! Der macht mich fertig!"
Das ehemalige Ladenlokal in der Massener Straße in Unna war elektrisch
aufgeladen wie bei einem Gewitter. Phillis Brentanos Nackenhaare standen
aufrecht, ihre Augen und Nasenflügel waren aufgerissen. Es roch nach Hitze
und nach Streit. Ozon war in der Luft, und die eben noch so träge Nachmit-
tagsruhe war wie weggeblasen.

Der ‚Kerl' trug den Namen Dr. Borghold und war der Chef von Gerd Grevenhagen. Er war auch der Chef von Phillis Brentano gewesen, bevor sie die
Simulatorfirma mit dem originellen Namen ‚SimTech' vor zwei Jahren verlassen hatte.

Die beiden anderen kannten das schon. Herr Kowalsky nahm nach einer
gewissen Kunstpause in aller Ruhe das Wort: „Mich macht Borghold auch
nervös. Aber das ist die Gelegenheit, auf die wir gewartet haben. Ich muss
Ihnen nicht erklären, was zweihunderttausend Mark in der gegenwärtigen
Situation für uns bedeuten würden."

„Cash, bar auf die Kralle. Ich glaub's nicht. Und du machst auf empfindlich!"
platzte Markus Jung mit seiner nasalen Redeweise heraus, wobei er heftig mit
seiner blau verspiegelten Porschesonnenbrille wedelte. So heftig, dass sie ihm
entglitt und quer über den Tisch genau in Phillis' Kaffeetopf klatschte. Der
Kaffee spritzte im hohen Bogen auf ihr T-Shirt und hinterließ eine Serie
großer brauner Flecken. Auch Tisch und Stuhl bekamen ihr Teil ab. Zum
Glück blieb die Tasse stehen, und damit der größere Teil des Kaffees.

Die Männer sahen sich erschrocken an. Beide erstarrten in Erwartung der
Katastrophe. Phillis' Ausbrüche waren legendär. Einmal war dabei ein nagel-
neuer Monitor zu Bruch gegangen.

Phillis sah an sich herunter, und betrachtete das ruinierte Shirt. Dann sah sie
die beiden an, die ihr gegenüber vor Schreck die Luft anhielten. Sie schaute
wieder auf den Fleck. Und fing schallend an zu lachen. Sie lachte, bis sie
nicht mehr konnte und sie ihre schmerzenden Bauchmuskeln halten musste.
Sie konnte sich kaum auf ihrem Stuhl halten.

Markus Jung holte tief Luft und ließ sie dann aus den aufgeblasenen Backen
entweichen. Er lachte nicht, er schaffte nur ein Grinsen. „Zum Glück ist es
nicht auf das Notebook geschwappt. Dann hättest du mich wahrscheinlich
erwürgt." Er dachte: Was ist dagegen schon ein T-Shirt von Gucci? Aber das
sagte er nicht laut.

„Du hast schon wieder Oberwasser, mein Freund." Phillis schnappte immer
noch nach Luft. „Das ist nicht in Ordnung, und deshalb zahlst du heute das

Eis. Und den Sekt, weil wir den Auftrag bekommen, der uns vor der Steuer rettet. Basta!"

Herr Kowalsky ging hinaus, um telefonisch den Auftrag zuzusagen und einen Termin zu vereinbaren. Es war Mittwoch, der 2. Juni 1999, und sie dachten, sie hätten ihre Situation endlich im Griff.

Donnerstag

Dr. Borghold erstarb eine unfreundliche Bemerkung auf den Lippen. Phillis Brentano stand bereits in seinem Büro. Sie versuchte zu lächeln, aber sie bekam nur ein verkniffenes Grinsen zustande. Auf andere wirkte das wie eisige Überheblichkeit, aber das war ihr nicht bewusst.

Es war früher Donnerstag morgen, das Wetter war weiterhin schön, und sie war wieder an ihrer alten Wirkungsstätte angekommen.

Borghold sah aus wie früher. Das Sakko spannte leicht über dem etwas füllig gewordenen Körper. Die Frisur hatte immer noch eine leichte Andeutung von Elvis, aber auf adrett getrimmt. Die Krawatte passte nur ungefähr zu dem gestreiften Businesshemd. Der Schreibtisch war nach wie vor mit Utensilien aus Acrylglas mehr als ausreichend versehen. Und Borghold wirkte wie ein Dampfkochtopf, der dringend seinen Überdruck loswerden muss. Auch das wie früher.

In diesem Raum hatte Phillis gekündigt. Sie wollte nicht fürs Militär arbeiten, und sie glaubte nicht mehr, dass die Bank das Projekt am Leben halten würde. Sie und Borghold hatten sich seitdem nicht mehr gesehen, aber über ihre Anwälte einen anhaltenden und unerquicklichen Rechtsstreit geführt.

Das war zwei Jahre her. Schlussendlich hatte sie mit der Bank recht behalten. Aber das wusste sie nicht.

Sie hielt sich nicht mit langen Vorreden auf.

„Um was geht es genau?"

Borghold schluckte. Er brauchte einen kleinen Extraanlauf, um mit ihr zu sprechen.

„Grevenhagen ist weg!" sagte er dann mit immer noch leicht belegter Stimme. Er räusperte sich hart.

„Dachte ich mir, dass der eines Tages geht. Der alte Spinner." Grevenhagen war der, der mehrmals versucht hatte, die Firma mit der S-Bahn zu erreichen. Er war dann jedes mal eine gute Stunde verspätet mit dem Taxi vorgefahren gekommen, nachdem er in verschiedenen Stadtteilen von Dortmund herumgeirrt war. Danach hatte er sich ein Fahrrad gekauft.

Gerd Grevenhagen war aber auch der, der in vierteljährlichen Abständen unvorbereitet bei ihr anrief, um über Gott und die Welt zu quatschen. Über neue technische Entwicklungen genauso wie über seine Entdeckungen im Internet oder über die spezielle Art von Science Fiction, die er bevorzugte. Das war schon damals so gewesen, und er hatte es beibehalten. Allerdings hatte sie seit einiger Zeit nichts mehr von ihm gehört.

Sie mochte ihn, auch wenn ihr vor seiner Lebensweise graute.

„Er ist nicht gegangen. Er ist nur seit einer ganzen Woche nicht mehr am Arbeitsplatz erschienen. Ohne Abmeldung, ohne Krankenschein, ohne Urlaubsantrag, ganz einfach ohne alles." Borghold sprach jetzt fast normal, aber immer noch zu schnell und mit erhöhter Stimmlage.

„Und jetzt soll ich seinen Job übernehmen!" Phillis war enttäuscht, und das hörte man. Mist, es wäre ja auch zu schön gewesen. Zweihunderttausend Mark, in einem Monat, das hätte gut für die Steuer gereicht. Zwei Jahre nach der Firmengründung mussten sie erstmalig zahlen. Natürlich hatten sie keine entsprechenden Rücklagen ansparen können. Es wäre sogar noch etwas für die Portokasse übriggeblieben.

Und jetzt das hier. Sie war bekannt dafür, Fehler in jeder Art von Software zu finden, in eigener und in fremder, und mit so einer Tätigkeit hatte sie gerechnet. Vielleicht hatten die sogar ein Problem, das mit Sicherheitsfragen zusammenhing. Obwohl das schon fast zuviel erwartet gewesen wäre.

Aber Grevenhagen war Hardwareentwickler, und dazu fehlte ihr einfach jeder Draht. Der Job war geplatzt, bevor sie ihn überhaupt hatte antreten können. Und Borghold, der technische Volltrottel, hatte die anderen heiß gemacht und Phillis dazu gebracht, über ihren eigenen Schatten zu springen.

„Sie können auch Hardware entwickeln?" fragte Borghold ehrlich verblüfft, mit einem leichten Ton von Hoffnung in der Stimme.

„Nicht das geringste bisschen. Ich kenne nicht einmal die Werkzeuge, die dafür heutzutage in Gebrauch sind. Seit dem Studium nicht mehr."

Borghold sah jetzt aus wie jemand, dem das alles zu viel wird.

„Also, ich brauche Grevenhagen, und zwar schnell. Ich habe mir gedacht, der ist die ganze Zeit im ‚Netz' unterwegs, der müsste doch für jemanden mit entsprechenden Kenntnissen zu finden sein. Zuhause ist er jedenfalls nicht, und bei seiner Mutter hat er sich auch nicht gemeldet."

Phillis erinnerte sich, dass Gerhard Grevenhagens Mutter die einzige Person war, mit der er für die Kollegen erkennbar sozialen Umgang hatte. Mit dem Rest der Welt verkehrte er elektronisch, und unter Pseudonym. Soweit sie wusste, nannte er sich früher „GaGa".

Das klang natürlich schon viel besser. Sogar besser, als sie zu hoffen gewagt hatte. Sie wollte ihr Geld nicht mehr mit Softwareentwicklung verdienen. Das war Sklavenarbeit und nicht für sie. Sie hätte es gemacht, weil sie sonst Pleite gewesen wären, aber Sklavenarbeit war Sklavenarbeit. Hier dagegen ging es um einen echten Hackerjob. Das war nach ihrem Geschmack, und es entsprach jenem anderen Teil ihrer Fähigkeiten, von dem nicht allzu viele Menschen wussten. Das war allerdings auch besser so, bei ihrer Vergangenheit.

Jetzt musste sie sich nur noch Borghold vom Hals halten, damit sie in Ruhe arbeiten konnte. Dass so eine Suche mit völlig legalen Mitteln nicht zu bewerkstelligen war, musste ihm klar sein. Jung würde es eh bald genug erfahren, und Kowalsky am Besten niemals.

Leider hatte Borghold inzwischen in seine Chefrolle zurückgefunden.

„Können Sie das? Ich meine, ihre Firma. Wenn Sie einen Mitarbeiter haben, der mir Kontakt zu Grevenhagen verschaffen kann, zahle ich ihnen hunderttausend. Wenn es ihnen gelingt, ihn zu überreden, seinen Job hier zu Ende zu bringen, kriegen sie weitere hunderttausend. Ihr Mitarbeiter arbeitet von hier aus, aus unseren Räumen, und ich erfahre zwei mal am Tag, wie weit Sie sind. Und noch etwas: Keine Rechnung!"

Er sprach jetzt mit einer gewissen Härte. Seine Redeweise ließ erstmals am heutigen Tag erkennen, wie er in seine augenblickliche Position gekommen war.

„Natürlich haben wir jemanden, der das kann. Wenn es irgend jemand kann, wohlgemerkt! Aber wir arbeiten von dort aus, wo es für den Job notwendig ist. Und eine Rechnung schreiben wir in jedem Fall!" Phillis hatte schon wieder diesen Knoten im Magen, der sie unweigerlich befiel, wenn sie mit Typen wie Borghold zu tun bekam. Wenig Format, aber autoritär, das machte sie aggressiv. Dagegen kam sie nicht an, und das ärgerte sie zusätzlich.

„Darüber reden wir noch. Aber der Bericht zweimal am Tag bleibt bestehen, und zwar hier im Haus! Von der Person, die die Arbeit macht. Ich will keine Berichte aus zweiter Hand oder irgendwelche Emails von sonst woher."

Immerhin wusste er, was er wollte. Und am Schluss hatte er den Vertrag unterschrieben.

Es dauerte allerdings mehrere Stunden, einige Telefonate und ungefähr ein Dutzend Faxe hin und her. Aber dass sie diesen eigenartigen Auftrag nur mit schriftlichem Vertrag angehen konnte, war Phillis klar.

Dabei hasste sie Vertragsverhandlungen.

Nachdem sie das unter Dach und Fach hatte, war Phillis mit ihren beiden Mitarbeitern noch einmal ins Eiscafé in der Massener Straße in Unna gegangen, anstelle eines frühen Mittagessens. Es war ausgemacht, dass sie gegen dreizehn Uhr bei SimTech in Dortmund eintrafen und mit ihrer Recherche begannen. Dann würde es mit Essen so schnell nichts mehr werden. Dort gab es nur Äcker und hässliche Wohn- und Industriebauten, sowie einen unglaublich schlechten ehemaligen „Landgasthof" direkt an der S-Bahnlinie.

„Ich verstehe immer noch nicht, was der Doktor eigentlich will." Markus Jung zog die Nase kraus, was aber genauso gut eine Reaktion auf die grelle Sonne sein konnte wie auf die Frage, die er gestellt hatte.

In Wirklichkeit überschlug er gerade die Eisrechnung.

Gestern hatte er vorgeschützt, kein Geld dabei zu haben. Deshalb war er heute mit Bezahlen dran. Leider war die bessere Eisdiele in der Nähe für ihre Spezialitäten berühmt. Die beiden anderen hatten ohne langes Zögern sofort die Sonderkarte mit den wirklich guten Sachen konsultiert. Das Richtige für Leistungssportler im Höhentraining, fand Jung.

14

Dazu tranken sie ein Gläschen Prosecco, zur Feier des Tages. Er würde seine gesamte Barschaft in diesem Laden lassen, soviel war klar.

Der ‚Doktor', das war Borghold. So hatten sie ihn früher bei SimTech genannt, weil er als einziger der etlichen promovierten Akademiker im Haus darauf bestand, dass er im Beisein von Außenstehenden mit Titel angeredet wurde. Lieber wäre es ihm gewesen, wenn auch bei internen Treffen alle ‚Herr Doktor' gesagt hätten, aber den Wunsch hatte er zum Glück für sich behalten. Auch so machten sich die Mitarbeiter schon genug über ihn lustig.

Soviel hatten sie Jung schon erzählt.

„Ich wusste gar nicht, dass Sie auch mal bei SimTech waren, Herr Kowalsky. Sind sie mit Phillis abgehauen?"

„Nein, junger Mann, ich bin überhaupt nicht abgehauen. Aber als unsere Phillis hier mich fragte, ob ich für sie kaufmännischer Leiter bei ‚a_capella' werden würde, musste ich nicht lange überlegen. Ich hätte der SimTech damals kein halbes Jahr mehr gegeben, und ich war immerhin der Kaufmann. Die hatten ja schon 2 Monate keine Gehälter mehr gezahlt."

„Aber was will der ‚Doktor' denn nun? Er spuckt einen Haufen Geld aus zur dafür, dass wir diesen Spinner finden und ihn dazu bringen, weiter für ihn zu arbeiten. Warum?"

Sogar einen völlig unangemessen großen Haufen Geld, dachte Phillis. Trotz der besonderen Umstände. Kowalsky nahm den Faden auf.

„In einem hat er wohl Recht: Wenn überhaupt jemand Grevenhagen dazu bringen kann, weiter für SimTech zu arbeiten, dann Phillis. Wenn sie das will!" In dem Satz steckte eine Frage, aber Phillis ging nicht darauf ein.

Ja, Gerd hatte sie in sein Universum eingelassen. Sogar mehr, als die anderen je verstanden hatten. Sie versuchte es den beiden zu erklären.

„Gerd ist ein eigenartiger Mensch. Niemand verschwindet einfach, aber zu Gerd passt das irgendwie. Warum sich mit solchen Lappalien wie einer Kündigung aufhalten, wenn es so viele aufregende Dinge auf der Welt gibt? Wobei die Welt im wesentlichen aus dem Netz der Netze besteht, wohlgemerkt."

Herr Kowalsky zog unwillkürlich die Schultern hoch. Die Erinnerung an den jungen Mann schien ihm physisch weh zu tun.

„Ich vergesse nie, wie er damals zum Vorstellungsgespräch kam: Ein halbwegs ordentliches Polohemd, dazu gelbe, mit einem Blumenmuster bedruckte Baumwollshorts für 15 Mark vom Wühltisch. An den Beinen bis zum Knie dunkelbraune Herrensocken und relativ ordentliche Straßenschuhe. Das ganze auf einem neongelben schmuddeligen Mountain Bike aus dem Baumarkt." Er erlaubte sich, ein ganz leichtes Schaudern erkennen zu lassen. „Nein, das Fahrrad hat er sich erst später gekauft. Aber als Entwickler war er wohl sehr gut!"

Herr Kowalsky ging nie ohne Krawatte zur Arbeit, und er hätte mit seiner Kleidung in London auch in die besseren Klubs Eingang gefunden, hätte er nur dort gelebt. Dass er einen altertümlichen stilisierten Zirkel als Krawattennadel, gelegentlich auch als kleinen Anstecker am Revers, trug, fiel kaum jemandem auf. Gerd Grevenhagen war es aufgefallen, und er hatte Phillis davon erzählt. Er hatte es als das interpretiert, was es war: Ein Zeichen der Freimaurer.

„Ich weiß nicht genau, was der Doktor will," unterbrach Phillis seine Gedanken, „aber wir werden es so oder so herausfinden müssen." Sie wandte sich an Jung.

„Übrigens glaubt Borghold trotz allem nicht, ich könnte diejenige sein, die ihm helfen kann. Er spricht ständig von einem Mitarbeiter, den ich ihm bringen soll. Wahrscheinlich merkt er selber gar nicht, dass er lieber einen Mann für den Job hätte."

Das gehörte zu ihrem Leben in dieser Männerdomäne, aber es verletzte sie trotzdem. Sie verzog ihr Gesicht zu einem gemeinen Grinsen.

„Ich glaube, ich weiß, wer der Mann ist, den er sucht! Zum Glück verfügt a_capella ja über qualifiziertes männliches Personal. Hast du jedenfalls immer behauptet."

Jung versuchte, seine Unsicherheit zu überspielen, die ihn jedes Mal überfiel, wenn seine Chefin so anfing.

„O.K., wo steht das Klavier?" fragte er, plötzlich wieder näselnd. Eine Spur zu forsch, dass es noch als glaubhaft durchgehen konnte.

Phillis bemerkte es, und es genügte ihr für den Augenblick als Rache an der Männerwelt.

„Andererseits passt mir das ganz gut. Es soll ruhig so sein, dass du derjenige bist, der für ihn arbeitet. Dann habe ich freie Hand." Besser, keiner fängt an nachzudenken, was ich vor SimTech gemacht habe, dachte sie. Sie sagte es aber nicht laut.

„Übrigens hat er einen konkreten Verdacht. Er vermutet, dass Gerd zur direkten Konkurrenz gegangen ist. Wahrscheinlich zu P&M. Zur Zeit läuft die große Ausschreibung der Bundeswehr für LKW-Fahrsimulatoren, und die bieten natürlich mit."

„Ach, schau an, darum geht es also!" Herr Kowalsky spitzte den Mund, zog eine Augenbraue hoch und nickte mit dem Kopf. „Dann verstehe ich, warum Borghold so nervös ist und sogar anfängt, Geld in die Hand zu nehmen. Das ist das, worauf er immer gewartet hat. Über hundert Simulatoren in 10 Jahren. Damit kriegt er jede Bank dazu, ihn zu finanzieren. Das erklärt einiges!"

„Sie haben einen Termin in 3 Wochen, bei dem SimTech einen Simulator mit dem Führerhaus eines Bundeswehrlasters vorführen muss. Eigentlich nur ein Trick der Wettbewerber, um Zeit zu gewinnen, weil SimTech so einen Vorsprung hat. Gerd ist für die Verbindung der neuen Bundeswehrkabine mit dem Simulationsrechner zuständig. Er war immer schon der einzige, der das gemacht hat, er hat niemand anderen da rangelassen. Jetzt haben sie wirklich ein

16

Problem. Sie kriegen das auch ohne Gerd hin, aber niemals in 3 Wochen."

„Also: Ohne Grevenhagen keine Vorführung, ohne Vorführung keine Teilnahme an der Ausschreibung." Jung hatte aufgehört, sich innerlich über die Eisrechnung zu beklagen. Er war jetzt interessiert, was dazu führte, dass er nicht mehr nur die Nase, sondern zusätzlich auch die Stirn kraus zog.

„Nur, dass Grevenhagen weg ist! Aber warum sucht er ihn nicht erst und lässt dich dann auf ihn los? Wäre doch viel billiger für ihn."

„Borghold ist gar nicht so dumm. Er weiß, dass Gerd viel mehr im Netz lebt als im richtigen Leben. In der richtigen Welt hinterlässt er kaum Spuren. Wenn ihn jemand mit Milch und Müsli aus dem Supermarkt und gelegentlich einem Hamburger versorgt, wirst du ihn außerhalb seiner Kemenate kaum je zu sehen bekommen. Halt: Ausreichend Coca Cola! Die braucht er. Aber sonst lebt der meistens mit hochgezogener Zugbrücke."

Markus Jung musste lachen. Die Beschreibung gefiel ihm. Er konnte nicht wissen, dass sie nicht komplett war. Grevenhagens Burg hatte auch noch einen Geheimgang, aber davon konnte nur eine einzige Person auf der Welt wissen.

Der Chauffeur mit dem distinguierten Aussehen, das nur von einem breiten goldenen Ohrring gestört wurde, wusste nichts von Fahrsimulatoren. Es hätte ihn auch nicht groß interessiert, wenn er davon erfahren hätte. Er hielt sich wie die meisten jungen Männer für ein fahrerisches Naturtalent.

Er sah den älteren Herrn an, bei dem er angestellt war, während er berichtete. Sein Bericht über den Anruf, der vor wenigen Minuten gekommen war, war ganz unerwartet heftig aufgenommen worden. Vielleicht ließ sich hier etwas herausschlagen.

Besonders, als er den Namen dieses Italieners erwähnte. Er hatte keine Ahnung, wer das war.

„Er hätte Informationen, nach denen ein Herr Viacelli hierbei eine Rolle gespielt haben soll."

Der Chauffeur fand die Reaktion seines Chefs hochinteressant. Normalerweise war der kalt wie eine Hundeschnauze. Immer gepflegt, immer ruhig, gelegentlich von einer klirrenden Härte, aber nie aufgeregt. Es war das erste Mal dass er eine heftige Reaktion bei ihm erlebte. Er war regelrecht zusammengefahren.

Es dauerte allerdings nur wenige Sekunden. Dann war er wieder der Alte.

„Es scheint, dass dieser – wie hieß er noch?" er warf einen Blick auf den Zettel, den ihm der Chauffeur gereicht hatte. „... dieser Herr Grevenhagen mehr mitbekommen hat, als gut ist. Woher kann er diesen Namen erfahren haben? Hat der Direktor etwas dazu gesagt?"

„Nein. Aber er meinte, er sei vor diesem Herrn Viacelli gewarnt worden. Der Direktor."

Dieses Mal hatte sein Chef sich besser unter Kontrolle. Aber der Chauffeur meinte, hinter der glatten Fassade eine ähnlich heftige Reaktion zu bemerken wie vorher, nur besser verborgen.

Er war entschlossen, die Situation für sich zu nutzen.

„Ich verstehe ehrlich gesagt nicht viel," fuhr er fort, „aber wir müssen offenbar ein Problem lösen."

Er hatte ‚wir' gesagt, und damit angedeutet, dass er bereit war, an der Lösung mitzuwirken. Der ältere Herr ließ es durchgehen. Er kam voran.

„Sie rufen sofort diese Telefonnummer an und verabreden ein Treffen in Berlin. Sie werden dort hinfahren. Alles weitere erfahren Sie rechtzeitig." Der ältere Herr verließ den Parkplatz und ging über die Kiesauffahrt zum Haus, das von der Straße leicht erhöht lag und einen wunderschönen Blick über die Hügel des Westerwaldes und das ferne Rheintal eröffnete.

Er griff zum Telefon, um den Direktor anzurufen.

Fünf Stunden später sah der Chauffeur mit dem distinguierten Aussehen aus dem Fenster des ICE nach Berlin. Die Elbe kurz hinter Magdeburg war für einen kurzen Moment zu sehen. Die gedämpften Geräusche und die wie hinter Aquarienscheiben vorbeiziehende Landschaft wirkten einschläfernd.

Bei dem Telefongespräch hatte sich eine männliche Stimme gemeldet. Der Mann sprach mit leichtem Berliner Akzent, aber er sprach nicht viel. Mit zwei Sätzen hatten sie einen Termin in einem Café verabredet, dann hatte er grußlos eingehängt.

Er fuhr mit dem ICE, weil es die schnellste Verbindung war. Auf einen Flieger hätte er bis zum frühen Abend warten müssen, mit dem ICE würde er dann schon in Berlin sein.

Dieser Auftrag in Berlin war entschieden merkwürdig. Das gefiel ihm. Wenn der Chef ihn mit solchen Dingen betraute, bedeutete das, dass er ihm bereits zu einem gewissen Grad vertraute. Das verhieß interessante Möglichkeiten für die Zukunft.

Das war es, was er sich von dem Job versprochen hatte. Er war bereit, dafür absolut loyal zu sein. Auf eine intuitive Art war ihm klar, dass man so etwas nicht spielen kann. Man war es oder man war es eben nicht.

Er würde loyal sein bis zum Letzten. Nicht aus Samurai-Ehre oder so einem Unfug, sondern weil es seine Möglichkeit war, zu ausreichend Geld zu kommen. Vielleicht sogar zu viel Geld.

Ohne die Tretmühle normaler Arbeit.

Er lehnte sich zurück und versank in einen angenehmen Halbschlaf.

Als er sich später am Tag in dem Café im ehemaligen Ostberlin umsah, war ihm nicht ganz wohl. Es war noch nicht Abend. Er fragte sich, ob er sich für diese Umgebung anders hätte kleiden sollen. Er fühlte sich exponiert und fehl am Platze wie ein Papagei in einem Krähenschwarm. Krähen schienen hier das Wahrzeichen zu sein, er hatte schon einige riesige Schwärme hoch am Himmel über Berlin gesehen.

„Der Mann spricht sie an. Trinken sie einen Kaffee, das reicht. Er wird sie finden!" Mehr hatte der Chef ihm nicht gesagt. Jetzt verstand er das. Tatsächlich dauerte es nur circa fünfzehn Minuten, bis ein farbloser Mann mit schütterem Haar und einer beigefarbenen Windjacke auf ihn zukam. Er betrat das Café und setzte sich einfach mit kurzem Kopfnicken zu ihm an den Tisch wie zu einem alten Bekannten.

„Haben sie was für mich?" fragte er mit seinem kaum bemerkbaren Berliner Akzent. Mit dem hatte er telefoniert.

„Dortmund, und schon morgen. Geht das?" war alles, was der Chauffeur fragte. Er wusste nicht, um was es ging. Trotzdem durfte er auf keinen Fall erkennen lassen, dass nicht er selber der ‚Auftraggeber' war. Das hatte der Chef ihm eingeschärft.

„Kein Problem." Der Andere war genauso wortkarg.

Sie verabredeten noch einige Details. Einen Ort, an dem weitere Informationen zu finden sein würden. Sie tranken zügig ihren Kaffee. Vor dem Laden verließ ihn der Mann mit der Windjacke fast grußlos, indem er in einer der zahlreichen Seitenstraßen verschwand.

Der Chauffeur wusste zwar nicht genau, was vorging, aber er war auch nicht dumm. Der Gedanke, was wohl passieren mochte, gab ihm einen Kick. Gewalt und Macht, das waren Dinge, die ihm etwas sagten. Sie waren hier am Werk, soviel hatte er begriffen.

Er machte sich auf den Heimweg.

Phillis Mobiltelefon klingelte. Und dazu gab es eine Vorgeschichte.

Lange vorher an diesem Donnerstag saß eine alte Frau, die von allen Tante Lene genannt wurde, in ihrem Krankenhausbett in den Dortmunder Städtischen Kliniken. Sie hatte eine diebische Freude.

Sie hatte es geschafft, halb versehentlich die kleine Kaffeekanne vom Nachttisch zu stoßen, als gerade niemand anderes im Zimmer war. Sie war mit lautem Knall zu Boden gegangen, und vor der Tür waren einige andere Patienten in Bademänteln erschienen, die sich bemühten, nicht allzu neugierig zu wirken, während sie gleichzeitig die Ursache des Getöses herauszufinden versuchten. Eine junge Krankenschwesternhelferin kam den Gang herunter wobei sie genervt die Augen verdrehte.

Tante Lene war ein wenig verwirrt. Zu vieles war in den letzten zwei Tagen geschehen, mit dem sie nicht gut hatte umgehen können.

Sie lag im Krankenhaus, weil sie zu Hause gestürzt war. Der Staubsauger, der schon zwei Stunden in ihrem kleinen dunklen Flur mit seinem schrillen Geräusch gelaufen war, hatte sie so kirre gemacht, dass sie auf dem Weg vom Wohnzimmer ins Bad nicht gut genug acht gab. Irgendwie war ihr nicht der

Gedanke gekommen, dass sie den Staubsauger auch hätte ausstellen können.

Sie war sowieso nicht gut zu Fuß. Zwar war es etwas besser, seit sie vor drei Jahren ein künstliches Hüftgelenk bekommen hatte. Die Pfuscher im städtischen Krankenhaus hatten aber dabei irgendeinen Murks gemacht, und jetzt war es eben beschwerlich, mit einem Eimer voll schmutzigem Aufwischwasser über das Staubsaugerrohr zu steigen, das sich mit dem Schlauch zu einer wilden Pyramide verknotet hatte.

Dass sie vor der Hüftgelenksoperation schon so weit war, über die Anschaffung eines Rollstuhles nachzudenken, hatte sie vergessen.

Jedenfalls war sie gestürzt, und das graue Seifenwasser hatte sich durch den ganzen kleinen Flur ergossen, leider auch unter ihrer Wohnungstür hindurch ins Treppenhaus.

Das hatte nach kurzer Zeit ihren Nachbarn auf den Plan gerufen. Der alte Mistkerl hatte sowieso nichts anderes zu tun, als zu kontrollieren, ob der Putzplan für das Treppenhaus eingehalten wurde, und ob auch der Müll im Keller in die richtigen Sammelbehälter sortiert wurde.

Sie hatte nichts dagegen, dass dort Ordnung gemacht wurde. Viel zu oft fanden sich Essensabfälle in den gelben Säcken, die dann wegen des zu großen Gewichts aufrissen und ihren Inhalt im Treppenhaus oder auf dem Bürgersteig verteilten. Sie hatte die libanesische Flüchtlingsfamilie aus dem dritten Stock im Verdacht, aber die verstanden auch nach mehreren Jahren praktisch immer noch kein Deutsch, so dass man sie nicht ordentlich anpflaumen konnte.

Ihr ging die besserwisserische Art des Rentners auf die Nerven. Als sie einmal das Treppenhaus erst am Samstag Abend gewischt hatte, weil sie bei ihrer Nichte zum Kaffee gewesen war, hatte er sie gleich am nächsten Montag vertraulich, aber nachdrücklich angesprochen. Sie solle ‚aber doch bitte ihrer Verpflichtung nachkommen'.

Er hatte wahrscheinlich nicht mitbekommen, dass sie noch am Samstag Abend geputzt hatte, weil er seinen Fernseher immer mit extremer Lautstärke laufen ließ.

Seitdem stellte sie jedes mal, wenn sie das Treppenhaus putzte, seine Fußabtretermatte hochkant vor seine Wohnungstür. Sie hoffte, dass er eines Tages darüber stürzte und sich möglichst auf den fünf Stufen hinunter zur Haustür das Genick brach.

Dieser Blockwart jedenfalls hatte die Pfütze vor ihrer Wohnungstür bemerkt und sofort die Feuerwehr verständigt. Wenn er einfach nur geklingelt hätte, hätte sie ihm zugerufen, er solle den Schlüssel benutzen, den sie für Notfälle bei ihm deponiert hatte. Das fand sie keineswegs widersprüchlich, schließlich war der Mann den ganzen Tag zu Hause.

Dann hätte sie sich von ihm aufs Sofa helfen lassen, hätte einen ordentlichen Schnaps getrunken, und nach zwei Stunden wäre die Sache vergessen gewesen.

Jetzt aber lag sie schon seit zwei Tagen im Krankenhaus. In der selben städtischen Klinik, in der sie ihr Hüftgelenk vermasselt hatten. Sie war sich nicht sicher, aber es gab eigentlich nur ein Krankenhaus in der Stadt. Jedenfalls war sie bisher immer in demselben gewesen.

Ihr fehlte eigentlich nicht viel. Einige Prellungen, dazu eine Kontrolle, ob ihre künstliche Hüfte Schaden genommen hätte. Sie hatte leider nicht den Mund gehalten, als sie eingeliefert wurde, und deshalb waren sie aufmerksam geworden. Jetzt hielten sie sie aus Vorsicht fest, bis das geklärt war. Es war auch von Durchblutungsstörungen die Rede, die zu Bewusstseinstrübungen führen könnten. Dafür musste ein Medikament gefunden werden.

Sie hatte den jungen Arzt in der Notaufnahme als Scharlatan beschimpft, der schon damals nichts getaugt hatte, als er bei ihrer Operation nur Mist gemacht hatte. Sie glaubte jedenfalls, dass er es gewesen war. Und ein Deutscher war das auch nicht, das sah man!

Das Personal auf der chirurgischen Station, auf der sie lag, stöhnte nur, wenn die Rede auf die Alte kam. Es gefiel ihr, dass jedes mal jemand erschien, wenn sie auf den Alarmknopf an ihrem Bett drückte. Sie dachte sich jedes mal neue Aufträge für die jungen Dinger aus, die dann angelaufen kamen. Sie brauchte Zeitschriften aus dem Kiosk unten in der Cafeteria, ihre Brille musste gereinigt werden, ihr Bett war schon seit langem nicht mehr gemacht worden, und mit dem Fernseher stimmte auch irgend etwas nicht.

Was vor allem nicht stimmte, war, dass sie das Vormittagsprogramm fürchterlich langweilig fand. Zu Hause sah sie es sich an, indem sie laut über die miesen Sendungen fluchend durch die Wohnung humpelte und vorgab, irgendwelche Haushaltsarbeiten zu erledigen. Ausgeschaltet hätte sie den Fernseher deswegen natürlich nie.

Das Nachmittagsprogramm fand sie übrigens nicht besser. Am schlimmsten war aber das Abendprogramm.

Jemand im Krankenhaus begann sich zu fragen, ob man diese alte und offensichtlich verwirrte Dame einfach nach Hause entlassen konnte.

Im Krankenhaus bleiben konnte sie natürlich auch nicht. Da würde schon das Personal für sorgen.

Phillis' Handy wollte nicht aufhören zu klingeln. Sie saß bei SimTech vor ihrem Rechner und war tief in ihre Arbeit vergraben.

Sie sah auf das Display. Eine völlig fremde Nummer, aus Dortmund.

Sie hatte eigentlich gerade überhaupt keine Zeit. Mitten in den verschiedenen Überprüfungsarbeiten hatte vor einer Stunde ein anderer Kunde angerufen und sich über eine ausgebliebene Dokumentation beschwert. Sie hatte eine Viertelstunde mit ihm diskutieren müssen.

Und das alles mehr oder weniger vor Borgholds Ohren. Sie und Jung saßen zwar nicht im gleichen Raum wie er, aber direkt gegenüber auf der anderen

Seite des Gangs in einem kleinen Zimmerchen, das früher von Hilfskräften des Sekretariats genutzt worden war.

Sie hätte die Tür schließen können, als klar wurde, dass dies kein Zwei-Minuten-Gespräch werden würde, aber den Moment hatte sie verpasst, weil sie immer hoffte, gleich auflegen zu können.

Sie hatte keine Lust, noch einmal in die gleiche Situation zu geraten. Andererseits war ihr die Nummer wirklich völlig unbekannt, und das konnte eigentlich nur heißen, das es sich um eine neue Kundenanfrage handelte. So etwas konnte sie nicht einfach auslassen.

Seufzend drückte sie auf den Knopf, der die Verbindung herstellte.

„Guten Tag, städtische Kliniken Dortmund, einen Augenblick bitte, ich verbinde," flötete eine Frauenstimme in Phillis' Ohr. Danach hörte sie für eine Weile nur noch eine völlig verrauschte Aufnahme von Stings „Jerusalem", unterbrochen durch die gelegentliche automatische Aufforderung zu warten.

Krankenhaus? Dortmund? Was konnte da passiert sein? Sie überflog in einem Augenblick alle Personen, derentwegen sie eventuell angerufen werden könnte. Es waren nicht viele. Ihre Mutter wohnte weit weg im Südwesten der Republik. Brentanos gab es im Ruhrgebiet einige, vor allem im westlichen Teil, aber sie war mit keinem davon verwandt. Sie war überhaupt mit keinem der berühmten Träger dieses Namens verwandt, soweit sie wusste.

Phillis hieß eigentlich Philippa Elisabeth Brentano. Und der Name hatte irgendwie auch immer ein wichtige Rolle gespielt. Ihr Vater hatte ständig aus diesem berühmten Gedicht zitiert, das ein gewisser Clemens Brentano vor zweihundert Jahren geschrieben hatte. Für ihn gab es nichts anderes als die Poesie und die schönen Künste. Dass er damit seinen Frust als mittlerer Beamter zu überspielen versuchte, hatte sie erst zwanzig Jahre später begriffen.

Sting begann wieder von vorne.

Sie erinnerte sich noch, wie überrascht sie gewesen war, als sie als junge Studentin gefragt wurde, ob sie mit den berühmten Frankfurter Bankiers dieses Namens verwandt sei. Sie wusste von keinen Bankiers, jedenfalls nicht durch ihren Vater. Als vierzehnjährige schwärmte sie für alte amerikanische Filme und hatte sich zu seinem Entsetzen selbst auf den Namen Phillis umgetauft. Sie hatte einfach konsequent nicht mehr auf Philippa reagiert, bis auch er nach einem halben Jahr nachgegeben hatte.

„Bitte warten Sie!" kam es aus dem Hörer. Danach weiter „Jerusalem".

Sie musste lachen, als sie an eine ihrer anderen Entdeckungen dachte. Es gab einen Philosophen namens Franz Brentano, der kurz vor Ende des ersten Weltkriegs gestorben war. Der hatte 1873 sein Amt als katholischer Priester niedergelegt, als der Papst das Dogma seiner eigenen Unfehlbarkeit verkündet hatte. Von dem hatte ihr Vater, ein eher lauer Katholik, auch nie gesprochen.

Sie hatte ihn sehr geliebt. Leider war er vor zwei Jahren an Krebs gestorben. Mit ihrer Mutter verband sie weniger. Sie lebte dort im Südwesten ihr eigenes ziemlich aktives Leben, mit vielen Kontakten in der Kirchengemeinde. Sie sahen sich nicht oft.

Phillis war schon als Studentin ins Ruhrgebiet gezogen, hatte sich das fehlende Geld mit Jobs verdient und früh gemerkt, dass sie auf eigenen Füßen stehen wollte. Am liebsten mit einer eigenen Firma.

Plötzlich wurde Sting von einem hässlichen Kratzgeräusch unterbrochen.

„Hallo, hier Kunetzki, spreche ich mit Frau Brentano?" ertönte eine angenehme Stimme.

„Ja, das bin ich. Was gibt es denn?"

„Frau Brentano, ich bin Sozialarbeiterin hier an den Städtischen Kliniken, und ich bin für die Personen zuständig, die in eine Pflege überführt werden müssen, nachdem sie bei uns versorgt worden sind."

Phillis war erstaunt, dass es so etwas gab. Sie machte ein zustimmendes Geräusch, dass sie verstanden hatte. Gleichzeitig gab sie Jung mit der linken Hand wilde Handzeichen, dass er ein anderes Tool starten solle, als das, das er gerade anklicken wollte.

Er verstand sie nicht und startete das Falsche.

„Jetzt ist es so, dass wir Frau Klug hier haben. Helene Klug." Und sie erzählte in wenige Sätzen, was sich bisher zugetragen hatte, und dass die einzige Verwandte, zu der man Kontakt habe aufnehmen können, eine Nichte wäre, die aber am Telefon sehr kurz angebunden gewesen war und keinerlei Interesse gezeigt hätte, sich um den Fall zu kümmern.

„Und woher wissen Sie, dass ich mit Tante Lene zu tun habe?" fragte Phillis überrascht.

„Sie hat uns Ihre Nummer gegeben, wir sollten Sie anrufen, und ihre Nichte." Es gab eine kurze Pause am anderen Ende. Dann fuhr die Stimme von Frau Kunetzki fort, aber mit einem Zögern, als sei ihr nicht klar, ob sie darüber sprechen durfte.

„Zuerst haben wir das nicht getan, schließlich hat sie selbst die Möglichkeit, Angehörige zu benachrichtigen. Es gibt Telefon auf jedem Zimmer." Sie merkte offenbar, dass sie zu defensiv klang, und machte einen neuen Anlauf. Was ist da los? fragte sich Phillis.

„Also kurz und gut, hier kann sie nicht bleiben, aber sie macht auch nicht den Eindruck, dass sie zuhause besonders gut klar kommen würde. Sie ist ein wenig verwirrt." Jetzt war sie da angekommen, wo sie hinwollte.

Tante Lene war im Krankenhaus!

Phillis konnte sich leicht vorstellen, was da los war. Tante Lene hatte schon immer eine Begabung gehabt, ihre Umgebung in Trab zu halten, und das war im Alter nicht besser geworden. Allerdings bestand ihre Umgebung im Laufe der Jahre aus immer weniger Personen

Tante Lene war gar nicht Phillis Tante.

Sie war die angeheiratete Tante eines ihrer verflossenen Liebhaber. Mit Uwe war sie vor langer Zeit zusammen gewesen. Dabei hatte sie Tante Lene kennengelernt. Über die Jahre hatte sie den Kontakt aufrechterhalten, indem sie die alte Frau alle paar Monate besuchte. In letzter Zeit sogar etwas öfter, weil sie zwei Häuser entfernt von ihrem Aikido-Dojo wohnte.

Ihr war die Wohnung immer leidlich ordentlich vorgekommen, und fast jedes mal lief gerade der Staubsauger, wenn sie kam. Sie erinnerte sich an das heulende Geräusch des uralten Modells, das so ähnlich aussah wie die, die heutzutage in Ausstellungen über das Leben in den vierziger und fünfziger Jahren gezeigt wurden. Unglaublich, dass das Gerät noch funktionierte.

Phillis sagte zu, die alte Frau zu besuchen, und sich mit Frau Kunetzki zu unterhalten. Es hatte etwas Dringendes in ihrer Bitte gelegen, so dass sie sogar versprach, es bald möglich zu machen. Sie wusste noch nicht, wie sie das schaffen sollte, aber es musste wohl sein.

Tante Lene hatte offenbar ein neues Betätigungsfeld gefunden.

Chilli war Phillis' alter Lieblingskollege. Chilli war natürlich ein Spitzname. Er starrte Phillis an wie eine Geistererscheinung, als sie mittags seine Wirkungsstätte betrat. Wie früher, ohne anzuklopfen.

„Was machst du denn hier? Haben sie dich unten überhaupt reingelassen? Die müssten doch eine Alarmanlage haben, die bei deinem Anblick alle Selbstschussanlagen in Betrieb nimmt und Katastrophenalarm gibt. Warum sagt uns armen Wichten keiner Bescheid, wenn etwas wirklich Schlimmes passiert?"

Das war für seine Verhältnisse eine ungewöhnlich lange Rede. Sie wusste das zu schätzen. Chilli hieß mit bürgerlichem Namen Dr. Michael Lange, aber kaum jemand nannte ihn so. Und kaum jemand hatte ihn je anders gesehen als in Turnschuhen und Jeans. Dazu ein verwaschenes Hemd und eine dunkel rotbraune Farbe im Gesicht und am Hals, wie sie Bauarbeiter bekommen. Sein liebster Aufenthaltsort war seine Dachterrasse.

Er war der führende Computergrafiker bei SimTech, und die Grafik war nach wie vor die teuerste Komponente. Seine Fähigkeiten entschieden darüber, ob die Simulatoren am Ende erschwinglich blieben, und das wusste er. Er konnte es sich aussuchen, wann er redete.

In Wirklichkeit mochte er Phillis. Er hatte ihren Weggang bedauert.

„Mal im Ernst: Was machst du hier? Hast du dich reingeschlichen, so dass ich jetzt eigentlich Alarm schlagen müsste? Hast du damals überhaupt dein Geld gekriegt"

Das Letzte bezog sich auf den Rechtsstreit, der jetzt zum Glück seit fast einem Jahr beigelegt war.

„Einen Teil. Wie das so ist." Das war ein Thema, das sie nicht vertiefen wollte.

„Alarm brauchst du nicht zu schlagen. Der Doktor hat mich selber hergeholt.

Er denkt, dass P&M irgendwie an Eure Daten gekommen sein könnte. Wir sind auf so etwas spezialisiert, deshalb hat er eine Art Waffenstillstand geschlossen." Hinter ihr erschien Markus Jung mit einem dicken Aluminiumkoffer in der Hand. Phillis stellte ihn vor. Er grüßte, indem er die freie Hand leicht hob. Da keiner Anstalten zu einem Händedruck machte, blieb es dabei.

„Wahrscheinlich ist es dem Doktor lieber, wenn hier jemand rumschnüffelt, der den Laden sowieso schon kennt, als wenn er noch wieder ganz andere Leute an sein Allerheiligstes lassen muss."

Das war die Legende, die sie mit Borghold verabredet hatte.

„So, P&M! Und wie kommt er darauf?" Er lehnte sich in seinem Stuhl zurück und verzog skeptisch die Mundwinkel. „Nicht dass das was Neues wäre. Alle halbe Jahre hat er solche Ideen. Aber dann vergisst er es genauso schnell wieder. Wieso jetzt plötzlich der ganze Auftrieb? Hat Gerd damit zu tun?"

„Gerd ist weg, hat Borghold erzählt. Wisst ihr wirklich nicht, wo er ist?" Es war ein lahmer Versuch, die Frage nicht zu beantworten. Aber es schien zu gelingen.

„Nein, keine Ahnung. Ich habe natürlich nie sehr viel mit ihm zu tun gehabt. Frag mal Tao, der hat noch den engsten Kontakt, seit du weg bist."

Bei Chilli konnte man allerdings nie sicher sein. Der merkte mehr als er sagte.

Nun kam also der schwierige Teil der Operation: Tao.

Tao, mit dem sie so viele Erinnerungen verbanden. Schöne zuerst, dann weniger schöne. Dem zu begegnen immer noch eine Herausforderung war.

Die Trennung kam ungefähr ein halbes Jahr, bevor sie SimTech verlassen hatte. Das war auch aus diesem Grund ein schwieriges halbes Jahr geworden. Sie trafen sich praktisch täglich, und nie war Tao irgend etwas anzumerken. Immer lächelte er gleich freundlich. Er ging ihr nur kaum merklich aus dem Weg.

Es tat immer noch weh, wenn sie ehrlich war.

Sie hatte allerdings nicht vor, ehrlich zu sein. Deshalb dachte sie nur ungern und überhaupt sehr selten an diese Zeit. Es gab keinen Nachfolger. Eine Reihe von Affären, aber nichts, was damit vergleichbar wäre.

Sie trat durch die Zwischentür ins Nachbarbüro. Tao saß in ein Problem vertieft vor einem mit mathematischen Formeln bekritzelten Blatt. Mathematische Formeln und chinesische Schriftzeichen in wilder Mischung, so schien es. Neben ihm leuchtete ein blauer Computerbildschirm mit gelber Schrift. Irgendein Spezialistenprogramm mit völlig veralteter Oberfläche.

Als sie eintrat, sah er auf. Heute zeigte er eine Reaktion. Ein unwilliges Stirnrunzeln wegen der Störung machte einem breiten, freudig erstaunten Lächeln Platz. Aber darunter erschien fast sofort ein Anflug von Traurigkeit, die in den Augenwinkeln nistete und sich für einen Moment in einer kleinen Bewegung der Mundwinkel fortsetzte. Sie sah es, und es tat ihr weh.

Dann war der Moment vorbei, und da war er wieder in dieser gleichbleibenden Freundlichkeit, bei der sie nie unterscheiden konnte, ob sie nur geschäftsmäßig war oder wirklich ernstgemeint. Das hatte sie schon damals nicht ertragen können, und jetzt half es gegen den Schmerz, den der kurze Moment der Offenheit ihr verursachte.

So war es die ganze Zeit gewesen, und deshalb hatte sie die Beziehung schließlich abgebrochen.

„Hallo, Tao!"

„Hallo, Phillis!" sagte er. „Wie geht's dir?"

Immer, wenn er Deutsch sprach, klang es, als ob seiner Zunge Gewalt angetan würde. Englisch war nicht besser. Chinesisch konnte sie nicht beurteilen.

„Danke. Ganz gut. Wunderst du dich nicht, was ich hier mache?"

„Ja!" Das kam gedehnt, als ob er versuchte, die deutsche Satzmelodie nachzuahmen. Er hatte nie gelernt, dass man auf solche Fragen mit „doch" antwortet. Eigentlich seltsam, wo er Deutsch wie Englisch perfekt beherrschte. Bis auf die Aussprache.

„Wir haben einen Sicherheitsjob bei euch. Gucken, ob Daten geklaut wurden."

„Ah! Ger'ard!" war alles, was er darauf antwortete.

Soviel zu einer gelungenen Legende.

Markus Jung schaute leicht angewidert auf die Unordnung, die sich auf und rund um Grevenhagens Schreibtisch ausgebreitet hatte.

Er verstand nicht, wie jemand in so einer Umgebung ordentlich arbeiten konnte.

Bei ihm selbst sah es immer peinlich aufgeräumt aus. Er schob einige der Papierstapel ein bisschen zur Seite, bis sein Notebook notdürftig Platz hatte. Dann schaltete er Grevenhagens Rechner ein. Zwei Coladosen und eine Kuchenpappe warf er in den nächsten Papierkorb. Zum Glück gab es hier keine überquellenden Aschenbecher.

Wie zur Antwort auf diesen Gedanken roch er plötzlich frischen Zigarettenrauch. Er kam aus dem Nachbarbüro. Chilli war ein rücksichtsvoller Raucher. Laut Verabredung mit den Kollegen durfte er fünf Zigaretten am Tag im Zimmer rauchen.

Die Verabredung hatte er natürlich nicht mit Markus Jung getroffen, der ein nicht so rücksichtsvoller Nichtraucher war.

Beim Hochfahren gab Grevenhagens Rechner die eigenartigsten Geräusche von sich. Es klang teilweise wie das Zischen von Druckluft, dann wurde offenbar Englisch gesprochen, er verstand es aber nicht. Dann wieder Geräusche, die so ähnlich klangen wie diese Science Fiction Laserwaffen.

Jetzt wieder eine Durchsage: „Beam me up, Scotty!" Das hatte er verstanden.

Star Trek! Der Mann musste ein Star Trek Fan sein. Die trieben ja die eigenartigsten Dinge. Offenbar waren die Originalsignale des Rechners ersetzt worden.

Jung war beeindruckt.

Nicht von den Star Trek Geräuschen. Die fand er eher albern. Er hatte noch nie verstanden, wie erwachsene Menschen sich auf so einen Unfug versteifen konnten.

Nein, das Interessante war, dass der Rechner die Geräusche bereits beim Hochfahren abgab. Zu dem Zeitpunkt stehen die Komponenten, die später die Töne und Signale im normalen Betrieb wiedergeben, noch gar nicht zur Verfügung. Der Rechner nimmt sie ja gerade erst in Betrieb. Wie hatte der das bloß hingekriegt?

Mit solchen Gedanken beschäftigt, bemerkte Jung erst nach einiger Zeit, dass der Rechner oben war. Er wartete auf die Benutzeranmeldung.

Jung machte sich auf die Suche nach dem Passwort.

Währenddessen war Phillis dabei, Kontakt zu einem weiteren Faktotum der SimTech-Mannschaft aufzunehmen.

Der Mann hieß natürlich nicht Sysa. Aber alle nannten ihn so.

Zu sagen, es wäre ihm egal, wäre eigentlich schon zuviel gesagt. Er brauchte einfach keinen bürgerlichen Namen. Das diente nur dazu, dass man sich gegenseitig adressieren konnte, wenn man an der Kaffeemaschine stand und schwatzte. Wie in einem Computernetz. Der Name spielte keine Rolle, er musste nur eindeutig sein.

Gegen ihn war Gerd Grevenhagen ein zutiefst bürgerliches Menschenwesen, dass sich in allen Dingen des normalen Lebens hervorragend auskannte.

Sysa war allerdings noch da, und er sprach mit Phillis.

Das war keineswegs selbstverständlich. Er sprach nicht mit jedem.

Jedenfalls nicht, wenn er nicht musste.

Was er sagte, war nicht freundlich aber freundlich war er sowieso nie. Wozu auch. An die Server würde er Phillis jedenfalls nur mit schriftlicher Genehmigung von Borghold lassen. Und an den Firewallrechner überhaupt nicht.

Nun, das ließ sich alles regeln. Nach einem längeren Telefongespräch mit Borghold, zu dem Phillis ihn schließlich überreden konnte, räumte er ihr schließlich eine Konsole in der Ecke seines Kabuffs frei. Dazu musste er allerdings zuerst einen Haufen Verpackungsmaterial, diverse Hardwareplatinen und einen Pizzakarton woanders unterbringen. Das war nicht einfach, denn der Raum war klein und völlig vollgestopft mit allem möglichen Zeug.

Vor langer Zeit hatte auch noch ein zweiter Mitarbeiter mit in diesem Büro gesessen. Der hatte aber nach einem halben Jahr mit Kündigung gedroht, wenn er weiter mit Sysa seinen Arbeitsplatz teilen musste.

Sysa war hyperaktiv. Er war immer in Bewegung. Entweder zappelte er mit dem Fuß, oder er tappte mit der Hand auf dem Tisch herum, oder er klapperte mit irgend etwas, das er in der Hand hatte, oder er schlenkerte sein Schlüsselbund. Meistens tat er mehrere dieser Dinge gleichzeitig. Seine Möglichkeiten, hektische und laute Bewegungen zu erzeugen, waren unerschöpflich.

Es war einfach unerträglich.

Zusätzlich hatte er seinen Rechner ein wenig umgerüstet. Jedes mal, wenn er eine Mail bekam, sagte die Stimme seiner Frau: „Hallo, Schatz!" Er bekam andauernd Mails, da er sich in einer Reihe technisch orientierter Mailinglisten eingetragen hatte, um immer auf dem neuesten Stand zu sein.

Phillis zuckte jedes mal zusammen, wenn es wieder losging.

Aber schließlich saß sie in der Ecke, vor der Konsole, ihre private Spezial-CD lag im richtigen Laufwerk, und es konnte losgehen.

Sie wollte eigentlich nur ausschließen, dass es irgendwelche unberechtigten Zugriffe auf die Server von SimTech gegeben hatte. Völlig sicher konnte man sich da nie sein, aber es gab einen Haufen Möglichkeiten, Spuren zu finden, wenn jemand sich unberechtigt Zugriff verschafft hatte.

Sie hatte nicht vor, das von Hand zu erledigen. Das würde ihr Analyseprogramm erledigen, das sie mitgebrachte hatte. Selbst so würde es eine ganze Weile dauern. Sysa saß schräg hinter ihr. Er tat so, als sei ihm völlig egal, was sie dort trieb.

Nur wenn man genau hinsah, merkte man, dass er heimlich immer wieder in ihre Richtung schielte. Sein Rechner piepste und gurgelte, gelegentlich sagte seine Frau „Hallo, Schatz!", aber in Wirklichkeit hatte er nur Augen und Ohren für Phillis.

Plötzlich merkte er, dass sie ihn schon eine Weile dabei beobachtete. Er grinste dümmlich, wie ertappt, nickte ihr dann zu, winkte mit einer offenen Getränkedose und fragte: „Cola?"

Es war die gleiche Geste, die in Steinzeitfilmen die Neandertaler machen, wenn sie sich noch nicht kennen. ‚Ich Tarzan, du Jane!'

Sie nahm die Cola.

Dieser Laden bestand aus einer Bande von Irren. Sie dachte an Tao. Sie dachte aber nicht gerne an ihn. Sie wollte von ihm in Ruhe gelassen werden.

„Na, kommt ihr voran?" fragte Chilli.

Phillis fuhr zusammen.

Sie hatte ihn nicht kommen hören. Nun stand er direkt hinter ihr, während sie versuchte, aus den unendlich vielen Bildschirmzeilen schlau zu werden, die ihr die verschiedenen Läufe des Analyseprogramms beschert hatte.

Sie hasste es, wenn jemand hinter ihr stand, während sie am Rechner arbeitete. Besonders, wenn die Person über ihre Schulter auf ihren Schirm starrte.

Auch dann, wenn die Person Chilli hieß.

„Kannst du nicht klopfen?" fuhr sie ihn an.

„Hättest du ja sowieso nicht gehört, bei dem Geräuschpegel hier." Da hatte er allerdings recht. Sysa war nicht mehr im Raum, aber sein Rechner gab ganze Salven von unterschiedlichen Durchsagen von sich, die meisten mit der Stimme, die immer mal wieder „Hallo, Schatz!" einstreute.

Chilli griff auf die Rückseite des Rechners. Seine Finger suchten einen Augenblick, dann drehte er an einem Rädchen. Augenblicklich trat wohltuende Stille ein.

„Du bist unbezahlbar!" flötete Phillis. Sie war wirklich erleichtert. Sie hatte sich nur nicht getraut, es mit Sysa zu verderben.

„Und? Habt ihr was gefunden? Wonach sucht ihr eigentlich?" Er blickte sie an, als erwarte er eine vernünftige Antwort.

Phillis überlegte einen Augenblick. Chilli war trotz allem bei weitem der Vernünftigste hier. Sie musste nicht befürchten, dass er als nächstes zu Borghold lief oder sonst einen Unfug anstellte.

„Das bleibt aber unter uns?"

„Klar doch," war alles, was Chilli darauf von sich gab. Er unterstützte es durch ein Schnauben, was irgendwie klarmachte, dass er natürlich sowieso den Mund gehalten hätte.

„Es geht natürlich um Gerd. Borghold will ihn wieder hier haben. Er hat aber auch Angst, dass er bei euren Freunden gelandet sein könnte. In jedem Fall sollen wir herausfinden, was los ist." Sie deutete auf den Bildschirm, auf dem nach wie vor lange Tabellen durchliefen.

„Ich habe erst einmal gecheckt, ob jemand von außen an Euren Servern war. Sieht aber bisher nicht so aus. Zum Glück waren die Logdateien eingeschaltet, sonst hätte ich keine Chance gehabt." Sie machte eine Pause und sah Chilli mit leicht zusammengekniffenen Augen an.

„Was weißt du von der ganzen Sache?"

Chilli suchte sich zunächst mal einen Stuhl. Der von Sysa war so ausgeleiert, dass er sich ihm nicht anvertrauen mochte. Keiner verstand, warum er sich nicht längst einen neuen besorgt hatte. Die Rückenlehne gab jedes mal fast bis in die Waagerechte nach, wenn man sich darauf setzte.

Schließlich hatte Chilli sich eingerichtet. Er gab der Tür mit dem Fuß einen Stoß, dass sie sich fast vollständig schloss.

„Grevenhagen ist ein Spinner. Ich kann noch nicht einmal sagen, dass er mir sehr fehlen wird, wenn er ganz wegbleibt." Er stieß ein kleines freudloses Lachen aus.

„Obwohl ich wirklich nicht weiß, was dann aus SimTech werden soll. Der hat hier so eine Art Monopol. Diese blöde Schnittstelle zwischen Fahrerkabine und Rechner. Das ist schon etwas Besonderes, wie wir das gemacht haben, aber jetzt kann es niemand außer ihm anpassen." Er schob die Unterlippe vor.

„Ob wir ohne ihn überhaupt ein demofähiges System zusammenkriegen, wage ich zu bezweifeln. Und wenn wir deswegen bei der Bundeswehrsache rausfliegen, dann ade, liebe SimTech."

Phillis sah ihn zweifelnd an. Sie wusste, dass er sich ständig mit Borghold herumstritt, aber dass er ohne den Simulator todunglücklich sein würde. Er hatte unwahrscheinlich viel Energie in die Entwicklung investiert und betrachtete das Ergebnis als sein Baby.

„Sieht es wirklich so schlecht aus?" Sie überlegte sofort, dass dann auch ihre Bezahlung problematisch werden konnte. Musste sie mit Kowalsky besprechen! Das fehlte noch, dass sie hier schuftete, um das Geld für die Steuer zusammenzubekommen, um am Schluss dann ohne Geld dazustehen. Aber das war kein Thema für Chilli.

„Hast du eine Ahnung, wo Gerd sich herumtreiben könnte?" Ihre Stimme verriet ihre eigene Ratlosigkeit. Ihr leuchtete das Ganze kein bisschen ein.

„Warum könnte er gegangen sein?"

Chilli sah sie eine Weile nachdenklich an.

„Klingt vielleicht irgendwie bescheuert, aber ich denke die ganze Zeit an das dumme Zeug, das er ständig geredet hat."

Phillis verstand nicht.

„Na ja, der hat doch geglaubt, die ganze Welt werde demnächst von einer Bande von Verschwörern regiert. Vielleicht sogar jetzt schon. Wusstest du das nicht?" Er war ehrlich erstaunt. „Ich habe immer gedacht, Gerd und du, ihr wärt so dicke gewesen." Er zuckte die Schultern.

„Hier hat er jedenfalls ständig davon herumgetönt. Ist übrigens nicht seine eigene Idee. Es gibt dazu alle möglichen Bücher, sogar Newsgroups und der ganze Kram. Sogar einen Film, vor kurzem, über so einen ähnlichen Spinner wie Grevenhagen." Er verdrehte die Augen nach oben.

„Da saß er und hat versucht, Tao zu erklären, dass die chinesische Revolution von irgendwelchen Freimaurern geplant und eingefädelt worden ist, und dass es am Schluss um die Weltherrschaft geht." Er lachte.

„Wie Blomfeld, oder wie der heißt, bei James Bond." Jetzt sah er plötzlich ernst aus.

„Aber wieso muss ich dann ständig daran denken? Und jetzt taucht auch noch ihr auf, und man muss denken, Gerd ist wirklich verschwunden."

Nachdenklich schwiegen beide eine Weile.

„Glaubst du etwa irgend etwas von diesem Stuss?" fragte Phillis schließlich.

„Kommt darauf an, wie du das meinst." Wieder die vorgeschobene Unterlippe. „Dass er irgendwelchen Weltverschwörern in die Quere gekommen sein könnte, glaube ich keine Sekunde. Aber wer weiß, mit wem er sich so herumgetrieben hat? Ich kenne mich da nicht aus, aber ich glaube, dass diese Szene nicht gesund ist. Hast Du mal das ‚Foucaultsche Pendel' gelesen?"

Phillis schüttelte den Kopf.

„Keine Zeit für Bestseller."

„Solltest du aber mal. Ich muss ständig an die Galerie von Spinnern in dem Buch denken, die alle versuchen, den esoterischen Sinn des Lebens zu ergründen." Er sah sie von der Seite an. „Gerd passt übrigens hervorragend in diese Reihe. Der hat sich doch mit jedem Mist beschäftigt!"

Er blickte plötzlich auf.

„In dem Buch kommt übrigens der, der den Mist durchschaut, am Ende um. Und nur deshalb, weil er das alles nicht glaubt. Die Spinner bringen ihn um, weil sie glauben, er könnte ihre Fragen beantworten, wenn er nur wollte!"

Er sah ihr in die Augen.

„Vielleicht solltest du nicht zu viel herausfinden. Zu viele Spinner in diesem Geschäft!"

Sie sahen sich an, und mussten plötzlich beide lachen. Der Spuk dieses Augenblicks, den Chilli durch seine düsteren Überlegungen heraufbeschworen hatte, verflog.

Sie tratschten noch eine Weile über die verschiedenen anderen Kollegen im Haus, während Phillis' Analyseprogramm munter weiterwerkelte und geheimnisvolle Tabellen über den Schirm der Konsole laufen ließ.

Schließlich lud Chilli Phillis ein, mit den Kollegen noch auf ein Bier in einen Biergarten in der Nachbarschaft zu kommen.

Sie sagte zu. Als sie zwei Stunden später ihre Sachen gepackt hatte und das Büro verließ, stand Tao in der Tür. Er stand einfach nur da und sah sie an.

Er lächelte, aber das tat er immer.

Phillis tat gar nichts. Jedenfalls versuchte sie das. Es gelang ihr nicht besonders gut.

Sie verließ den Raum, die Büros der SimTech und das ganze vermaledeite Gebäude.

Jetzt eine Zigarette, dachte sie. Wie eine Nichtraucherin, die nach 5 Jahren immer noch nach Nikotin giert und gerade beschlossen hat, keine Nichtraucherin mehr zu sein.

Dabei hatte sie in ihrem ganzen Leben noch keine einzige Zigarette geraucht.

Der Abend mit den SimTech-Leuten verlief ganz nett. Sie saßen im Biergarten des alten Landgasthauses an der S-Bahn und erzählten.

Vor allem wollten die Anderen wissen, was Phillis in der Zwischenzeit gemacht hatte. Aber auch Chilli erzählte von seinen Versuchen, Borghold davon zu überzeugen, dass wissenschaftliche Vorträge wichtig seien für den Ruf der Firma.

„Der begreift das nicht. Wenn wir irgend etwas über unsere Arbeit hier veröffentlichen wollen, dann denkt er sofort, wir machen seinen Vorsprung am Markt kaputt. Dabei würden manche dann überhaupt erst merken, wie gut wir sind!" Er schnaubte ärgerlich.

Phillis musste grinsen. Sie wusste, dass Chilli heimlich immer noch von einer Unikarriere träumte. Und dafür waren Veröffentlichungen nun einmal unverzichtbar. Sie konnte sich erinnern, wie Borghold mit allen möglichen Argumenten dagegenhielt, um es dann am Ende regelmäßig einfach zu verbieten.

Auch Tao war noch gekommen. Er war im letzten Winter in China gewesen und erzählte ein wenig davon. Er konnte gut erzählen. Es gab viel zu lachen. Er erzählte allerdings in dieser seltsam unpersönlichen Art, die sie schon immer irritierte. Alle diese Geschichten konnten genauso gut einer völlig anderen Person passiert sein, wenn man den Worten folgte.

Nur wenn man genau hinhörte, konnte man seine Gespaltenheit ahnen, als Grenzgänger zwischen zwei so unterschiedlichen Kulturen. Aber das fand sich jenseits der gesprochenen Worte, es war mehr an der Art zu merken, wie er kleine Kommentare für seine Zuhörer einstreute, damit sie überhaupt verstanden, worüber er gerade redete.

Trotzdem ließ sie sich von der Geschichte einfangen und erinnerte sich, wie sie früher über Reisen nach China gedacht hatte: Sie wäre gerne hingefahren, aber sie hatte sich auch vor dem Gedanken gefürchtet, eine Riesenfamilie besuchen zu müssen und dabei kein Wort der Sprache zu verstehen.

Jetzt war ihr das angenehm fern. Tao war jemand, der interessante Dinge berichten konnte. Mehr nicht.

Als sie schließlich den Tisch vor den anderen verließ, um nach Hause zu fahren, trafen sich ihre Blicke.

Phillis sah schnell weg, drehte sich um und ging davon.

Ungefähr zur gleichen Zeit klingelte irgendwo in den Weiten der alten Sowjetunion ein uralter Telefonapparat. Er sah so aus, als ob er noch aus der Zeit des letzten Zaren stammte.

Die Verbindung war schlecht wie immer hier draußen. Zu weit weg von Moskau. Der mittelgroße Mann mit Namen Kortschow, der den Anruf entgegennahm, musste alles mit lauter Stimme wiederholen, um sicher zu sein, dass er richtig verstanden hatte.

„In zwei Stunden mit dem Flugzeug über Amsterdam nach Köln. Schließfachschlüssel bei der Information. Mietwagen nach Dortmund. Eventuell mehrere Tage. Rückflug von Düsseldorf über Paris und Bukarest." Der Mann am anderen Ende bestätigte und legte auf. Kortschow entspannte sich etwas.

Das Telefongespräch war völlig unverfänglich. So musste es auch sein. Niemand durfte aus diesen einfachen Verabredungen irgendetwas entnehmen. Etwas schriftliches würde es nie geben. Deshalb war die einzige Schwachstelle für sein Arrangement, dass seine Auftraggeber wussten, wer er war. Er seinerseits wusste ungefähr, wer sie waren. Aber das Wenige reichte, um ihm klarzumachen, dass er gegen sie im Zweifelsfall nicht viel unternehmen konnte.

Er wusste natürlich, um was es ging. Es war der vierte Job in zwei Jahren, und hoffentlich nicht der letzte. Noch wusste er nicht, wer die Zielperson war. Aber das war ihm fast egal. Aus irgendeinem Grund hatte er das Gefühl, dass es diesmal eine Frau sein würde. Aber er dachte nicht lange darüber nach.

Bald würde er wieder genug Geld haben. Zum Beispiel für den deutschen Sportwagen, den er seit zwei Wochen jeden Tag auf dem Hof des Autoimporteurs aus dem Bus heraus bewunderte. Das andere Problem, an das er nur ungern dachte und über das er niemals mit jemandem gesprochen hätte, wurde geringer. Vielleicht würde es sich dann von selber erledigen.

Als er Stunden später, noch in der Nacht, auf dem Flughafen Köln-Bonn landete, hatte Kortschow Druck auf den Ohren. Er hasste das Fliegen. Er bekam feuchte Hände, Magendrücken und gelegentlich sogar Krämpfe. Und eben diesen widerlichen Druck, der sich von den Ohren bis direkt ins Gehirn fortzupflanzen schien. Das lag bestimmt an diesen komischen Druckverhältnissen im Flugzeug!

Und dieses andere unangenehme Gefühl. Aber das versuchte er sowieso ständig zu ignorieren.

An der Information im verschlafenen nächtlichen Flughafen in Köln händigte man ihm bereitwillig einen Umschlag aus. Darin fand er ein Blatt Papier mit einem Namen und einer Beschreibung. Nur einige wenige frühe Pauschaltouristen waren bereits in der Halle. Keiner beachtete ihn, als er das Blatt studierte. Die Adresse war unten auf der Seite notiert. Ein Foto war nicht dabei.

Es würde auch so gehen. Es war, wie er gedacht hatte. Nur handelte es sich nicht um eine Frau.

Kortschow prägte sich die Angaben ein. Er bekam seinen Mietwagen und fuhr los. Den Zettel zerriss er in kleine Schnipsel, die er auf der Fahrt einen nach dem anderen aus dem Fenster hielt, wo sie vom Fahrtwind fortgeweht wurden.

Frau oder nicht, er würde seine Arbeit erledigen.

Freitag

Der Freitag entwickelte sich als kompletter Reinfall.

Phillis musste sich zunächst zwei geschlagene Stunden mit einem unzufriedenen Kunden auseinandersetzen, dem sie ein Sicherheitskonzept für seinen Rechnerpark geschrieben hatte.

Da stand nun drin, was nach den Regeln der Kunst für Sicherheitsmaßnahmen zu ergreifen waren, wenn er seinen geplanten Laden im Internet aufmachen wollte.

Zuerst war er ganz glücklich und zufrieden gewesen. Aber jetzt hatten ihm seine Techniker mitgeteilt, was das alles kosten würde. Da war er regelrecht aus der Haut gefahren, und er hatte sofort Phillis angerufen, um sie dafür zur Rechenschaft zu ziehen. Als wenn sie etwas dafür konnte.

In Wirklichkeit hatte er einfach Angst, dass sein so schön geplanter und öffentlich angekündigter Auftritt im Internet ins Wasser fallen könnte. Wahrscheinlich tauchten vor seinem geistigen Auge Banker auf, die bedenklich den Kopf wiegten und es sowieso schon immer alles gewusst hatten.

Phillis kannte das schon. Ein großer Teil ihres Geschäfts war in Wirklichkeit Psychologie. Die Leute hantierten mit Risiken, die sie nicht abschätzen konnten, und sie hatten gleichzeitig das Gefühl, keine andere Wahl zu haben. Wer heute nicht im Internet präsent war, war morgen vielleicht gar nicht mehr dabei.

Da waren nicht nur einfach sachliche Auskünfte gefragt, gegen das Nervenflattern halfen oft nur massive verbale Streicheleinheiten.

Nachdem sie den Mann schließlich halbwegs beruhigt hatte, kam Kowalsky und wollte mit ihr die Finanzplanung für das nächste Quartal durchgehen, oder was in der aktuellen Situation dafür durchging.

Seufzend ergab sie sich in ihr Schicksal.

Sonst klingelt bei allen möglichen und unmöglichen Gelegenheiten das Telefon, aber diesmal erlöste es sie nicht. Es wurde später Vormittag, bis sie mit dem Thema durch waren.

Sie rief Jung an. Der saß bei SimTech an Gerds Rechner und versuchte herauszubekommen, ob sich bei den dort hinterlassenen Dateien, Emails und sonstigen Eintragungen irgendein Hinweis ergab, wohin er verschwunden sein könnte.

„Bis jetzt habe ich nicht viel erreicht. Kein Mensch hier scheint das Rechnerpasswort seines PCs zu kennen. Ich komme nicht an seine Daten. Auf dem Server gibt es jedenfalls nichts Auffälliges."

Phillis schnaufte. Der kam ihr gerade recht! Der Kerl hatte behauptet, er sei

Sicherheitsfachmann, als sie ihn eingestellt hatte. Stimmte ja auch, in bestimmten Bereichen. Aber dass er sich so dämlich anstellte, konnte einfach nicht wahr sein!

„Sag doch mal, wir reden hier über Windows NT, richtig?" fragte sie in deutlich erhobener Tonlage, die ihr Genervtsein auch am anderen Ende der Telefonverbindung überdeutlich machte.

„Klar, wieso?" Jung war irritiert. Er hatte bisher nicht das Gefühl, etwas falsch gemacht zu haben.

„Gut, oder besser: Nicht gut! Du besorgst dir jetzt pronto eine Bootdiskette, schiebst die in den Rechner und guckst Dir die Sachen auf dem Dateisystem direkt an!"

Phillis knallte den Hörer auf die Gabel. Das war doch nicht zu glauben, der kannte wirklich nicht einmal die einfachsten Tricks!

So kamen sie nicht weiter.

Sie glaubte nicht mehr, dass sie auf diesem Wege irgendeinen brauchbaren Hinweis finden würden, wo Gerd steckte.

Sie versank in ein grüblerisches Schweigen. Fast eine Stunde saß sie fast reglos an ihrem Schreibtisch und sah auf ihren Monitor, ohne ihn wirklich wahrzunehmen. Sie achtete nicht auf Kowalsky, der auf seiner Seite des Büros in Akten wühlte, Papierhaufen hin- und herschob und geschäftig wie ein Hamster Pläne aufstellte.

Wenn sie das Geld für die Steuer nicht auftrieben, waren diese Pläne sowieso alle Makulatur.

Das gab den Ausschlag. Phillis würde es probieren. Viel kaputtmachen konnte sie damit nicht, und vielleicht erreichte sie sogar etwas.

Das Mittel, an das sie von Anfang an gedacht hatte, und an dem sie offenbar nicht vorbeikam, war in der Branche keineswegs unüblich.

Sie würde sich bei den interessanten Firmen bewerben. Einfach so tun, als wolle sie dort anfangen, nachdem ihr Ausflug in die Selbständigkeit nicht zu dem gewünschten Ergebnis geführt hatte. Es kam immer mal wieder vor, dass jemand auf diesem Wege versuchte, die konkreten Planungen von Konkurrenzunternehmen zu erfahren. Je besser die Lage auf dem Arbeitsmarkt für die Arbeitnehmer, desto erfolgversprechender. Dann musste sich nämlich der zukünftige Arbeitgeber richtig Mühe geben, den Bewerber zu überzeugen.

Aktuell war die Lage so, dass Fachleute der Informationstechnik dringend gesucht wurden. Alle Prognosen gingen in die Richtung, dass es noch schlimmer werden würde. Normalerweise kamen bei so einem Bewerbungsgespräch eine Menge Interna zur Sprache. Es würde sich bestimmt eine Gelegenheit ergeben, auch über Personen zu reden, also auch über Gerd Grevenhagen, den begnadeten Entwickler.

Sie meinte, ihr Risiko zu kennen. Es bestand vor allem darin, dass sie es sich vielleicht mit möglichen zukünftigen Kunden verscherzen konnte. Sie ahnte noch nichts von den ganz anderen Gefahren in dieser Angelegenheit.

In Wirklichkeit wusste sie genau, dass sie niemals bei den in Frage kommenden Firmen anfangen würde. Dazu waren die alle viel zu stark in Rüstungsgeschäfte verstrickt, und damit wollte sie nach wie vor so wenig wie möglich zu tun haben.

Aber als Kunden waren sie für a_capella natürlich trotzdem interessant. Sie hatte Zugang, über ihren Namen, den sie sich bei SimTech gemacht hatte, und wenn sie das missbrauchte, würden die danach keine Geschäfte mehr mit ihr machen wollen.

Eigentlich lagen ihr solche Eiertänze überhaupt nicht. Aber was blieb ihr übrig.

Wenigstens würde sie Borghold nichts davon erzählen. Dem das jetzt auch noch zu erklären, war ihr zuviel. Sollte er doch sehen, wie er damit klarkam.

Wenn er je davon erfuhr.

Sie begann, in ihrem elektronischen Adressverzeichnis nach den Telefonnummern der richtigen Leute zu suchen.

Wenig später hatte Phillis eine ganze Reihe von Telefongesprächen hinter sich gebracht.

Sie freute sich. Das war wirklich unerwartet schnell und reibungslos gegangen.

Sie machte sich allerdings keine Illusionen, dass das alleine mit ihrem unwiderstehlichen Charme am Telefon zusammenhing.

Sie hatte eine Einladung zu einem Gespräch bei der Firma Airship, bereits für den folgenden Montag. Sowie eine weitere von der Firma Navionic AG für den darauffolgenden Dienstag. Das waren zwei von drei großen Konkurrenten von SimTech.

Diese Leute waren offenbar mächtig unter Druck, dass sie so schnell reagierten. Das musste mit der anstehenden Ausschreibung zusammenhängen. Offenbar rotierte nicht nur SimTech.

Nur von P&M, der dritten Konkurrenzfirma, hatte sie noch gar nichts gehört. Sie hatte mit dem Entwicklungsleiter sprechen wollen, aber der war erst am kommenden Dienstag überhaupt wieder im Hause. Er würde zurückrufen, versprach man ihr.

Na ja, es konnte schließlich nicht alles glatt gehen. Das musste dann eben warten.

Dass Borghold nichts von ihren geplanten Besuchen bei seinen Konkurrenzfirmen wusste, machte ihr wenig Sorgen. Schließlich musste ihm klar sein, dass dieser Auftrag nicht mit den Mitteln der Ingenieurskunst gelöst werden konnte.

Dann brauchte er auch nicht alles zu wissen.

Sie musste einfach hoffen, dass sie die neu geknüpften Kontakte würde nutzen können, um ihr eigenes Geschäft weiterzubringen, wenn sie nichts über Gerd herausbekam. Und davon brauchte Borghold schon gar nichts zu wissen!

Markus Jung war bedient.

Es war fast ein halber Tag vergangen, seit er sich den Rüffel von Phillis eingefangen hatte, aber er war noch lange nicht darüber hinweg.

Nie machte er es richtig! Nie ließ die Hexe ein gutes Haar an dem, was er machte! Wütend hackte er auf der Tastatur herum, die vor ihm lag.

Nicht, dass er noch nichts gefunden hätte. Eigentlich war er sogar schon ziemlich weit. Er hatte nur noch nichts, mit dem er meinte ihr kommen zu können. Und er war gar nicht dazu gekommen, ihr etwas davon mitzuteilen.

Er hatte eine Reihe von Einträgen im internationalen Usenet gefunden, die von Grevenhagen stammen mussten. Wenn er immer noch sein Pseudonym GaGa benutzte, und sich niemand anderer dahinter verbarg, dann hatte er seine Spur aufgenommen.

Auch ohne Phillis Befehle wusste er, dass er Hinweise auf dem Rechner finden würde. Auf die Idee mit der Bootdiskette hätte er auch selber kommen können! Er war mindestens so ärgerlich auf sich selbst wie auf Phillis.

Das Usenet war ein spezieller Teil des Internet, das in den letzten Jahren eine unglaubliche Verbreitung erfahren hatte. Hier gab es zu praktisch jedem Thema unter der Sonne so genannte Foren, in denen jeder, aber auch wirklich jeder, der Lust dazu hatte, zu dem jeweiligen Thema Fragen stellen, Kommentare abgeben und sich allgemein äußern konnte. Diese Einträge wurden ‚Postings' genannt, und sie wurden durch ein spezielles System jedermann auf der Welt zugänglich gemacht, wenn er auf dieses Forum schauen wollte. Man sagte aber eigentlich nicht Forum, sondern auf gut neudeutsch ‚Newsgroup'.

Das Mittel, das Jung benutzte, war ein ziemlich einfaches. Fast alle der im Internet verbreiteten Suchmaschinen bezogen auf Wunsch auch das Usenet mit ein. Damit konnte man sehr komfortabel nach einem Wort wie GaGa suchen. Es war ausgefallen genug, um sehr schnell fündig zu werden.

Es fand sich in 52 verschiedenen Newsgroups, mehr oder weniger häufig. Es war wirklich unglaublich! Wann hatte der Mann noch gearbeitet?

Die Themen waren fast alle technischer Natur. So fand Jung heraus, dass Grevenhagen in fast allen Gruppen eifrig mitgemacht hatte, die sich mit Linux beschäftigten. Eigentlich logisch, fand er. Linux war das liebste Kind aller Microsoft-Hasser, ein Betriebssystem, das Windows ernsthafte Konkurrenz machte und von einer Gemeinde von Enthusiasten vorangetrieben wurde.

Auch die anderen technischen Bereiche waren ziemlich naheliegend. Netzwerkprobleme, Softwareentwicklung, Fragen der Rechnerarchitektur und so weiter. Breit gestreut, aber nichts besonderes für Jung. Es gab keine Newsgroup über Fahrsimulation.

Interessant waren die zwei oder drei anderen Fundorte.

Ein Fundort war eine Gruppe, in der über die verschiedenen Theorien von Weltverschwörungen diskutiert wurde. Da hatte er sich gelegentlich beteiligt. Jung fand das langweilig, aber ihm war bekannt, dass dieses Thema einige Kollegen stark beschäftigte. Außerdem wusste er das schon von Chilli.

Noch interessanter war aber die letzte Fundstelle. Es gab einen Bereich im Usenet, über den alle möglichen Dinge ausgetauscht wurden, die nicht auf Textdateien basierten, zum Beispiel Bilder.

Einer der Orte zum Austausch von Sexbildern waren die verschiedenen Gruppen, deren Namen mit „alt.binaries.pictures.erotica." anfingen. Hier fanden sich die unterschiedlichsten Vorlieben, von Nacktbildern berühmter Filmstars bis zu ziemlich unappetitlichen Dingen, die mit Tieren und ähnlichem zu tun hatten. Eine, in der eine besonders große Zahl von Postings zu finden war, drehte sich um das Thema „Bondage". Er hatte sich eine Reihe der Bilder angesehen. Es ging nicht nur um Fesselung, wie der Name nahe legte, sondern es waren alle Arten sadomasochistischer Bilder vorhanden. Manche mit erkennbarem Aufwand erzeugte Kunstfotos, die meisten aber Amateurschnappschüsse.

Praktisch alle Postings erschienen unter Pseudonym, mit teilweise phantasievollen, manchmal erschreckenden oder auch einfach lächerlichen Namen. Hier fanden sich einige Postings von GaGa. Sie schienen nicht auf eines der hier vorherrschenden Themen festgelegt, oder jedenfalls konnte Jung nichts dergleichen erkennen. Immerhin interessant, dass Grevenhagen offenbar über solche Bilder verfügte und gelegentlich einige davon für die allgemeine Betrachtung an diesem Ort veröffentlichte.

Jung blieb sehr viel länger in dieser Newsgroup als in allen anderen, obwohl er sich selbst immer als hauptsächlich technisch interessierten Menschen bezeichnet hätte.

Schließlich schrieb er eine Mail an seine Chefin. Alle Postings waren bis auf eine Ausnahme älter als zwei Wochen. Die letzte stammte vom vergangenen Freitag, drei Tage, nachdem Grevenhagen das letzte mal bei SimTech erschienen war.

Seit 7 Tagen gab es keine Postings mehr von GaGa.

Kortschow, der Mann aus Russland, überquerte die Straße. Das hieß, dass er sich durch eine Kolonne von LKWs und drängelnden PKWs kämpfen musste, die sich in Richtung Borsigplatz stauten. Er fand das Haus ohne Probleme, es lag völlig unscheinbar zwischen anderen Häusern, die auch nicht viel mehr zu bieten hatten. Graue Fassaden, noch immer schmutzig, obwohl die Luft schon länger nicht mehr voller Rußflocken war, wie noch in den sechziger Jahren. Und seit die unweit von hier gelegene Hütte der traditionsreichen Firma Hoesch geschlossen wurde, war zu dem alten Schmutz noch die Hoffnungslosigkeit ins Viertel gezogen.

Andere Häuser in der Gegen waren bereits aufwändig saniert, aber hier verbot der Straßenlärm jeden Gedanken an anspruchsvollere Mieter mit wenigstens etwas Geld. Neu war hier nur die Fahrbahnmarkierung auf der Straße, die den ständig stärker gewordenen Verkehrsstrom zu bändigen versuchte.

Kortschow gelangte ohne Probleme ins Haus und stand wenig später eine halbe Treppe oberhalb der Wohnungstür, hinter der sich die Person befand, die er suchte. Das Treppenhaus summte von den gedämpften Geräuschen, die aus den verschiedenen Wohnungen oberhalb drangen, nur gelegentlich übertönt von einem dröhnenden Schwerlaster draußen auf der Straße. Wahrscheinlich wurde für die Männer gekocht, die später am Nachmittag von der Arbeit zurückkommen würden. Türkisch, nach den Klingelschildern.

Er war aufgeregt, und auch wieder nicht. Sein Herz pochte, aber gleichzeitig fühlte er sich seltsam unbeteiligt. Allzu lange konnte er sich hier nicht aufhalten, obwohl er sich leidlich sicher fühlte. Der Grad von Verwahrlosung des Hausflures ließ nicht auf großen Zusammenhalt der Mieter schließen. Er dachte über seine Möglichkeiten nach.

Er hatte lange genug in Deutschland gelebt, um das beurteilen zu können. Als die Bundesrepublik 1990 in einer einmaligen Aktion einige tausend russische Juden als Kontingentflüchtlinge ins Land ließ, hatte er es geschafft, dabei zu sein. Obwohl sein jüdischer Hintergrund im wesentlichen aus einem angeheirateten Großvater seiner Mutter bestand. In Wirklichkeit konnte er nicht verstehen, dass Juden ausgerechnet nach Deutschland wollten. Er mochte die Juden nicht. Sowenig wie der Rest seiner Familie, zu der er keinen Kontakt hatte.

Aber er mochte auch die Deutschen nicht und hatte in diesem Land nie wirklich Fuß gefasst. So war er nach wenigen Jahren wieder zurück nach Russland gegangen. Wenige Wochen später fand er sich bei der Armee und dann in Afghanistan wieder.

Dort hatte Kortschow sein Handwerk gelernt. Er war öfter als ihm lieb war in Situationen gekommen, in denen es darauf ankam. Aber dann hatte er es gut gemacht, das Töten. Der handwerkliche Aspekt war das einzige, was ihm in jenem widerlichen Krieg eine gewisse Befriedigung verschafft hatte. Daran erinnerte er sich, als er nach dem Krieg in Russland nichts Vernünftiges zu tun fand.

Er selbst fand sich eigenartig antriebslos. Nichts interessierte ihn wirklich. Die anderen dagegen hielten ihn für entschieden eigenartig und begannen, ihn zu meiden. Dann hatte dieses andere Problem eingesetzt.

Eines Morgens erwachte er mit einer starken Schwellung. Das kam gelegentlich vor, aber diesmal ging es nicht wieder weg. Es blieb so über Tage und Wochen. Manchmal war es besser, meistens schlimmer.

Zu Ärzten ging er damit nicht. Dies war keine Angelegenheit, zu der er andere Menschen hätte hinzuziehen können.

Das einzige, was ihn auf andere Gedanken brachte und eine Art Linderung verschaffte, waren Autos. Richtige Autos mit viel PS und Chrom überall! Wenn er sich darin verlor, wie er das als Junge schon gerne getan hatte, ging es ihm besser. Er sah sich über eine Rennstrecke fegen oder ganz langsam über eine Promenade rollen, mit viel bewunderndem Publikum unter den Flaneuren. Eigentlich interessierten ihn die Männer unter den Zuschauern mehr, aber darüber legte er sich vorsichtshalber keine Rechenschaft ab. Er war schließlich nicht schwul!

Plötzlich sah Kortschow, wie die Wohnungstür sich öffnete. Ein dünner Mann in einer schäbigen, neongrünen Nylonjacke mit schwarzer Aufschrift schob sich umständlich seitlich aus der Tür. Er schwankte leicht und schien nicht ganz sicher auf den Füßen. In jeder Hand trug er eine voluminöse Plastiktüte. Er versuchte, trotzdem mit der rechten Hand den Türgriff zu erwischen.

Kortschow hatte den Mann schon einmal vor einer Stunde gesehen. Der Rollladen der Erdgeschosswohnung wurde hochgezogen, und dieser Mann hatte für kurze Zeit das Fenster geöffnet. Die Beschreibung passte in allen Einzelheiten. Vor allem das weißblonde Haar, das wirr und ungepflegt und zu lang auf sein Hemd fiel.

Er erkannte seine Chance und handelte sofort. Seine Hand hielt das Messer in seiner weiten Manteltasche. Er nahm die fünf Stufen bis auf den Erdgeschossabsatz mit Schwung und stand hinter dem Plastiktütenträger, der den Türgriff endlich erwischt hatte und gerade im Begriff war, die Wohnungstür hinter sich zuzuziehen.

Er gab ihm einen leichten Schubs. Gerade genug, um ihn gegen die Tür zu schieben, die von dem plötzlichen Druck wieder weit nach innen schwang.

Der dünne Mann gab einen überraschten Laut von sich und taumelte nach vorne. Er war wirklich schlecht auf den Füßen. Es roch nach Alkohol.

Bevor er sich wieder gefangen hatte, war Kortschow hinter ihm.

Das Messer fuhr durch den Stoff der Nylonjacke, und drang direkt unterhalb der Rippen in den Körper ein, um aufwärts nach vorne das Herz zu finden. Alles geschah fast geräuschlos und unspektakulär.

Außer natürlich für den dünnen Mann. Der starb, noch bevor er auf den Boden des kleinen Wohnungsflures gesunken war. Für ihn war es der spektakulärste Moment seines Lebens, aber er hatte ihn gar nicht richtig mitbekommen.

Kortschows Schwellung war verschwunden.

Er ließ den dünnen jungen Mann, der nicht einmal mehr Ärger oder Angst zum Ausdruck hatte bringen können, zu Boden gleiten, und schloss die Wohnungstür. Das Messer zog er heraus, wischte es an der Hose des Mannes ab und steckte es ein. Dann ging er durch die Wohnung. Wie erwartet war niemand da. Er staunte über die Menge an verschiedensten Computergeräten, die entlang der Wand auf einem langen Tisch aufgebaut waren. Unendlich viele Kabel verbanden sie miteinander.

Er begann, einige davon roh aus der Verkabelung zu reißen und in die Mitte des Raumes zu werfen. Etliche der Geräte schichtete er planlos darauf. Als der Haufen ihm groß genug erschien, warf er einen letzten prüfenden Blick auf seine Umgebung, dann auf seinen Mantel. Er hatte kein Blut abbekommen.

Er zog die Latexhandschuhe von seinen Händen, umfasste mit einem davon die Klinke der Etagentür, öffnete sie vorsichtig, und verließ das Haus durch die nur wenige Meter entfernte Haustür.

In der Wohnung lag der tote dünne Mann. Auf dem Boden breitete sich langsam ein eher kleiner Blutfleck aus. Das dunkle Rot schob sich unter die blumig bedruckten gelben Baumwollshorts, die an der Brückstraße einmal 15 Mark gekostet hatten. Sie hatten schon bei einem Vorstellungsgespräch drei Jahre zuvor für Gesprächsstoff gesorgt.

Sehr viel später an diesem Freitag Nachmittag klingelte bei Phillis mal wieder das Telefon. Sie saß in ihrem Büro in der Massener Strasse in Unna und versuchte, Licht in die verschlungenen Pfade ihrer Reisekostenaufstellung zu bekommen. Sie hasste diese Arbeit, von der sie wusste, dass sie absolut notwendig war. Ohne Aufstellung keine Abrechnung, und ohne Abrechnung kein Geld vom Kunden.

Trotzdem kam es immer wieder dazu, dass sie plötzlich Belege fand, die schon 3 Monate alte waren. Dann wusste sie, dass es mal wieder so weit war.

Eine völlig unbekannte Nummer auf dem Display. Sie drückte auf den Knopf, um das Gespräch anzunehmen.

„Schönen guten Tag! Meier hier. Spreche ich mit Frau Brentano?" meldete sich eine ihr genauso unbekannte Stimme.

Ein Mann, nicht jung und nicht alt. Geschäftsmäßig.

„Das bin ich. Womit kann ich Ihnen helfen?" Kundenpflege am Telefon. Das kostete sie immer ein bisschen Überwindung. Andererseits wickelte sie mindestens die Hälfte ihrer Tätigkeit übers Telefon ab, da lohnte es sich schon, freundlich und hilfsbereit zu klingen.

„Ich habe hier ein Problem!" sagte die Stimme. Diesmal war eine süddeutsche Klangfarbe zu hören, aber nicht sehr ausgeprägt.

Dann folgte eine längere Pause.

Phillis konnte nicht heraushören, ob er nicht wusste, wie er ansetzen wollte, oder ob er sich nur wichtig machen wollte.

Das war schon mal ein schlechter Anfang. Sie konnte Leute nicht leiden, die versuchten, sich wichtig zu machen.

„Wie ich gestern erfahren habe, kümmern Sie sich um die Ausschreibung des Bundesamtes für Wehrtechnik und Beschaffung für LKW-Fahrsimulatoren ..." Er ließ den Satz eigenartig hängen. Es war keine eigentliche Frage, aber auch nicht nur eine Feststellung. Phillis hatte bereits genug.

„Was möchten Sie denn?" fragte sie nun ganz schnörkellos und direkt. In

Wirklichkeit wusste sie genau, dass sie am meisten erreichte, wenn sie so auftrat, wie sie war, Kundenpflege oder nicht. Und der Kerl ging ihr bereits auf die Nerven.

„Also ganz einfach und direkt gesagt: Ich habe den Eindruck gewinnen müssen, dass Sie bei dieser Ausschreibung in einer Weise tätig werden, die nicht dazu passt, wie wir uns seriöse Bewerber vorstellen. Sie versuchen offenbar, Informationen auf – sagen wir mal – unkonventionelle Art und Weise zu sammeln...“ Wieder blieb der Satz so eigenartig in der Luft hängen.

Phillis war platt!

So etwas war ihr tatsächlich noch nicht passiert. Und es war noch nicht zu Ende!

„Um es kurz zu machen: Vielleicht ist es Ihnen ja möglich, ihre Aktivitäten so einzuschränken, dass sie sich mit den Gepflogenheiten dieses speziellen Zweigs öffentlicher Ausschreibungen decken. Sie verstehen ja sicher, dass die Vorstellungen von Seriosität und Sicherheit im militärischen Umfeld weiter gehen, als Sie das vielleicht von Ihren sonstigen Unternehmungen gewohnt sind.“

Das sagte der so, als wäre es das normalste von der Welt, wildfremde Menschen am Telefon in dieser Weise zu maßregeln. Unverschämt! Phillis schnaubte. Der sollte sie kennenlernen!

Völlig unbeeindruckt sagte die Stimme am anderen Ende der Leitung noch „Guten Tag!“ und hängte auf.

Es hatte fast freundlich geklungen. Er hatte gesagt, was zu sagen war, und das war's.

Sie riss fast den Hörer ihres Tischtelefons von der Gabel und begann, eine Nummer einzuhämmern. Während sie wartete, merkte sie plötzlich, dass ihre Backenmuskulatur wild arbeitete. Fehlte nur noch, dass sie anfing, mit den Zähnen zu knirschen.

Mann, war sie wütend!

Sie ließ sich von der Auskunft die Nummer des Amtes für Wehrtechnik und Beschaffung in Koblenz geben. Es gelang ihr nur schwer, die arme Frau, die die Nummer für sie heraussuchte, nicht allzu heftig anzublaffen.

Neunzig Sekunden später war sie mit der Vermittlung dort verbunden.

„Brentano hier, a_capella GmbH! Ich bin gerade von einem Herrn Meier aus Ihrem Haus angerufen worden. Wir wurden aber unterbrochen, und ich würde mich gerne noch weiter mit ihm unterhalten!“ Sie sagte das mit soviel Nachdruck, dass jeder normale Telefonist sofort ärgerlich reagiert hätte.

Nimm dich zusammen, Phillis, sagte sie sich selber vor. Es half nichts, wenn sie jetzt völlig Unbeteiligte anpfiff. Damit kam sie nicht weiter.

Es stellte sich heraus, dass die Frau am Telefon völlig unbeeindruckt war.

„Meier mit E-I oder mit A-I?“ fragte sie unbefangen.

„Keine Ahnung! Er hat mich angerufen und seinen Namen nicht buchstabiert!"

Ruhig, Phillis!

„Meier haben wir hier gar nicht, weder mit A-I noch mit E-I," war die sofortige Antwort, immer noch völlig unbefangen. Das konnte sie unmöglich so schnell nachgeschlagen haben.

Phillis platzte endgültig der Kragen.

„Danke!" war alles, was sie gerade noch ins Telefon bellen konnte, bevor sie den Hörer wieder auf die Gabel knallte.

Sie sprang auf. Verließ das Büro, ging hundertfünfzig Meter die Straße entlang und kaufte in einem winzigen Blumenlädchen Dünger für Zimmerpflanzen.

Dann ging sie zurück ins Büro und begann, systematisch alle Pflanzen in den anderthalb Räumen mit kleinen Dünger-Stäbchen zu versehen, die sie in die Erde drückte. Danach goss sie die Pflanzen, wobei ihr Tempo langsam nachließ.

Als sie fertig war, war auch ihr Adrenalinspiegel wieder halbwegs auf normal.

Sie setzte sich hin und dachte nach.

Dass es angeblich keinen Meier in diesem Amt gab, war schon eigenartig. Das kam eigentlich nie vor, bei dem Namen.

Aber vielleicht war es auch ein Hinweis.

Solche Behördenhengste stellten sich normalerweise immer mit Namen und Dienststelle vor, das heißt zum Beispiel mit dem Referat oder Dezernat, zu dem sie gehörten. Das hatte Herr ‚Meier' nicht getan.

Natürlich konnte man von jemandem, der sich derart aufführte, auch nicht erwarten, dass er die Benimmregeln für deutsche Beamte einhielt.

Wenn er ein Beamter war.

Und Meier hieß.

Phillis nahm ihr kleines Mobiltelefon in die Hand. Sie drückte eine Reihe von Knöpfen, dann erschien die Nummer auf der Anzeige, von der aus Herr Meier angerufen hatte. Da hätte sie auch früher drauf kommen können.

Sie drückte auf ‚Wählen'.

Es dauerte einen Moment, dann kam das Pfeiftonsignal. Wie bei „Kein Anschluss unter dieser Nummer". Es pfiff aber immer weiter, ohne dass eine Ansage gekommen wäre. Bei der Telekom wusste man nie, was diese Signale bedeuten sollten.

Nach einer Weile legte Phillis auf.

Es gab natürlich eine Möglichkeit, dem nachzugehen.

Sie rief einen Freund bei der Telekom an. Der half ihr manchmal, wenn er es mit seinem Arbeitsvertrag und seinem Gewissen vereinbaren konnte. Das war sehr hilfreich gewesen, als sie eine Zeit lang unangenehme Anrufe bekommen hatte. Die Telekom tat da zwar grundsätzlich auch etwas, aber geholfen hatte es erst, als sie diesen Freund eingeschaltet hatte. Dann wusste sie nach zwei Tagen, dass jemand aus dem Nachbarhaus hinter den Anrufen steckte.

Nachdem sie ihn einmal angerufen und sich zu erkennen gegeben hatte, war schlagartig Schluss gewesen.

Sie erklärte, dass sie zwar die Nummer eines wichtigen Geschäftspartners hätte, aber dort immer nur dieses Signal zu hören sei.

„Ich sehe mal kurz nach." Sie hörte das Klacken von Tastatureingaben.

„Moment .... jetzt hier .... komm schon!" und ähnliches Gemurmel waren zu hören, während ihr Gesprächspartner sich offenbar durch diverse Bildschirmanzeigen manövrierte.

„So, jetzt kommen wir der Sache schon näher!" sagte er schließlich. „Diese Nummer ist ganz eigenartig eingetragen, deshalb habe ich sie nicht sofort in dem zentralen Programm gefunden, mit dem wir Telefonnummern verwalten. Ich glaube aber, jetzt habe ich sie ..."

Er murmelte weiter einzelne Satzbrocken vor sich hin.

„So .... komisch, das muss doch Pullach sein, wieso ist das denn hier nicht eingetragen .... ach so, vielleicht hier ...."

Wieder wildes Tastaturgeklapper.

„Warum können die das denn nicht einmal richtig machen? Du glaubst ja gar nicht, was wir hier manchmal finden. Man wundert sich, dass das System trotzdem noch funktioniert! Ich müsste es aber gleich haben .... jetzt noch ... oh!"

Plötzlich war Stille am anderen Ende. Für kurze Zeit.

„Die Nummer gibt es nicht." Noch einmal Stille. Phillis fiel nichts ein, was sie so schnell sagen konnte. Sie war von dort aus angerufen worden!

„Die Nummer gibt es nicht. Dieses System ist eine Katastrophe, aber die Nummer ist nicht vergeben. Deshalb pfeift es auch, wenn du dort anrufst. Tut mir leid."

Dann wechselte er abrupt das Thema und begann, sie nach ihren Wochenendaktivitäten zu befragen. Sie stellten fest, dass sie das gleiche Jazzkonzert im Sommer besuchen wollten und verabredeten sich unverbindlich.

Phillis legte auf und blieb in Gedanken versunken sitzen.

Eine Nummer, die es nicht gab, die irgend etwas mit Pullach zu tun hatte, und von der aus sie angerufen wurde.

Sie wusste nicht, wo Pullach lag, außer, dass es irgendwo in Süddeutschland war. Sie wusste aber, dass der BND dort residierte. Der Bundesnachrichtendienst.

Jemand anderen hätte das vielleicht nicht weiter beunruhigt.

Nur war es ein Teil ihrer persönlich Vergangenheit, dass sie zusammen mit einigen Freunden vor vielen Jahren ‚militant gegen das Militär' gewesen war. So war damals ihr Wahlspruch, und sie waren recht erfolgreich gewesen. Fanden sie damals jedenfalls. Von den drei deutschen Geheimdiensten schien der BND der zu sein, der damit am wenigsten zu tun haben dürfte. Aber wer wusste denn, was die trieben, und warum?

Sie ahnte, dass die Dinge in Bewegung gekommen waren. Irgendwo war ein Stein ins Wasser gefallen und hatte Wellen verursacht. Jetzt kamen sie bei ihr an.

Aber wer hatte den Stein geworfen? Und warum?

Sie hatte nicht die leiseste Ahnung.

Samstag

Der Samstag Vormittag war für Phillis eine gute Gelegenheit, Tante Lene in Dortmund im Krankenhaus zu besuchen.

Das schöne am Leben in einer Kleinstadt war, dass sie an einem Samstag morgen nur ein paar Schritte vor die Tür zu gehen brauchte, um auch schon auf bekannte Gesichter zu treffen. Sie hatte Lebensmittel eingekauft, ein Paar Schuhe zum Schuster gebracht, in der Eisdiele zusammen mit den Bekannten in der Sonne gesessen und einen Espresso getrunken, und in zwei Läden nach Klamotten gesucht, ohne etwas zu finden. Jetzt fühlte sie sich diesem Besuch gewachsen.

Ihr Verhältnis zu Tante Lene war ungewöhnlich.

Die beiden Frauen hatten sich von Anfang an gemocht, während Uwe, Tante Lenes entfernter Neffe, der jetzt in den USA lebte, die Besuche bei ihr immer als lästige Pflicht aufgefasst hatte. Auf den ersten Blick hätten beide Frauen nicht unterschiedlicher sein können. Tante Lene wirkte wie die Bergarbeiterfrau von nebenan, korpulent, handfest und immer mit einem schnellen Kommentar auf der Lippe. In Wirklichkeit war sie eine studierte und jetzt pensionierte Bibliothekarin und hatte lange Zeit an verschiedenen Universitäts- und Landesbibliotheken in Deutschland gearbeitet.

Daneben wirkte Phillis geradezu grazil, was durch ihre eher sportliche und elegante Garderobe noch unterstrichen wurde. Obwohl sie durchaus zupacken konnte, wenn es darauf ankam.

Phillis mochte die direkte und verschmitzte Art, die Tante Lene damals ausgezeichnet hatte. Ihr gefiel der trockene Humor, mit dem sie Leute und Begebenheiten kommentierte, wobei sie gelegentlich durchaus verletzend werden konnte. Tante Lene hatte Phillis in ihr Herz geschlossen, obwohl oder gerade weil sie sich mit diesen herzlosen Maschinen und den ganzen anderen neumodischen Dingen abgab, mit denen Tante Lene so über Kreuz war.

Sie hatte ein tiefes Misstrauen gegen alle diese schnellen und praktischen Dinge wie Geldautomaten, Kaffeemaschinen und Autos mit Automatikgetriebe. Sie fuhr gelegentlich immer noch in ihrem alten Käfer herum, und Phillis war froh, wenn sie dann nicht in der Nähe war. Sie fuhr Auto, wie sie redete: Immer der Nase nach, und ohne ungesunde Rücksicht auf Andere.

Die Dortmunder Städtischen Kliniken sind mitten in der Stadt gewachsen, und entsprechend unübersichtlich ist der Gebäudekomplex. Er liegt zwischen dem Hohen Wall, der zur großen Ringstraße rund um Dortmunds Innenstadt gehört, und dem in den letzten Jahren regelrecht schick gewordenen Kreuzviertel. Diese Gegend hatte inzwischen die interessanteren Kneipen und Restaurants der Stadt, und auch edlere Geschäfte. Nur hier konnten sich esoterische

Buchläden oder die einzige Kleinkunstbühne der Stadt halten.

Am Empfang teilte man Phillis die Zimmernummer mit. Sie musste durch etliche Gänge, dann einen Aufzug nehmen und noch einmal um einige Ecken, bis sie die entsprechende Abteilung gefunden hatte. Auf dem Gang vor Tante Lenes Krankenzimmer befanden sich einige Patienten. Eine junge Frau mit bleichem Gesicht und dunklen Ringen unter den Augen schlurfte vorsichtig den Korridor entlang, der hellblaue Morgenmantel war unordentlich um ihren Körper geschlungen. Auf einem Stuhl saß ein alter Mann im Trainingsanzug aus dunkelblauer Ballonseide, dessen rechte Hand in einem unförmigen Verband steckte.

Er blickte apathisch vor sich hin.

Eine Krankenschwester hastete vorbei, ohne von Phillis Notiz zu nehmen.

Als sie sich der Tür mit der richtigen Nummer näherte, hatte sie den deutlichen Eindruck, dass die Leute auf dem Flur plötzlich Interesse zeigten. Auch der alte Mann sah ihr neugierig nach.

Sie klopfte, und als sich niemand meldete, ging sie vorsichtig hinein.

Tante Lene saß auf ihrem hohen Krankenhausbett, dessen Kopfteil so weit hochgeklappt war, dass es fast wie eine unförmige Stuhllehne wirkte. Sie schien zu dösen.

Die anderen beiden Betten im Zimmer waren nicht belegt. Offenbar gehörte niemand der Patienten, die sie auf dem Flur gesehen hatte, in dieses Krankenzimmer.

„Hallo, Tante Lene!" sagte Phillis. Sie ließ sich nicht täuschen. Die Alte war hellwach.

„Guten Tag, Mädchen!" antwortete Tante Lene. „Schön, dass Du mich holen kommst. Hier ist es zwar ganz nett, aber ich will wieder in meine eigenen vier Wände." Sie machte Anstalten aufzustehen. Phillis wusste, wenn sie jetzt nicht sofort etwas unternahm, saß sie in fünf Minuten mit der alten Frau im Auto und musste sie nach Hause fahren.

Sie schob den einzigen Besucherstuhl im Zimmer so neben Tante Lenes Bett, dass sie auf dieser Seite nicht aus dem Bett kam. Auf der anderen Seite befand sich die Zimmerwand.

„Nun erzähl mal," begann Phillis. „Wie geht es dir, was machst du hier, was sagen die Ärzte, wo ist deine famose Nichte Elke?"

Während sie alle diese Fragen auf einmal stellte, ließ sie sich demonstrativ gemütlich auf dem eher schmucklosen Stuhl nieder und ignorierte die Versuche der Alten, irgendwie an ihr vorbei aus dem Bett zu kommen.

Tante Lene ließ sich schließlich zurücksinken. So etwas erlaubte sie nur Phillis. Jede andere hätte sie zur Schnecke gemacht.

Sie begann, verschiedene Einzelheiten zu berichten, von ihrem Staubsauger, von der Pfütze unter ihrer Wohnungstür, von ihrem Sturz. Phillis gelang es, sich trotz der ziemlich unzusammenhängenden Erzählungen ein grobes Bild zu machen.

Aber das war nicht die Tante Lene, die sie kannte. Fahrig verlor sie ein ums andere Mal den Faden. In diesem Zustand alleine, das konnte ein Problem werden.

Aus ihrer Erzählung wurde klar, dass Tante Lene auf jeden Fall noch übers Wochenende im Krankenhaus bleiben musste, weil noch irgendwelche Untersuchungen ausstanden. Phillis versprach, Anfang der Woche noch einmal vorbeizuschauen.

Tante Lene hatte seit geraumer Zeit bis zu einem gewissen Grad in ihrem Leben die Stelle der Mutter eingenommen. Mehr als ihre eigene Mutter, mit der sie sich nicht besonders gut verstand. Geschwister hatte sie keine.

Diese alte Freundin jetzt hier zu sehen, und in so verwirrtem Zustand, tat ihr weh.

Sie machte sich auf die Suche nach der hilfreichen Frau Kunetzki, um mit ihr zu reden.

Es dauerte fast eine halbe Stunde, bis sie schließlich das Büro gefunden hatte, in dem Frau Kunetzki arbeitete. Natürlich war sie nicht da. Am Wochenende war diese Dienststelle des Krankenhauses nicht besetzt, wie man ihr schließlich am Empfang mitteilte, nachdem man sie vorher mehrfach auf der Suche danach in die Irre geschickt hatte.

Es war klar, dass jemand sich um Tante Lenes Wohnung kümmern musste. Außerdem konnte es sehr gut sein, dass sie sich nicht würde selber helfen können. Dann musste die Wohnung aufgelöst werden, und es gab sicherlich eine Menge anderer Dinge zu erledigen, von der Krankenkasse bis zum Aussuchen einer Pflegeeinrichtung.

Phillis begann sich zu fragen, wie viel davon wohl an ihr hängen bleiben würde. Zeit war etwas, das sie am allerwenigsten erübrigen konnte, aber in irgendeiner Form würde sie sich darum kümmern. Wenn doch nur die Nichte zuverlässiger wäre, die einzige lebende Verwandte, von der Phillis wusste. Außer Uwe, aber der war unerreichbar.

Als sie das Krankenhaus verließ, hatte sie den größeren Teil des Wochenendes noch vor sich. Arbeiten konnte sie immer, es war genug zu tun. Schließlich wartete niemand auf sie.

Aber sie hatte vor, es ruhig angehen zu lassen.

Nahe der Autobahn Nummer 40, wo sie Dortmund in Richtung Westen verlässt, war der Samstag Vormittag eine willkommene und lange erwartete Gelegenheit, sich der Öffentlichkeit zu präsentieren. In der Halle, in der der Simulator stand, verfolgte eine größere Ansammlung von Herren gebannt die Vorführung. Besonders ein mittelgroßer Mann mit einem ordentlichen Bierbauch in der vordersten Reihe schwitzte stark und schnaufte jedes Mal, wenn vor ihm etwas passierte. Er stand allein, soweit es der beengte Raum erlaubte.

Die Leinwand war groß genug, dass alle im Raum das Geschehen gut verfolgen konnten. Sie sahen zu, wie sich der Lastzug zunächst durch eine Stadt quälte, in der auf mehrspurigen Straßen ziemlich viel Verkehr herrschte. Allerdings war der Verkehr irgendwie immer in der Nähe, weiter weg war alles leer.

„Sehen Sie mal, die Häuser! Als wenn sie echt wären," sagte der Mann zu seinem zufälligen Nachbarn, einem älteren Herrn mit fast weißem Bart und Gelehrtenbrille, der in dem Bemühen, der Enge auszuweichen, nun dem Schweißgeruch und den Geräuschen des Dicken ausgeliefert war.

„Ja, aber auch irgendwie komisch. Täuschend echt, und doch so..."

Der Mann brachte seinen Satz nicht zu Ende. Sie waren beide nicht an die 3D-Projektion gewöhnt und wie absorbiert von dem Bewegungseindruck.

Der Mann mit dem Bierbauch schwitzte nun sehr stark. Er hatte hier nichts zu trinken gesehen, und er wusste nicht recht, wie er den Vormittag überstehen sollte. Jetzt hatte er zusätzlich die Simulatorkrankheit. Die schwankenden Bilder und die heftigen Bewegungen trieben empfindliche Naturen zu allen Arten von nervösen Reaktionen, von Schweißausbrüchen bis zu heftiger Übelkeit und Kopfschmerzen, auch wenn sie nur danebenstanden.

„Keine Fußgänger! Diese Figuren da sehen doch aus wie Pappkameraden, wie Marilyn Monroe oder Dick und Doof."

Der Gelehrte reagierte erst gar nicht. Auch er hatte mit Übelkeit zu kämpfen.

„Leblose Bilder..." war alles, was er schließlich doch noch herausbrachte.

Die übergroße Mehrheit der Männer im Raum war aber vor allem fasziniert. Sie verfolgten gebannt das Geschehen auf der Leinwand. Es war wie im Kino, fast niemand redete.

Inzwischen hatte der Lastzug die Stadt verlassen und befand sich auf einer geschwungenen Landstraße. Brenzlig wurde es, als plötzlich ein PKW halb auf der Gegenspur entgegenkam und keinerlei Anstalten zum Ausweichen machte. Als der Fahrer des Lastzuges elegant leicht nach rechts auswich und nichts passierte, war im Raum ein allgemeines Aufatmen zu hören, trotz der lauten Fahrgeräusche und der rauschenden Lüftungsanlagen.

Kurz nachdem der LKW auf die Autobahn einbog, senkte sich plötzlich Nebel auf die Landschaft, der schnell dichter wurde. Unter den Raumgeräuschen machte sich eine noch gespanntere Stille breit. Der dicke Mann wie auch der Gelehrte hielten den Atem an. Jeder kannte diesen Moment von Panik, den solche Situationen im realen Leben bedeuten.

Der LKW hätte viel stärker bremsen müssen, um seine Fahrweise den veränderten Bedingungen anzupassen. Aber niemand tat das, schon gar kein gehetzter Lastwagenfahrer auf Liefertour.

Plötzlich tauchte direkt vor dem laut röhrenden Laster ein PKW auf. Nur eine Sekunde später knallte es bereits.

Vierundzwanzig gestandene Männer und eine Frau zogen erschreckt den Kopf ein.

Es war aber auch zu realistisch. Vor allem das laut krachende Geräusch zerrte an den Nerven. Der Mann mit dem Bierbauch war regelrecht zusammengefahren.

Dann war die Show vorbei, und die knisternde Spannung löste sich in einen prasselnden Beifall auf.

„Klasse! Irre! Jawohl, das ist es!" stieß der Mann schnell nacheinander hervor, wobei er sich mit seinem Bauch an seinem Nachbarn mit der Gelehrtenbrille vorbeidrücken musste, um sich wieder in die erste Reihe zu drängeln.

Es war wie nach einem gelungenen Konzert, wenn der Dirigent sich schweißgebadet zum Publikum umwendet und verbeugt. Danach steht das Orchester auf und verbeugt sich ebenfalls.

Nun ja, nicht ganz wie bei einem Konzert.

Es gab stehende Ovationen. Die Männer waren alle ordentlich in Geschäftsanzüge gekleidet, bis auf die, die in Uniform erschienen waren. Die eine Frau fiel praktisch gar nicht auf.

Aber das Licht, das anging, war Neonlicht, das den Raum mit einem zuerst flackernden, dann kontinuierlichen harten Licht erfüllte. Die meisten Anwesenden blinzelten geblendet.

Der Dirigent war Borghold, und auch er war in Schweiß gebadet, aber vor allem deshalb, weil die ganze Zeit die Gefahr bestanden hatte, dass der unselige Fehler mit der Lenkung wieder auftrat.

Es war allerdings alles gut gegangen.

Chilli war der Kapellmeister, er wurde als Chefentwickler vorgestellt, und es gab erneut Beifall.

Das Publikum war tatsächlich hellauf begeistert.

Es handelte sich um die kleine Gemeinde von Fachleute, die seit Jahren auf den LKW-Trainingssimulators wartete. Ihnen war heute das fertige Serienmodell des SimTech-Simulators vorgeführt worden, und sie waren stark beeindruckt.

Der Simulator erweckte immer wieder eine ähnliche Begeisterung wie die 3D-Kinos, weil die Szene die Betrachter in sich hineinzusaugen schien. Man konnte die ganze Zeit erkennen, dass es sich um Computergrafik handelte, aber das tat dem Effekt keinen Abbruch.

Dieser Simulator würde die Fahrausbildung revolutionieren. Davon waren hier alle überzeugt, und zwar aus einem einfachen Grund: Niemand wollte gerne in der Nähe sein, wenn ein Fahranfänger zum ersten Mal in eine wirklich gefährliche Situation geriet. Vor allem kein Fahrlehrer oder Ausbilder. Die Unfallstatistik kündete in beredten Zahlen von den alleingelassenen Fahranfängern, die bei ihrem ersten Mal kein Glück gehabt hatten.

Mit einem Simulator konnte der Ausbilder das Ganze in aller Ruhe aus dem Sessel verfolgen und sogar hinterher noch gute Ratschläge erteilen.

Es schien, als sei der schon seit Jahren von einigen geträumte Traum Wirklichkeit geworden. Und das um Jahre früher, als man noch vor einiger Zeit denken musste. Diese kleine Firma hatte wirklich etwas Besonderes geleistet, und die Freude und die Anerkennung waren echt.

Ein Oberstleutnant der Bundeswehr zeigte sich besonders begeistert. Er wurde Chilli vorgestellt. Borghold stellte überrascht fest, dass die beiden sich seit Jahren kannten, noch von Chillis Zeit an der Uni.

„Herzlichen Glückwunsch! Das haben Sie wirklich erstklassig hinbekommen. Ich sehe das ja heute nicht zum ersten Mal, aber es ist jedes mal wieder ein Erlebnis!" Er strahlte wirklich über das ganze Gesicht.

„Ich möchte jetzt nicht zu viel sagen, aber Sie beteiligen sich ja an unserer Ausschreibung. Ihre Wettbewerber werden es schwer haben!" Er schüttelte energisch Chillis Hand.

Chilli stand ruhig inmitten der ganzen Aufregung. Er ärgerte sich, dass er sich hatte überreden lassen, einen Anzug und schwarze Straßenschuhe anzuziehen. Sogar eine Krawatte hatte er um, das erste Mal seit seiner Konfirmation! Die Schuhe hatte er sich von seinem Nachbarn leihen müssen, er besaß ganz einfach keine, die zu einem Anzug gepasst hätten.

Nein, eigentlich ärgerte er sich nicht wirklich.

Vor allem freute er sich, und er war stolz.

Sie hatten zusätzlich zu der Lenkung noch eine Reihe von anderen Problemen, und die würden sie sehr schnell lösen müssen. Für die Präsentation bei der Bundeswehr in zwei Wochen mussten sie vor allem die neue Fahrerkabine am Laufen haben. Aber sie waren es gewohnt, unter Hochdruck zu arbeiten, und inzwischen zweifelte er nicht mehr daran, dass sie es schaffen würden. Wenn sie nur Gerd Grevenhagen fanden.

Besonders ermutigend war, dass die Militärs so beeindruckt waren. Im Unterschied zu Phillis machte ihm das nichts aus. Er hatte während der Demonstrationsfahrt im Dunkeln hinter zwei Uniformierten gestanden, die er nicht kannte. Sie hatten sich darüber unterhalten, dass die Bundeswehr von der Hardthöhe verpflichtet worden war, so bald wie irgend möglich die LKW-Fahrausbildung von der Straße weg und auf Simulatoren zu verlegen. Die olivgrünen Fahrschulen, die natürlich auch noch besonders leicht zu erkennen waren, fuhren jedes Jahr Millionen von Kilometern in Wohngebieten herum. Der Druck, das abzustellen, war enorm.

Der eine ließ sogar durchblicken, dass die gegenwärtige Ausschreibung nur deshalb zustande gekommen war, weil man inzwischen glaubte, mit dem SimTech-Simulator endlich ein ausgereiftes Produkt einsetzen zu können.

„Das andere Zeug taugt doch nichts, mal ehrlich! Ich habe denen beim Bundesamt und in Bonn erklärt, sie brauchen gar nicht erst zu versuchen, uns was anderes anzudrehen. Wir wollen diesen Simulator und sonst nichts!" Er lachte. „Was meinst du, wie die geguckt haben!"

Der andere Uniformierte lachte mit.

Chilli hatte sich unauffällig davon gemacht, und jetzt genoss er das Rampenlicht. Alle wollten mit ihm sprechen, es wurde gratuliert und hohes Lob gespendet.

Er zog das Kinn ein und lüftete seinen Hemdkragen. Vielleicht würde er sich ja sogar an die Krawatte gewöhnen.

Der Mann mit dem Bierbauch blieb mit einem Kollegen im Hintergrund. Niemand achtete mehr auf sie.

Herr Meier aus Pullach hieß natürlich nicht Herr Meier.

Herr Meier gehörte auch keineswegs zum Amt für Wehrtechnik und Beschaffung. Er war allerdings Beamter.

Und Herr Meier war nicht amüsiert. Seit zwei Tagen fiel mit schöner Regelmäßigkeit immer wieder derselbe Name. Diese Frau bringt mich noch um meinen Büroschlaf, dachte er grimmig. Sogar am Samstag!

In seinen eigenen Überlegungen spielte diese Frau eigentlich keine Rolle. Jetzt allerdings hatte sie sofort nach ihrem Wiederauftauchen bei SimTech mit allen wichtigen Konkurrenten Kontakt aufgenommen. Und das in verdeckter Form. Er konnte von Glück sagen, dass er überhaupt davon erfahren hatte. Ohne seine erstklassigen Kontakte wäre das an ihm vorbeigelaufen.

Als alter und erfahrener Intrigant vermutete er dahinter eine verborgene Absicht. Und er befürchtete, dass seine eigene Intrige, an der er spann, dadurch gestört werden könnte. Schon aus Vorsicht wollte er die Frau da weg haben.

Er hatte sich die Zeit genommen, festzustellen, um wen es sich dabei handelte.

Einige kurze Datenbankabfragen hatten zu seiner Überraschung schnell etwas ergeben. Sie war als junge Studentin sehr aktiv in der Friedensbewegung gewesen, und sie hatte sich engagiert daran beteiligt, die Öffentlichkeit über die Aktivitäten der Rüstungskonzerne zu informieren. Dabei war es auch zu Informationslecks in einem Ministerium gekommen, in dessen Folge immerhin ein Staatssekretär hatte zurücktreten müssen. Ob sie allerdings in dieser Sache eine aktive Rolle gespielt hatte, war nie geklärt worden. Sie wurde nur als Person im Umkreis der Organisation aufgeführt, die die Informationen veröffentlicht hatte. Zu einer Anklage gegen sie war es nie gekommen. Das war verwunderlich, bei dem damaligen Klima!

Er erinnerte sich vage an diese alte Geschichte. Damals war er allerdings noch nicht dienstlich mit solchen Themen befasst gewesen.

Im Übrigen galt sie bis vor einiger Zeit als eine der führenden Spezialistinnen im Bau von Fahrsimulatoren. Staunend las er, dass diese Geräte in vieler Hinsicht erheblich anspruchsvoller als die bekannten Flugsimulatoren waren.

Sie war einige Zeit mit dem Thema durch verschiedene Talkshows gereicht worden. Er fand sogar ein Bild.

Im Rahmen des völligen Neubaus einer militärischen Hafenanlage in einem befreundeten ostasiatischen Kleinstaat spielte nun eigenartigerweise die Lieferung von LKW-Fahrsimulatoren eine nicht geringe Rolle. Der Anteil davon am Gesamtgeschäft war verschwindend, aber die Militärs dort hatten aus irgendeinem Grund diesen Punkt zu einem mitentscheidenden Vergabekriterium gemacht.

Bis dahin hatte er nicht einmal gewusst, dass es solche Geräte gab. Er erinnerte sich lediglich dunkel, einmal etwas darüber im Fernsehen gesehen zu haben.

Seit einigen Wochen arbeitete er daran, eine Kooperation zwischen SimTech und einem großen deutschen Baukonzern zu hintertreiben, bei dem es um diesen Hafenneubau ging.

Diese Firma SimTech kooperierte mit den falschen Leuten. Dass es eine deutsche Firma werden sollte, war Teil eines internationalen Handelsvertrags und bereits auf höchster Ebene mit der fremden Regierung verabredet. In bestimmten Teilen der deutschen Regierung war ausgemacht, dass dieser Hafenausbau an die notleidende Werftindustrie gehen sollte, und zwar im Besonderen an denjenigen Werftkonzern, der im Moment wegen Zahlungsschwierigkeiten und anderen Unregelmäßigkeiten in den Schlagzeilen und in aller Munde war. Praktischerweise hatten die eine zugekaufte Tochterfirma, die ebenfalls Simulatoren herstellte. Allerdings gab es offenbar Unterschiede in der Qualität.

Wie es sich ergab, wurde er von einer Person, die an dem Deal als Vermittler beteiligt war, angesprochen. Er legte ihm nahe, doch genau das zu tun, was er sowieso schon vorhatte. Das war mehr als merkwürdig, aber es gefiel ihm, denn der Mann hatte etwas bei ihm gut, eine alte Schuld aus einem früheren Projekt. Wenn er das bedienen konnte, indem er einfach seinen Job machte, um so besser.

Es handelte sich um jemanden, dessen erstklassige Verbindungen es ihm erlaubt hatten, bei einer ganzen Reihe von größeren Waffengeschäften auf der Seite der Wirtschaft eine ähnliche Funktion einzunehmen, wie sie seiner Dienststelle auf der öffentlichen Seite eigen war. Im Laufe der Zeit hatte sich eine sehr fruchtbare Zusammenarbeit ergeben, die für beide Seiten höchst vorteilhaft war.

Der Ruf dieser Person war über alle Zweifel erhaben, und hatte auch einer Überprüfung durch gleich zwei der beteiligten Dienste standgehalten.

Die Frau musste da weg. Allerdings war dies etwas, was er unmöglich selbst erledigen konnte. Deshalb hatte er sich an einen alten Kollegen erinnert, der durch einen bedauerlichen Zwischenfall nicht im BND hatte bleiben können. Der Mann betrieb in Köln eine Auskunftei mit etwas zweifelhaftem Ruf.

Sie hatten ihn früher hinter seinem Rücken ‚Goldkettchen' genannt, weil er selbst im Anzug noch mit einer breiten Goldkette ums Handgelenk herumgelaufen war. Seit er keine Anzüge mehr trug, war es noch schlimmer geworden, wie man ihm erzählte. Sie hatten ein Arrangement getroffen.

Sein Anruf bei ihr sollte nur der Auftakt sein.

Einige Stunden später war der Mann mit dem Bierbauch schon an Frankfurt vorbei. Die A 5 war wie immer ein kleiner Alptraum, aber Samstags nachmittags auch wieder nicht so schlimm wie zum Beispiel am Montag früh. Mit Schaudern dachte er daran, dass er am kommenden Montag wieder hier stehen würde. Jetzt aber war er richtig gut drauf.

Er hatte am Vormittag in Dortmund viel Spaß gehabt, und er hatte am Schluss doch noch etwas zu trinken gefunden. Das war aber auch eine Idee, zu einer öffentlichen Präsentation zwar Bier auf den Tisch zu stellen, aber nur und ausschließlich alkoholfreies! Wegen der Verkehrssicherheit!

Aber jetzt ging es ihm gut. In einer Viertelstunde würde er zu Hause sein, gerade rechtzeitig, um vor der Bundesliga im Fernsehen noch ein paar Flaschen Bier aus dem Keller zu holen. Der Keller war kalt genug, er war nicht auf den Kühlschrank angewiesen.

In Gedanken an den kommenden Montag rollte er über die letzten Landstraßenkilometer zu seinem Wohnort. Der befand sich nicht allzu weit von der Autobahn, aber schon in den ersten Erhebungen des Odenwalds.

Es wurde hügelig, die Straße begann sich in ein Tal zu schmiegen, das für die geringe Höhe der umliegenden Hügel erstaunlich tief eingeschnitten und eng war. Es begannen die letzten zwei Kilometer vor seinem Dorf, mit einer Mauer auf der rechten Seite der Straße und dunklem Wald auf der linken.

Er fuhr, wie alle hier, die die Strecke kannten, um einiges zu schnell. Nicht so schnell, dass er aus einer Kurve hätte fliegen können. Dafür kannte er die Straße gut genug. Aber zu schnell, um noch reagieren zu können, wenn eine kritische Situation hinter einer Kurve wartete.

Oder eben, wenn ein anderer Fahrer sich plötzlich idiotisch verhielt.

Der Golf, der ihm in einer langen Kolonne entgegenkam, die sich hinter einem langsam fahrenden Trecker herquälte, scherte plötzlich fast direkt vor ihm aus.

„Du verdammter Idiot!" brüllte der Mann noch.

Es war eine zweispurige Straße, ohne Platz zum Ausweichen. Der Platz zwischen dem sehr schnell näherkommenden Golf und der Mauer rechts würde nicht reichen!

Der Mann sah den Golf kommen, aber er reagierte höchst ungewöhnlich.

Zum Beispiel bremste er nicht.

Er wäre vielleicht sowieso nicht mehr ganz zum Stehen gekommen. Vielleicht hätte auch das hinter ihm fahrende Fahrzeug, das natürlich mit viel zu knappen Abstand, aber gleichem Tempo hinter ihm herkam, nicht mehr rechtzeitig bremsen können. Aber der inzwischen unvermeidliche Aufprall wäre um vieles glimpflicher verlaufen, als es nun der Fall war.

Der Mann lenkte sogar noch etwas nach links.

Der Golffahrer hatte inzwischen seinen Missgriff bemerkt und versuchte mit quietschenden Reifen, wieder zurück auf seine Straßenseite zu kommen.

Halb schaffte er das auch noch. Vielleicht hätte am Schluss sogar die Lücke, die er dem Gegenverkehr ließ, noch knapp ausgereicht.

Aber der Mann lenkte ja gar nicht in diese Lücke.

Er hatte plötzlich ein déja-vu.

Es war gegen Mittag gewesen. Der Kollege vom eigentlich konkurrierenden anderen großen Spediteursverband hatte mit Verschwörermiene einen Flachmann aus der Tasche gezogen, und sie beide hatten sich, vom Rest der Teilnehmer unbemerkt, eine ordentliche Portion hinter die Binde gekippt.

Dann war er an der Reihe gewesen. Er durfte in diesem nagelneuen Simulator fahren! Und wie er das gemacht hatte. Es war unendlich lustig gewesen.

Er hatte zwar ein paar Schwierigkeiten mit dieser neumodischen elektronischen Schaltung gehabt, aber sonst war er sofort damit zurecht gekommen.

Allerdings hatte er gleich zu Anfang ein entgegenkommendes Fahrzeug gestreift. Das war ihm im richtigen Leben noch nie passiert. Großes Gejohle im Saal! Die ganze anwesende Männerschar klopfte sich auf die Schenkel und brüllte vor Lachen!

Und er immer mit. Es war aber auch zu lustig! Immer, wenn man gegen ein anderes Auto oder gegen einen anderen Gegenstand lenkte, knallte es so wunderbar. Die anderen Fahrzeuge hupten sogar noch und versuchten auszuweichen oder zu bremsen.

Er aber hatte sie alle erwischt. Es war wie ein Rausch über ihn gekommen. Und immer, wenn er einen Unfall verursacht hatte, bekam er das Ergebnis auf der Leinwand noch einmal aus einer anderen Perspektive gezeigt. Man konnte genau betrachten, wo man den anderen erwischt hatte, bevor man weitermachte.

Da hatte er das erste Mal verstanden, warum Leute Spaß an Computerspielen hatten. Dies war ein gigantisches Spielzeug, und er fuhrwerkte mit diesem Schlachtross in einer künstlichen Welt herum.

Als er jetzt auf der richtigen Straße ein Fahrzeug entgegenkommen sah, reagierte er völlig ungewöhnlich. Ob es nur am Alkohol lag, ob seine Schreckreaktion nicht richtig einsetzte, oder ob er sich einfach an entgegenkommende Fahrzeuge gewöhnt hatte: Er wartete darauf, dass der Crash kam.

Irgendwie hatte er wohl das Gefühl, danach würde er aussteigen, sein Kollege würde vor der Tür stehen und ihm lachend auf die Schulter klopfen.

Der Crash kam mit voller Wucht. Der entgegenkommende Golf schaffte es wunderbarerweise noch, an ihm vorbeizukommen, aber der dahinter folgende Geländewagen wurde voll an der Seite getroffen. Er prallte wie eine Billardkugel ab und schlug eine Schneise in die neben der Straße stehenden Bäume. Zum Glück für den Fahrer handelte es sich zwar um sehr dicht stehende, aber nicht sehr große Fichten, die das Fahrzeug über eine Strecke von fünfzig Metern fast gleichmäßig abbremsten, so dass es noch auf den Rädern schließlich zum Stillstand kam.

Der Fahrer dieses Fahrzeugs hatte einen Riesenschrecken bekommen, das Auto hatte etliche Beulen, aber sonst war nicht viel passiert.

Der Mann, der noch am Mittag so viel Spaß im Simulator gehabt hatte und immer von sich sagte, dass er gerne Auto fuhr, hatte nicht so viel Glück.

Sein Fahrzeug prallte von dem entgegenkommenden Geländewagen seitlich ab. Er durchschlug die Mauer an der rechten Straßenseite, wobei er auf der rechten Seite von unten einen viel stärkeren Schlag erhielt als auf der linken. Er hob ab und drehte sich dabei im Fluge, und so schlug er schließlich fünf bis sechs Meter tiefer mit dem Dach zuerst in dem Bach auf, der sich unten durch das Tal schlängelte und dabei munter über unterschiedlich große Felsblöcke sprang.

Ein solcher Fels drückte das Dach auf der Fahrerseite im Bruchteil einer Sekunde tief nach innen durch.

Unser Mann hatte keine Chance.

Er war sofort tot.

Markus Jung brauchte jetzt etwas Zeit. Es war Samstag Nachmittag, und das Wochenende lag vor ihm. Er wusste nichts von Unfällen, und auch Simulatoren jeder Art waren ihm im Grunde egal.

Auf dem Weg nach Hause besorgte er sich vier Tiefkühlpizzen und eine ganze Palette Red Bull. Es würde eine lange Nacht werden, und dies hier war erst der Anfang. Er war sich keineswegs sicher, ob es reichen würde.

Zuhause angekommen, schob er eine Pizza in den Ofen und kochte eine große Kanne Kaffee.

Dann setzte er sich an seinen Rechner.

Seine Ausstattung sah bei weitem nicht so bombastisch aus wie die von Grevenhagen. Sie hatte es aber in sich.

Er arbeitete am liebsten an seinem Notebook. Dem flachen Ding sah man nicht an, dass es mit Speicher überreichlich ausgestattet war. Außerdem eine Festplatte, die groß genug war, jede Menge Spezialprogramme aufzunehmen. Er steckte sein ganzes Geld in diese Sachen und war immer auf dem neuesten Stand.

Zuhause schloss er einen riesigen Bildschirm und eine geteilte Tastatur an das Notebook an. Jetzt konnte es losgehen.

Was er vorhatte war im Prinzip ganz einfach. Aber eben nur im Prinzip. Er wollte versuchen, nach anderen Leuten zu suchen, die in den gleichen News-groups wie Gerd Grevenhagen schrieben. Das war ein Haufen Arbeit, ohne dass er sicher sein konnte, etwas zu finden. Deshalb hatte er den Kollegen erst gar nichts davon gesagt.

Außerdem machten ihm solche Aktionen Spaß. Bei ihm waren Hobby und Beruf eins, und heute nacht würde er gar nichts anderes tun als in einer langen Reihe anderer Nächte zuvor.

Natürlich hatte er für diesen Zweck eine Reihe von Hilfsmitteln. Er hatte nämlich keineswegs vor, diese Newsgroups von Hand zu durchsuchen. Das war höchst aufwendig und bei der großen Zahl der dort agierenden Personen und Namen nahezu aussichtslos.

Er würde einen Robot einsetzen.

Das war keineswegs eine neue Erfindung. Solche Programme wurden überall da benutzt, wo von einer Stelle aus möglichst viele Informationen zusammen-getragen werden sollten. Die Suchmaschinen im Internet konnten so schnell arbeiten, weil sie ihre Informationen bereits alle in einer Datenbank hatten. Ein Robot hat sie dort niedergelegt, nachdem er sie über einen längeren Zeit-raum im gesamten Internet gesammelt hat.

Müsste die Suchmaschine für jede Anfrage das Internet direkt absuchen, würde jede Antwort Tage dauern. Außerdem bräche das Netz unter der Last dieser Suchanfragen sofort zusammen.

Markus Jung hatte da allerdings einen ziemlich ausgefallenen Robot.

Er hatte ein Programm, dessen Quelltext er im Internet gefunden hatte, sehr gezielt weiterentwickelt. Der Robot konnte eine ganze Menge, was nirgendwo für Geld zu kaufen war. Allerdings erforderte er einen Fachmann als Bedie-ner, sonst machte er gar nichts.

Zusätzlich musste man bereit sein, ein paar Regeln der Telekom und der Firmen, die den Zugang zum Internet zur Verfügung stellten, nicht so genau zu nehmen.

Markus Jung war ein dazu bereiter Fachmann.

Eine halbe Kanne Kaffee später, und nachdem die erste Pizza in handgerech-ten Stücken über der Tastatur ihr Ende gefunden hatte, war der Robot start-klar.

Er würde die Newsgroups nach einer speziellen Reihenfolge durchsuchen, die die Wahrscheinlichkeit erhöhte, schnell zu ‚Verbindungen' zu kommen.

‚Verbindungen', das waren Namen, die in mehr als einer Newsgroup zusam-men mit Grevenhagen auftauchten.

Besonders interessant würden natürlich Namen sein, die sich in irgendeiner Weise mit den Firmen in Verbindung bringen ließen, auf die sie jetzt schon einige Male gestoßen waren. Also zum Beispiel die Navionic AG oder P&M.

Darauf war der Robot programmiert. Da die Leute in den technischen Newsgroups normalerweise nicht unter Pseudonym schrieben, konnte man in der Regel an ihrer Email-Adresse ablesen, zu welcher Firma sie gehörten.

Natürlich nur, wenn sie von ihrer Firma aus schrieben und nicht zum Beispiel wie Grevenhagen von Zuhause aus. Aber mit diesen Fällen würde er sich später befassen.

Markus Jung startete den Robot. Der brauchte jetzt eine Weile, bis er erste Ergebnisse brachte. Außerdem begann im Fernsehen seine Lieblingsserie. Da musste dann auch der Computer schon einmal etwas warten. Picket Fences wartete nicht, also bewegte er sich vor das bombastische Gerät, das bei ihm den normalen Fernseher ersetzte.

Viel später an diesem Samstag Abend, genaugenommen um ein Uhr nachts, fluchte er leise vor sich hin.

Der Robot brachte einen Haufen Verbindungen zustande, aber nichts davon schien weiterzuhelfen. Es gab noch eine ganze Reihe von ähnlichen Vielschreibern wie Grevenhagen. Vor allem in der Szene, die sich intensiv mit Linux, der Alternative zu Microsofts Windows, auseinander setzte, aber auch in anderen Zusammenhängen.

Er hatte bereits 72 Namen, die in mehr als drei Newsgroups regelmäßig zusammen mit Grevenhagen aufgetaucht waren. Sechs davon waren unleserliche Kürzel oder Pseudonyme. Der Rest fiel durch nichts auf.

Insignifikant, dachte er bei sich. Das war für ihn so eine Art Schimpfwort.

Innerlich war ihm die ganze Zeit klar gewesen, dass all das bisher nur zum Aufwärmen gewesen war. Er brauchte immer einige Zeit, bis er sich selber davon überzeugen konnte, dass es eben nicht anders ging!

Nun war er bereit für Stufe zwei.

Als erstes musste der Robot schneller werden. Bei der geringen Übertragungsgeschwindigkeit, die die Telekom zur Verfügung stellte, dauerte es viel zu lange, bis alle die Postings aus den verschiedenen Gruppen auf seinem Rechner waren.

Die Lösung war so einfach wie illegal.

Das Programm musste auf dem Newsserver laufen, direkt dort, wo die ganzen Informationen gespeichert waren.

Natürlich hatte der Betreiber etwas dagegen, wenn irgendein Benutzer auf seinem Server Programme startete. Es gab eine ganze Reihe von Vorkehrungen, die genau das verhindern sollten.

Es war sozusagen der Supergau, wenn ein unbefugter Benutzer soviel Kontrolle bekam, dass er dort Programme starten konnte. Auf dem Weg dahin hatte der in der Regel bereits so viele andere Rechte erlangt, dass ihm fast jede Art von Manipulation möglich war.

Mit ausreichendem Spezialwissen und dann noch etwas Glück konnte man diese Vorkehrungen unterlaufen. Jung wusste, dass er es schaffen würde, weil es ihm schon bei früheren Gelegenheiten gelungen war. Auf dem Newsserver seines eigenen Providers wartete bereits eine kleine Hintertür auf ihn, die er bei einem früheren Besuch hinterlassen hatte.

Das eigentliche Problem bestand darin, dass es möglich war, dass sein Besuch im Nachhinein bemerkt werden würde. Es gab Programme, die Server nach solchen Spuren ungebetener Besucher durchsuchten, und die waren in letzter Zeit deutlich besser geworden.

Er hatte keine Ahnung, ob so etwas bereits bei seinem Provider eingesetzt wurde. Aber wenn die seine Spuren bemerkten und bis zu seiner Telefonnummer zurückverfolgten, dann war er dran.

Deshalb brauchte er dieses mal besonders lange, um sich zu überzeugen, dass er das Risiko eingehen musste.

Aber es ging eben wirklich nicht anders, und deshalb endete es wie jedes mal: Er tat das Notwendige und hoffte das Beste!

Zusätzlich musste er sich aber noch um ein anderes Problem kümmern, und das war erheblich haariger. Er musste herauskriegen, wer sich hinter den Kürzeln und Pseudonymen verbarg. Weil natürlich sonst die Gefahr bestand, dass er die richtige Verbindung gefunden hatte, ohne es überhaupt zu bemerken.

Dazu musste er allerdings möglicherweise versuchen, an Verzeichnisse zu kommen, die nicht offen zugänglich waren. Da gab es erstens eine unübersehbar große Zahl von Möglichkeiten, und zweitens waren die meisten davon auch nicht legal.

Im Gegensatz zu seinem Hack mit dem Newsserver handelte es sich dabei aber zusätzlich um einen Angriff auf die jeweiligen Firmen. Das hieß, dass er sich im Zweifelsfall direkt mit denen auseinandersetzen musste. Das war ein sehr viel heißeres Eisen, und erforderte zunächst sehr genaues Überlegen.

Von außen sah es so aus, als sei er eingeschlafen.

In Wirklichkeit verfolgte sein Geist die verschiedenen technischen Möglichkeiten, und wog die damit verbundenen Risiken ab.

Mehr als eine Stunde gab er praktisch kein Lebenszeichen von sich.

Sonntag

Ihre schönste Zeit im Laufe der Woche hatte Phillis am Sonntag Vormittag. Nach einem ruhigen, aber leichten Frühstück mit Blick auf den Westfriedhof in Unna begab sie sich, wenn immer es möglich war, in ihr Aikido-Dojo in die Dortmunder Rolandstraße.

In der Mitte der einen Längsseite des Übungsraums befand sich eine schön gestaltete Nische, in der ein Bild des Aikido-Begründers hing, aufgespannt auf einen Rahmen aus hellem Holz. Davor befanden sich auf einem niedrigen bankartigen Holzgestell zwei Blumenarrangements sowie zwei kleine Klanghölzer.

Die gegenüberliegende Wand war komplett mit einem Spiegel bedeckt. Das war für ein Dojo sehr ungewöhnlich, machte den Raum aber freundlich und hell. Der Grund bestand darin, dass die Räume bis vor drei Jahren von einer Tanzschule genutzt worden waren.

Beide Stirnseiten des Raumes hatten auf der ganzen Länge Fenster.

Die Teilnehmer ließen sich im Tsaro nieder, das heißt sie knieten sich in ihren weißen Karate- oder Judoanzügen in einer Reihe an die der Nische gegenüberliegenden Wand und setzten sich auf ihre Fersen. Die Füße flach nach hinten auf den Boden gelegt, den Blick in den Raum.

Eine feierliche Ruhe trat ein.

Helli, der Leiter und Träger des dritten Dan, hatte eine große Kanne grünen Tee vorbereitet, die er auf einem schwarzen Lacktablett mit kleinen Trinkschälchen in der Mitte der großen Matte platzierte, die praktisch den ganzen Boden des Übungsraums ausfüllte.

Dann verteilte Helli mit ruhigen Bewegungen Tee, indem er jedem Mann und jeder Frau eine kleine Schale einschenkte, die Kanne abstellte und der Person die Schale reichte. Dabei bewegte er sich im Tsaro leicht und ohne Anstrengung auf der Matte, indem er jeweils einen Fuß nach vorne setzte und in einer flüssigen Bewegung den zweiten Fuß nach vorne brachte, während er sich mit dem ersten Bein wieder auf das Knie niederließ. In seinem schwarzen Hakama, einer langen weiten Hose, die über dem weißen Anzug getragen wurde, wirkte das gleichzeitig exotisch und sehr elegant.

Es war nicht im eigentlichen Sinne eine Teezeremonie, wie sie in Japan zelebriert wird. Aber Phillis genoss jedes Mal die gelassene Ruhe.

Danach blieben alle still. Die meisten schlossen die Augen, man hörte lediglich den Atem.

Der Teilnehmer links von Phillis verband die Ruhe mit einer Atemübung. Dabei nahm er den Atem deutlich hörbar auf, um ihn dann ebenso vernehmlich mit einem veränderten Geräusch wieder abzugeben. Auf ihrer rechten

Seite wechselte jemand aus dem Tsaro in den Schneidersitz. Bequem war diese Art des Sitzens erst nach Jahren der Übung, wenn man nicht zufällig aus Japan kam. Phillis brauchte diesmal lange, um ihre kreisenden Gedanken zur Ruhe kommen zu lassen. Sie dachte daran, wo Grevenhagen wohl sein könnte. Während sie versuchte, diesen Gedanken loszulassen, formte sich dahinter eine beunruhigende neue Idee.

Was, wenn ihm etwas passiert war? Unter den meist jungen Leuten, mit denen man es in dieser Branche zu tun hatte, gab es eher selten ernsthafte Krankheiten oder ähnliches. Phillis versuchte, nicht darüber nachzugrübeln, aber mit der zunehmenden Stille breitete sich in ihrem Geist die Erkenntnis aus, dass auch dies eine Möglichkeit war.

Sie war nicht wirklich erschrocken, aber doch beunruhigt. Der Gedanke war schon vorher gekommen, nur hatte sie ihm bisher keine große Beachtung geschenkt. Verschiedene Möglichkeiten zogen vor ihrem geistigen Auge vorbei: ein Unfall, eine Blinddarmerkrankung. Eine Alkoholvergiftung vielleicht? Aber soviel sie wusste, trank Gerd praktisch keinen Alkohol.

Natürlich gab es auch die Möglichkeit, dass hier wirklich kriminelle Aspekte eine Rolle spielten, eine Entführung oder sogar schlimmeres. Das erschien ihr allerdings so unwahrscheinlich, dass sie es nicht ernsthaft in Erwägung zog. Sie hätte auch nicht gewusst, was sie in solch einem Fall hätte tun sollen.

Wer weiß, vielleicht hatte Grevenhagen ja auch eine Frau kennengelernt, und hatte für den Augenblick einfach nur keine Zeit, zur Arbeit zu gehen. Sie musste grinsen. Gerd Grevenhagen und Frauen waren irgendwie inkompatibel. Aber zuzutrauen waren ihm Verrücktheiten allemal, Verrücktheiten jeder Art. Das stand fest!

Die Ruhephase, die am Anfang und Ende jeder Aikido-Übungsstunde eingehalten wurde, dehnten sie am Sonntag Vormittag auf über eine halbe Stunde aus. Das gab Phillis ausreichend Zeit, schließlich alle diese Gedanken sinken und ihren Geist ruhig werden zu lassen.

Die folgende Übungseinheit mit Gymnastik und vielfachem Durchspielen von verschiedenen Techniken tat ihr gut. Das Zusammenspiel von eleganten Bewegungen und effizienter Abwehr von simulierten Angriffen erfüllte sie mit Freude, und während der abschließenden nochmaligen Ruhephase hockte sie nassgeschwitzt, aber glücklich auf der Matte.

In der Mitte ihres Körpers spürte sie, wie sich die eigene Lebenswärme in langsamen Wellen ausbreitete, um sich mit der Wärme und Energie von allem um sie her zu verbinden. So hatte sie es immer empfunden, auch wenn sie es niemals in Worte fassen würde. Sie war mehr der praktischen Seite der Philosophie zugetan und hätte solche Reden als unangenehm schwärmerisch und religiös abgetan. Da ging sie lieber duschen.

Nachdem sie ihren Hakama sorgfältig eingewickelt hatte, ging Phillis die Rolandstraße entlang zu Tante Lenes Wohnung.

Die war auf der gleichen Seite der Straße, nur wenige Häuser vom Dojo entfernt. Phillis klingelte bei dem Nachbarn, der die Feuerwehr gerufen hatte. Sie hatte keinen Schlüssel zur Wohnung, aber sie wusste, dass Tante Lene Herrn Knobloch einen gegeben hatte.

„Ja?" kam es gedehnt aus der Türsprechanlage. Phillis hatte gesehen, wie Herr Knobloch sie bereits hinter seinem Vorhang beobachtet hatte, aber er tat so, als wisse er von nichts. Sie wurde ungeduldig.

„Herr Knobloch, ich muss nach der Wohnung von Frau Klug sehen. Sie wissen doch, sie ist im Krankenhaus." Herr Knobloch wusste genau, wer sie war. Er hatte immer mal wieder einen Vorwand gefunden, zufällig gerade dann im Treppenhaus zu sein, wenn Phillis vor Tante Lenes Wohnungstür stand. Aus irgendeinem Grund musste er dann plötzlich Müll in den Keller bringen, oder er trug einen Korb mit leeren Flaschen. Einmal hatte er auch ganz einfach den Kopf aus der Tür gesteckt, nicht auf ihren Gruß reagiert und mit einem unverständlichen Gemurmel die Tür wieder hinter sich geschlossen.

Aber Herr Knobloch hatte auch Macht. Er hatte nämlich den Schlüssel.

„Ja, so einfach geht das nicht. Ich kann sie doch nicht einfach so in die Wohnung lassen." Er schüttelte den Kopf, während er den zusammengekniffenen Mund abweisend kräuselte. Die hochgezogenen Augenbrauen drückten die Unmöglichkeit des Ansinnens aus.

„Nachher ist etwas weg! Oder es geht etwas kaputt, und ich habe dann den Schlüssel hergegeben." Herr Knobloch begann vor Eifer leicht zu schwitzen. Er war höchst adrett gekleidet, aber es gelang ihm trotzdem, den Eindruck eines schmierigen Hausmeisters zu erwecken, der in Trägerunterhemd und Plastiklatschen den Hausbewohnern Vorschriften macht. Phillis fragte sich, wie er das machte.

Ihr kam zugute, dass sie von der langen Aikido-Übung noch angenehm erschöpft und herrlich ausgeglichen war. Sonst hätte sie den Schlüssel vielleicht nie bekommen, weil sie irgendwann ärgerlich geworden wäre. So überhörte sie seine Unterstellungen und wartete einfach, bis Herrn Knobloch nichts Vernünftiges mehr einfiel, was er gegen sie ins Feld führen konnte.

Dann schloss er die Wohnungstür auf.

Er kam allerdings mit, damit nichts kaputt ging.

Drinnen war die Luft abgestanden und muffig. Es roch nach vollen Staubsaugertüten und alten Möbeln. Die Quelle des Geruchs war schnell ausgemacht. Der antike Staubsauger lag noch immer im Flur, nur war er unter die Garderobe geschoben worden, um den Krankenträgern Platz zu machen. Offenbar hatte Herr Knobloch die Blumen gegossen. Die wenigen Grünpflanzen, die Tante Lene besaß, ließen kein Blatt hängen. Phillis steckte prüfend den Finger in zwei der Töpfe. Die Erde war feucht. Sie nickte ihm anerkennend zu. Hätte sie ihm gar nicht zugetraut!

Er sah weg. Auf Lob von Fremden war er nicht angewiesen.

In der Küche stand noch ein Topf mit Nudeln auf dem Herd. Phillis hob den Deckel und ließ ihn sofort wieder fallen, als sie den zarten Flor von grünlichen Schimmelfäden bemerkte, der die Nudeln bedeckte. Jetzt sah sie Herrn Knobloch missbilligend an.

Der ließ auch das an sich abperlen. Jedenfalls versuchte er, diesen Eindruck zu machen. Er ging betont unbeteiligt in Richtung Wohnzimmer. Phillis entsorgte den Inhalt des Topfes in die Toilette. Dann spülte sie den Topf aus.

Im Übrigen schien die Wohnung in Ordnung zu sein. Sie nahm den Staubsauger und stellte ihn in die Besenkammer. Dabei rieselte aus einer seitlichen Öffnung grauer Staub. Sie sah nach und bemerkte, dass er noch mit einem Stoffbeutel arbeitete, den man nicht austauschen konnte. Offenbar schadhaft, aber nicht zu ändern!

Herr Knobloch hatte kurz das Wohnzimmerfenster geöffnet, aber nicht etwa, um zu lüften. Er schimpfte hinter drei kleinen Jungen her, die auf dem Bürgersteig vor dem Fenster ein Fußballspiel begonnen hatten. Er schlug sie mit heftigen Worten in die Flucht. Die drei blieben in sicherer Entfernung stehen und sahen zurück. Einer machte eine leise Bemerkung, und alle drei begannen zu kichern.

„So, haben Sie alles gesehen? Dann kann ich ja wohl wieder abschließen. Ich habe schließlich noch etwas anderes zu tun." Grantig kam er auf sie zu.

Phillis beachtete ihn nicht.

Sie sah die Einrichtung, die sie gut kannte, mit anderen Augen als bisher. Einige alte Möbel. Ein Sofa, nicht gut und nicht schlecht. Eine Eichenanrichte, erstaunlich wenige Bücher für eine Bibliothekarin. Von ihrer langjährigen Bewohnerin verlassen, boten die vertrauten Dinge plötzlich einen traurigen Anblick. Es schien auf einmal nicht viel, was von diesem Menschenleben zurückblieb.

Sie dachte an ihre eigenes Zuhause, und dann sofort an das ihrer Eltern, in der ihre Muter jetzt alleine lebte. Mit Schaudern malte sie sich einen Moment lang aus, wie sie für die Dinge, die sich im Laufe eines langen Lebens angesammelt hatten, und mit denen Phillis überhaupt nichts anfangen konnte, eine Bleibe finden musste. Sie konnte sich nicht vorstellen, einfach einen Container zu bestellen und die Sachen zu entsorgen.

Plötzlich wurde ihr klar, dass das die Situation nach dem Tod ihrer Mutter sein würde. Die Traurigkeit und gleichzeitig die Trostlosigkeit ihres Verhältnisses gaben ihr einen Stich. Die schweren dunklen Möbel, unter denen einige schöne alte Stücke waren, atmeten nicht mehr das warme Aroma der alten Frau. Sie blieben kalt und wiesen sie zurück.

„Es geht Frau Klug nicht gut. Sie ist verwirrt, und vielleicht kann sie nicht wieder hierher zurück. Gibt es jemanden, der sich dann um all das hier kümmern kann?"

Herr Knobloch zog die Mundwinkel übertrieben nach unten.

„Das weiß ich nicht. Ich kenne sie ja kaum. Ihre Nichte vielleicht, diese..." Er kam nicht auf den Namen. Er schob das Kinn vor.

„Aber ob die sich darum kümmert, weiß ich nicht." Der Ton sagte noch etwas anderes: Ich kümmere mich jedenfalls nicht darum!

Phillis ging in Gedanken die Möglichkeiten durch. Sie würde der netten Frau Kunetzki vom Krankenhaus sagen, sie solle sich an die Nichte wenden. Wahrscheinlich würde die eh erben, was es vielleicht zu erben gab, dann konnte sie sich auch um das hier kümmern.

Sie selber konnte hier nicht viel tun. Sie wandte sich zur Tür.

Beim Hinausgehen nahm sie Tante Lenes Wohnungsschlüssel vom Haken neben der Etagentür, ohne dass Herr Knobloch es bemerkte. Wenigstens brauchte sie sich dann später nicht mehr mit ihm auseinander zu setzen, wenn sie doch noch einmal etwas holen musste. Sie würde ihn Tante Lene zurückgeben, wenn sie aus dem Krankenhaus kam.

Der Unfall im Odenwald hatte am Vortag zu kleineren Verkehrsproblemen in der Umgebung geführt. Er wurde den halben Samstag Abend im Verkehrsfunk durchgegeben, weil die Straße gesperrt war und die Leute einen umständlichen Umweg fahren mussten. Weil niemand im Sender Bescheid gesagt hatte, wurde er auch Stunden nach der Freigabe der Straße noch immer gemeldet.

Auch die Presse war nicht untätig. Der Fernsehjournalist Harald Behrends witterte eine Geschichte.

Dabei war er nur durch Zufall auf die Sache gestoßen. Ein Kollege hatte ihn angerufen.

Der Mann war Kameramann, und sie hatten im Laufe der Jahre immer mal wieder Beiträge zusammen produziert. Vor allem, als er noch freier Journalist war, und weniger auf die Möglichkeiten eines großen Rundfunksenders zurückgreifen konnte.

Der Mann hatte ihn früh am Morgen angerufen.

„Das glaubst du nicht! Du musst mal herkommen und dir das ansehen. Aber du musst dich beeilen, in einer Stunde kommt der Kranwagen, dann siehst du hier nichts mehr."

Es war Sonntag morgen, er hatte einen phänomenalen Kater, und der Kollege hatte ihn aus dem Tiefschlaf gerissen, nachdem er erst um halb fünf Uhr morgens ins Bett gekommen war.

Aber der Ort war nur zwanzig Minuten von Frankfurt entfernt, und der Kollege hatte es sehr dringend gemacht. Also war er trotz Restalkohol losgefahren, nachdem er noch schnell eine Thermoskanne mit Kaffee gemacht hatte. Das musste einfach sein.

Er war noch nicht sicher, ob sich das gelohnt hatte. Zuerst sah alles nach einem ganz normalen Unfall auf einer Landstraße aus. Ein Opel Omega hatte eine Mauer durchschlagen und war kopfüber in einen Bach gestürzt. Da lag er noch. Der Kran, der ihn bergen sollte, war inzwischen eingetroffen, aber man war noch damit beschäftigt, den inzwischen einsetzenden Sonntagsmorgenverkehr so an der Stelle vorbeizuleiten, dass nicht alles verstopft wurde.

Das war nicht einfach, weil viele der Fahrzeuge anhielten. Die Leute wollten unbedingt einen Blick auf den Unfall werfen.

Bei dem spektakulären Abgang, den der Opel da hingelegt hatte, wäre er ganz sicher explodiert, wenn das Ganze in einem amerikanischen Film passiert wäre. Stattdessen hatte dieses Auto eine wahre Wolke von Papier ausgestoßen. Offenbar hatte sich der Kofferraum im Verlauf des Unfalls geöffnet und große Mengen von Informationsmaterial über das ganze Bachbett verteilt.

Hätte er das nicht getan, gäbe es jetzt auch keine Geschichte.

Der Kollege hatte nämlich, während der Kran noch nicht da war, ein wenig im Bachbett herumgekramt. Auch er war mehr oder weniger zufällig dazugekommen. Er hatte von der Sperrung der Landstraße im Verkehrsfunk erfahren und war zufällig in der Nähe gewesen. Manchmal ließen sich Berichte von Unfallstellen ganz gut an die privaten Sender verkaufen. Am besten natürlich, wenn es dabei ein bisschen grauslich zuging.

Da musste man dann auch schon mal am Sonntag Vormittag in einem schlammigen Bachbett herumkriechen, damit die Atmosphäre stimmte. Wenn schon kein Blut zu sehen war. Immerhin hatte er so ein paar ganz ordentliche Aufnahmen von dem völlig eingedrückten Fahrersitz machen können. Der da gesessen hatte, konnte das unmöglich überlebt haben. Das sah jeder, auch wenn nähere Einzelheiten aufgrund der Entfernung und des ungünstigen Winkels nicht erkennbar sein würden.

Er hatte auch gleich noch ein paar Standbilder gemacht. Für die Lokalzeitung, wenn sie es denn haben wollten.

Und dabei war ihm ein ganzer Stapel von Informationsmaterial über diesen neuen Fahrsimulator in die Hände gefallen. Es lag da auch alles möglich andere herum, das Auto schien eine fahrende Infobroschüre über das Speditionsgewerbe zu sein, aber das hier war mit Abstand das Interessanteste.

Und deshalb hatte er sofort, noch aus dem Bachbett, Harald Behrends angerufen und überredet, sofort zu kommen.

Sie beide hatten vor Jahren zusammen einen der ersten Fernsehberichte über diesen Simulator gemacht. Sie waren sogar bis in die Tagesschau damit gekommen!

Jetzt standen sie beide neben der Straße und rauchten. Es war kühl, und sie wippten in den Knien, um die Kälte zu vertreiben.

Aus unerfindlichen Gründen stand ein Rettungshubschrauber auf einer großen Lichtung zwanzig Meter neben der Straße. Er leuchtete mit seinem grellen Orange durch die Bäume. Ein Mann im silbergrauen Overall, auf dem an verschiedenen Stellen rote Kreuze prangten, gesellte sich zu ihnen.

„Was macht ihr denn noch hier? Ich dachte, der Unfall war gestern Nachmittag?" fragte Behrends. Er nahm an, dass der Mann irgendwie zu dem Hubschrauber gehören musste.

„Das ist vielleicht ein Käse! Seit gestern steht die Hummel da hinten auf der Lichtung, und ich habe hier aufgepasst. Lässt sich nicht mehr starten!" Er schnaubte durch die Nase, wobei sich kleine weiße Dunstwölkchen bildeten.

Die Raucher stießen beide größere Rauchschwaden aus.

„Wie, und seitdem steht die Kiste hier herum? Das gibt's doch nicht!" gab der Kameramann ungläubig von sich.

„Das kannst du ruhig glauben. Das wäre vielleicht ein Ding geworden, wenn wir gestern wirklich einen hätten von hier wegholen müssen." Er stellte sich auf den anderen Fuß und drehte sich halb zu seinem Vogel um.

„Normalerweise lassen wir die Turbine gleich an. Dann wären wir wahrscheinlich auch gut wieder weggekommen. Aber als wir hier ankamen, hieß es, das dauert noch, der muss erst geborgen werden, und wahrscheinlich ist er sowieso schon tot." Er lachte freudlos. „Da haben wir sie ausgemacht. Seitdem warte ich hier, auf einen Werkstattwagen, der vielleicht kommen soll."

Plötzlich bemerkte er die große Kameratasche, die hinter dem Kameramann an der Straßenseite stand. Der Deckel war offen, und man konnte gut die große Kamera erkennen.

„Scheiße! Seid ihr etwa von der Presse?" Er zuckte regelrecht zurück. „Das hat mir gerade noch gefehlt."

Er machte Anstalten, sich hastig in Richtung Hubschrauber zurückzuziehen. Harald Behrends hob die Hand.

„Frieden! Wir sind vom Fernsehen. Aber wir wollen nichts von Ihnen."

Der Sanitäter war noch nicht beruhigt. Behrends drehte sich demonstrativ weg von der Straßenseite, auf der sich in einiger Entfernung der Hubschrauber befand, und ging hinüber zu der Stelle, an der der Opel die Mauer durchschlagen hatte. Dabei begann er, an seiner großen Thermoskanne herumzufingern. Er bekam die Tasse nicht ab, die den Deckel bildete.

Der Kameramann schloss den Deckel seiner großen Ledertasche. Er begann, die verschiedenen Verschlüsse zu verriegeln.

Schließlich kam der Rote-Kreuz-Mann hinterher. Er hatte die ganze Nacht in dem Hubschrauber verbracht, wobei er noch nicht einmal so schlecht geschlafen hatte. Er hatte sich einfach auf die Liege gelegt, die normalerweise für den Krankentransport benutzt wurde. Die Polizei hatte die Unfallstelle die ganze Nacht bewacht, und das hätte normalerweise auch für den Hubschrauber gereicht. Aber sie waren da eigen, und deshalb war er geblieben.

Jetzt war er nicht allzu müde, aber ziemlich steif, und er sehnte sich nach etwas Gesellschaft. Außerdem hatte er noch keinen Kaffee gehabt.

Behrends wartete auf ihn auf der anderen Straßenseite. Er hatte noch keineswegs entschieden, ob nicht auch die Geschichte mit dem Rettungshubschrauber etwas war, was er gut für die Regionalsendung gebrauchen konnte. Erst mal den Mann beruhigen, und mit ihm über unverfängliche Dinge plaudern. Dann würde man sehen. Zum Glück hatte der Kameramann das sofort begriffen und sich diskret zurückgezogen.

Vielleicht schlich er jetzt schon da hinten durch den Wald und machte einige Aufnahmen von dem unbeaufsichtigten Christopher.

„Hier, so was schon mal gesehen?" fragte er den Mann, und hielt ihm eine der Infobroschüren unter die Nase. In der anderen Hand hielt er die Tasse mit dem dampfenden Kaffee.

Der Sanitäter sah sich das zunächst distanziert an, dann mit immer stärker werdendem Interesse.

„Ist ja ein Ding. So was gibt's jetzt auch schon für Autos? Oder jedenfalls für LKWs." Er wedelte mit dem Prospekt. „Für Hubschrauber gibt's das schon lange. Bei der Bundeswehr zum Beispiel. Ich bin da auch schon mal mit geflogen. So ähnlich wie die Flugsimulatoren für Flugzeuge. Sieht man ja manchmal im Fernsehen!" Das sagte er so, als müsste Behrends wissen, wovon er sprach.

Der hatte aber noch nie einen Flugsimulator gesehen. Außer dieser einen Reportage vor zwei Jahren verstand er nichts von dem Thema.

Er nickte unverfänglich mit dem Kopf, wobei er mit der leicht geschürzten Unterlippe Zustimmung signalisierte. Das musste der ja nicht erfahren!

Er bot ihm Kaffee an.

„Und? Wie war das so, mit dem Simulator?"

Er überlegte noch immer, ob die Geschichte mit dem Unfall oder die mit dem steckengebliebenen Hubschraube die bessere Story war. Er musste sich bald entscheiden, damit sie noch die richtigen Bilder aufnehmen konnten, bevor sich hier alle davon machten.

„Eigentlich ganz gut. Obwohl mir höllisch schlecht geworden ist." Er verzog das Gesicht, wegen der Erinnerung und auch, weil der Kaffee sehr heiß war.

„Dabei bin ich gar nicht empfindlich mit dem Magen. Darf man auch nicht, wenn man Hubschrauber fliegt!" Er schüttelte ungläubig den Kopf, als wenn er es immer noch nicht glauben könnte.

„Und so schlecht ist mir geworden, dass sie mir sogar Tabletten gegeben haben. Normalerweise sind die gar nicht so fürsorglich, beim Bund!" Plötzlich fiel ihm etwas ein.

„Ich musste sogar so einen Wisch unterschreiben. Schon bevor ich mich überhaupt in die Kiste reinsetzen durfte! Dass ich nach dem Training mindestens 48 Stunden lang keinen echten Hubschrauber steuere." Er lachte.

„Keine Ahnung, wovor die Angst hatten. Vielleicht, dass einem da auch plötzlich schlecht wird." Dann fügte er mit einer abschätzigen Handbewegung hinzu: „Wahrscheinlich war das sowieso nur so ein Zettel für die Bürokraten. Davon gibt's nirgendwo mehr als beim Bund. Obwohl es anderswo weiß Gott auch nicht wenige sind!"

Behrends sah unauffällig zu dem Mann hinüber.

Wahrscheinlich war es doch die Geschichte mit dem Simulator. Vielleicht durfte man ja nach einer Simulatorfahrt nicht sofort Auto fahren? Vielleicht war ja hier so etwas passiert wie das, wovor die Bürokraten bei der Bundeswehr Angst hatten?

Er ließ sich von dem Mann beschreiben, wie er an Informationen über diesen Bürokratenzettel kommen könnte. Dann ging er los, um sich mit seinem Kameramann zu besprechen.

Phillis begann, über ihren Sonntagabend nachzudenken.

Das war ein Moment in der Woche, den sie fürchtete.

Während der Woche war sie viel zu beschäftigt, um sich lange Gedanken um die Leere in ihrem eigenen Leben zu machen. Sie hatte eine Situation geschaffen, in der sie funktionieren musste, damit der Laden lief.

Das gefiel ihr nicht schlecht. Sie wollte etwas aufbauen, wollte aus ihrer kleinen Firma etwas machen, auf das sie stolz sein konnte. Neben dem, das sie natürlich auch Geld damit verdienen wollte.

An den Samstagen hatte sie entweder immer noch weiter zu tun, oder sie war so fertig, dass sie am liebsten gar nichts mehr tat. Außer ungezielt ein wenig zu lesen, auf dem nicht weit entfernten Marktplatz in Unna vielleicht einen Kaffee zu trinken oder fernzusehen brachte sie nicht viel zustande. Außerdem wollte ja auch der Haushalt erledigt werden. Da sie alleine lebte, war ein großer Teil des Samstags damit ausgefüllt.

Schön war es, wenn sie ihre alte Freundin Agnes ans Telefon bekam. Sie kannten sich noch von der Uni und hatten über die Jahre immer ein sehr herzliches Verhältnis zueinander behalten. Als zwei Frauen in einer Männerdomäne hatten sie sich viel zu erzählen.

Leider war Agnes inzwischen verheiratet, und, was schlimmer war, sie wohnte mit Mann und zwei Kindern für eine Weile in Melbourne, Australien. Das schränkte die Möglichkeiten der telefonischen Kontaktaufnahme ein. Vor allem die Zeitverschiebung war ein Problem, und außerdem war es für stundenlange Telefonate einfach zu teuer.

Irgendwie war es dazu gekommen, dass Agnes ihre einzige echte Freundin war. Andere Bekanntschaften hatten sich nie so weit entwickelt, mit Ausnahme der Aikido-Freundschaft zu Helli, und sie hatte sich auch keine allzu große Mühe gegeben. Sie hatte immer gearbeitet. Jetzt war Agnes weg, und sie vermisste sie heftig.

Auch sonntags musste sie gelegentlich arbeiten, aber sie versuchte, das zu vermeiden. Ihr morgendliches Aikido-Training machte sie meist für den Rest des Tages entspannt und gelöst.

Bis dann abends ihr Geist begann, sich schon mit dem folgenden Tag zu beschäftigen. Dagegen konnte sie nichts tun, sie war einfach so gebaut. Auf eine ihr selber nicht klare Art war das auch regelmäßig der Moment, in dem ihr Unbehagen wuchs, dass sie alleine in ihrer schönen Wohnung saß, die plötzlich nur noch halb so wohnlich erschien. Dann konnte sie auch der Blick über die alten Bäume des Westfriedhofs nicht trösten, den sie sonst so genoss.

Sie nannte das ihre Sonntagabend-Depression.

An diesem Sonntag war es schlimmer als gewöhnlich. Sie schaltete schon am Nachmittag den Fernseher ein, aber nachdem sie in einer halben Stunde zweiundzwanzig Mal das Programm gewechselt hatte, gab sie auf.

Von den drei Büchern, in denen sie augenblicklich las, konnte keines sie fesseln. Selbst die Lichtenberg-Gesamtausgabe, die sie bereits zur Hälfte durch hatte und die sie sonst immer als Notnagel benutzen konnte, half ihr diesmal nicht. Der alte Skeptiker mit der scharfen Zunge blieb ihr heute fremd.

Sie hatte begonnen, durch die Wohnung zu wandern und dachte gerade darüber nach, ob sie die Flasche Dornfelder aufmachen sollte, die sie am Vortag erstanden hatte, als das Telefon klingelte.

Um diese Zeit rief eigentlich nur ihre Mutter an. Sie wappnete sich innerlich gegen ein Gespräch, das von beiden Seiten oft einzig aus dem Gefühl heraus geführt wurde, dass es mal wieder Zeit war.

Es war Tao.

Sie gestand sich widerwillig ein, dass sie sich darüber freute.

„Hi, wie geht es dir?"

„Mi' geht es gut, danke. Was machst du jetzt, am Sonntagnachmittag?"

„Ich überlege gerade, ob ich eine Flasche Wein aufmache, oder ob ich noch etwas arbeiten soll."

„Hast du Lust, essen zu gehen? Ich bin mit Zhen verabredet!" Das hieß, er wolle zu einem Freund, der ein Chinarestaurant betrieb. Bei dem Gedanken lief ihr sofort das Wasser im Mund zusammen. Das Restaurant war stadtbekannt für erstklassige Küche. Sie hatte es in den letzten Jahren nur deshalb gemieden, weil sie wusste, dass Tao dort gelegentlich verkehrte.

Sie verabredeten sich.

Ihr blieb eine gute halbe Stunde, sich umzuziehen, bevor sie los musste. Es war klar, dass sie nicht in ihrem legeren Outfit losgehen würde, das sie Sonntags zu Hause trug. Sie brauchte eine Viertelstunde, um sich für die richtige Bekleidung zu entscheiden. Sie probierte und verwarf nacheinander ein Top mit langem Rock, ein leichtes langes Sommerkleid sowie eine Kombination aus grauem Blazer, elegantem Shirt und langer schwarzer Hose, die ihr sehr gut stand, wie sie wusste.

Am Schluss betrachtete sie sich in ihrem Spiegel in einem relativ kurzen schwarzen Rock und einem schmalen Sommerpullover. Und war sich immer noch unsicher, ob es das richtige war.

Aber jetzt war keine Zeit mehr. Sie brauchte nicht lange, um sich zu schminken, aber dann gefiel ihr ihre Frisur plötzlich überhaupt nicht mehr. Sie hätte doch in der letzten Woche zum Friseur gehen sollen. Sie machte ein paar schnelle Versuche, ihr Haar mit Haarlack ein wenig in Form zu bringen, als schon das Taxi vor dem Haus hupte, das sie bestellt hatte.

Heute Abend wollte sie sich keine Gedanken über Alkohol am Steuer machen müssen.

Sie warf die Wohnungstür hinter sich zu und eilte die Treppe hinab.

An diesem späten Sonntag Nachmittag gestand sich Markus Jung ein, dass er geschlagen war.

Er hatte einhundertzweiunddreißig Namen, zweiundzwanzig Kürzel und vierzehn offensichtliche Pseudonyme. Alles Personen, die in mehr als drei Newsgroups auftauchten, in denen auch Grevenhagen geschrieben hatte.

Er hatte keine Verbindung zu irgendeiner der Firmen herstellen können, die sie interessierten.

Die Kürzel und Pseudonyme hatte er auch nicht klären können. Er hatte es auch nur sehr halbherzig versucht. Er hatte keine Lust, sich ernsthaft mit Firmen anzulegen, die allerbeste Gründe hatten, ihre Daten auf jede erdenkliche Art zu schützen. Als ein paar Standardmethoden nicht verfingen, gab er es lieber auf.

Er legte sich ins Bett und schlief bis Montag früh durch.

Leider hatte er mehr Spuren hinterlassen, als gut für ihn war.

Herr Kowalsky hatte um diese Zeit etwas anderes vor. Er war auf dem Weg in die Dortmunder Südstadt zu einem sonntagabendlichen Treffen des ‚Zirkels'. In unmittelbarer Nähe zum Westfalenpark, in dem der Dortmunder Fernsehturm stand und in dem vor Jahren eine Bundesgartenschau stattgefunden hatte, befand sich eine alte und sehr gediegene Villa.

Von der Straße aus war durch nichts erkennbar, dass dies kein reines Privathaus war. Höchstens die Breite des gepflasterten Weges, der zum Eingang des zurückliegenden Hauses führte, ließ vielleicht etwas ahnen. Die Parkplätze, die sich hinter dem Haus befanden, waren von der Straße aus nicht einsehbar.

Dort stand die übliche Reihe von Nobelkarossen, aber auch einige kleinere Fahrzeuge, sogar ein Fiat.

Kowalsky kam zu Fuß und betrat das Haus, nachdem ihm auf sein Klingelzeichen hin geöffnet worden war. Er hängte seinen Mantel an die in der großen

Eingangshalle hinter einer Säule verborgene Garderobe und begab sich in den Salon.

Um die dreißig Herren waren schon da. Er erkannte den Büroleiter des Oberbürgermeisters und einige andere in Dortmund prominente Persönlichkeiten. Der größere Teil waren aber Personen aus der Wirtschaft, meist Geschäftsführer oder Vorstände.

Der Zirkel war keine Freimaurerloge, sondern ein Kreis von Personen, die in Wirtschaft, Verwaltung und auch an Hochschulen in verantwortlichen Positionen tätig waren oder von denen man erwartete, dass sie solche erreichen würden. Man traf sich, tauschte Informationen und Kontakte aus, es gab Vorträge und gesellschaftliche Zusammenkünfte.

Vordergründig diente das dazu, den Trägern eines elitären Gedankenguts den Zugang zu Elitepositionen zu sichern, wo sie in der Lage sein würden, diese Gedanken in die Tat umzusetzen. Praktisch war es vor allem ein hochkarätig besetzter Kontaktkreis, der schon mancher Topkarriere den Weg geebnet hatte.

Nur solche Männer wurden zur Mitgliedschaft eingeladen, die in ihrer jeweiligen Loge bereits in höhere Grade initiiert waren, und die durch die Art ihrer Tätigkeit für die anderen Mitglieder des Zirkels genügend interessant erschienen.

Sein Mentor hatte in Kowalsky damals große Hoffnungen gesetzt. Er schlug ihn auch zur Mitgliedschaft vor. Zu keinem Zeitpunkt ließ er später je Enttäuschung darüber erkennen, dass Kowalsky letzten Endes nie die Erwartungen erfüllte, die er in ihn gesetzt hatte. Sein Name war Viktor Matthäi.

Matthäi war Kowalskys früherer Chef bei der Firma Perlhuber & Matthäi, allgemein als P&M bekannt. Kowalsky war als Buchhalter mitgegangen, als Matthäi bei P&M einstieg. Damals hieß die Firma noch Perlhuber AG. Der alte Perlhuber hatte sie aufgebaut. Matthäi hatte ihn schließlich völlig verdrängt.

Es handelte sich um dieselbe Firma, bei der Phillis sich am Vortag vergeblich um einen Termin für ihre angebliche Bewerbung bemüht hatte. Aber weder Kowalsky noch Matthäi ahnten etwas davon.

Auch P&M wollte Fahrsimulatoren an die Bundeswehr liefern, aber sie hatten einige Jahre Entwicklungsrückstand, wie sich zu Matthäis Entsetzen vor kurzem herausgestellt hatte. Sie galten als der dritte große Konkurrent, mit dem sich SimTech auseinandersetzen musste.

Das monatliche Treffen des Zirkels war vorüber, es ging bereits auf elf, und Matthäi wusste, dass er sich am nächsten Morgen mit verschiedenen Banken auseinandersetzen musste, die P&M viel Geld geliehen hatten, und die nicht sehr beeindruckt waren von der aktuellen Geschäftsentwicklung. Simulatoren würden da nur am Rande eine Rolle spielen.

Trotzdem saß er noch mit einigen anderen Teilnehmern im Salon. Das war ein Vergnügen, das er sich gelegentlich gönnte: Nach einem Treffen mit Gleichgestellten bei einer guten Zigarre und einem alten Cognac den Abend ausklingen lassen.

Er hatte früher vom Ruhrgebiet aus gearbeitet, aber mit der Übernahme von einigen anderen Firmen hatten sich die Aktivitäten der Firma immer mehr nach Süddeutschland verlagert. Jetzt kam er nur noch selten hierher, wenn es sich wie heute mit anderen Terminen verbinden ließ. Die Banken residierten in Düsseldorf, also konnte er in Dortmund übernachten.

Matthäi mochte keine Frauen, die Zigarre rauchten, und er war schockiert, als Kowalsky ihm erzählte, dass er sich mit seiner neuen Chefin gelegentlich eine Monte Christo ansteckte. Kowalsky dagegen hatte es von Anfang an für sie eingenommen.

„Wie sieht es denn mit der Ausschreibung bei SimTech aus?" fragte Matthäi.

Kowalsky wirkte reserviert.

„Damit haben wir eigentlich gar nichts zu tun. Wir überprüfen nur, ob es zu einem Datendiebstahl oder einer anderen Art von Einbruch gekommen ist."

„Kommen Sie, Kowalsky, mir müssen Sie nichts vormachen. Natürlich haben Sie etwas von der Ausschreibung gehört. Sie können auf meine Diskretion vertrauen."

„Ich weiß tatsächlich nicht viel darüber." Er zögerte. „Ein Entwickler ist zuletzt nicht mehr erschienen, und sie befürchten, dass auch etwas von ihrer Dokumentation oder von ihren Programmen oder was auch immer bei einem Wettbewerber gelandet sein könnte."

Er gab sich sichtbar einen Ruck: „Also vielleicht bei Ihnen?"

„Was soll ein Entwickler denn für ein Problem bedeuten?" fragte Matthäi, halb zu sich selbst. Entwickler waren diese Leute, die ihre Büros mit Türmen von Rechnern und Monitoren vollstellten und höchstens durch Nichtbeachtung von Kleidervorschriften auffielen. Entwickler waren ersetzbar, also nicht wichtig.

Diese Ausschreibung dagegen war extrem wichtig für P&M, und SimTech war der Teilnehmer, der alles durcheinander brachte. Mit den anderen Wettbewerbern kam er klar, da gab es langjährige Kooperationen und andere Möglichkeiten.

Er musste SimTech los werden, und er würde Kowalsky nicht aus diesem Raum lassen, bevor er nicht alles über diese Garagenfirma erfahren hatte.

Auf dem Weg nach Hause spät in der Nacht dachte Kowalsky, dass dies entschieden die eigenartigste Situation gewesen war, die er bisher beim Zirkel erlebt hatte.

Matthäi hatte so getan, als ob er wie immer nur seinen Verpflichtungen als Mentor nachkommen wolle. Dabei konnte man sehen, wie er nach Informationen gierte. Kowalsky ahnte auch, um was es in Wirklichkeit ging.

Er wusste, dass sich bei P&M ein Großaktionär breit machte. So etwas sprach sich einfach herum. Offenbar hatte Matthäi aber nicht damit gerechnet, dass er es wusste.

Interessant war eigentlich nur eines gewesen.

„Wissen Sie eigentlich, dass Borghold früher für Louvier gearbeitet hat? Borghold war bei ihm früher so eine Art technischer Leiter."

Als er Kowalskys fragenden Gesichtsausdruck sah, fügte er hinzu:

„Mein spezieller Freund Louvier ist der Vorstandsvorsitzende und Gründer der Louvos Holding AG. Jeder weiß, dass wir uns nicht vertragen, deshalb hat die Bank mich in diesen Aufsichtsrat gebeten. Sie haben wohl ihre Zweifel wegen seiner Art der Geschäftstätigkeit." Er lachte selbstgefällig.

„Ich müsste mich sehr täuschen, wenn nicht Herr Louvier der geheime Geldgeber der SimTech ist. Fragen Sie mich nicht, woher ich das weiß, aber ich denke, es ist eine sichere Information!"

„Wieso geheimer Geldgeber?" hatte er gefragt. „Ich dachte immer, die Bank finanziert SimTech." Er schaute höchst skeptisch drein. Dieses Gerede um geheime Finanzquellen war ihm ein Gräuel. „Warum reden Sie nicht mit dem Direktor der Bank darüber, wenn Sie schon für ihn im Aufsichtsrat sitzen?"

„Leider ist das unmöglich. Ich kann meine Quelle nicht nennen, und sie würden vermuten, dass ich Louvier nur schlecht machen will! Aber denken Sie doch einmal nach: Welche Bank steckt Jahr für Jahr mehrere Millionen in ein Projekt, bei dem keine einzige Aussage des ursprünglichen Geschäftsplans eingehalten werden konnte?"

Er überlegte einen Moment, oder jedenfalls tat er so.

„Wissen Sie was, ich bringe Sie mit dem Direktor der Bank zusammen."

Kowalsky brauchte einen Moment, um dieser neuen Wendung der Dinge zu folgen. Aber da ihm so schnell nichts einfiel, was gegen diesen Besuch sprach, willigte er ein. Das war das Prinzip des Zirkels: Geben und Nehmen, und nie einen Außenstehenden erkennen lassen, dass es dieses Prinzip gab!

Er hatte keine allzu hehren Vorstellungen mehr davon, was die Motive der meisten Mitglieder des Zirkels betraf. Im Laufe der Jahre hatte er mehrfach erlebt, dass es zu Absprachen gekommen war, die in keinem Verhältnis zu ihren idealistischen Zielen standen. Das war ganz gewöhnlicher Lobbyismus.

Er hatte Matthäi bisher nie mit so etwas in Verbindung bringen müssen, aber er war nicht naiv genug, um erstaunt zu sein.

Es war trotz allem ein Dilemma.

Dies war eine alte Loyalität. Viel älter als die zu Phillis Brentano und ihrer neuen Firma.

Phillis lag wach. Sie war aufgewacht, nur zwei Stunden, nachdem sie erschöpft eingeschlafen war.

Sie war es nicht mehr gewöhnt, jemanden bei sich im Bett zu haben. Tao lag neben ihr, und sein leichtes Schnarchen hatte sie geweckt. Er hatte sich auf die andere Seite gerollt und ruhig weitergeschlafen.

Jetzt schnarchte er nicht mehr, aber sie war wach.

Es war ein formidabler Abend gewesen, so schön wie lange keiner mehr. Sie hatten nach dem Essen lange mit Zhen zusammengesessen, der ein guter Freund von Tao war.

Sie hatten viel erzählt und gelacht, und dabei vor allem Tee getrunken. Das war eine der guten Seiten von Tao, er trank fast keinen Alkohol.

Er aß auch fast keine Süßigkeiten oder Kuchen, wie sie sich erinnerte. Solche Sachen hatte es in seiner Jugend in China nicht gegeben, und deshalb fehlten sie ihm überhaupt nicht. Es war ihm einfach alles zu süß.

Das hatte sie vergessen gehabt.

Zhen und Phillis hatten dann aber doch den einen oder anderen Krug Pflaumenwein und Reiswein geleert, und sie hatte eine völlig neue Seite an Tao kennengelernt.

„Hey, du bist ja ein Kind der Kulturrevolution!" rief sie.

Tao sah sie mit einem eigenartigen Ausdruck an.

„Mein Vater wurde als Grundbesitzer eingestuft. Nach der sechsten Klasse musste ich aus der Schule, obwohl ich der Beste in der Schule war."

Er lachte, aber es klang nicht besonders lustig.

„Ich habe Reis gepflanzt, mit diesen einfachen Geräten. Die waren gut für die Bauern, vorher war es noch viel härter." Dann bekam seine Stimme einen ganz anderen Ton.

„Und dann sind wir immer mit der Eisenbahn gefahren. Durch das ganze Land. Rotgardisten mussten immer vorgelassen werden. Das hat Spaß gemacht!" Seine Augen leuchteten.

Immer wieder verfielen die beiden Männer in ihr eigenes singendes Idiom, aber nur für kurze Momente, in denen sie in der fremden Sprache nicht schnell genug weiterwussten. Es war Tao, der immer wieder ins Deutsche wechselte, auch wenn ihm die Aussprache nicht leichter fiel als sonst.

Sie bemerkte es, und es gefiel ihr. Bei früheren Gelegenheiten war es vorgekommen, dass sie entnervt die Flucht ergriff, weil sie von schnatternden Freunden Taos umgeben war, ohne ein einziges Wort zu verstehen.

Trotzdem war es immer noch ein sehr hartes Leben gewesen. Und erst die vorsichtigen Veränderungen, die sich im Laufe der Jahre durch die Politik der später als „Viererbande" bekannten Clique um die Witwe Maos ergeben hatten, hatten es Tao ermöglicht, doch noch an den jährlichen Prüfungen teilzunehmen.

„Als Externer, das war unheimlich schwer. Aber ich habe es geschafft. Dann konnte ich an die Universität. Und dann noch ein paar Jahre später gab es plötzlich Stipendien. Für kurze Zeit. Da musste ich sofort dabei sein."

Phillis fragte gar nicht, aber er erklärte es trotzdem.

„Bei uns, da weiß man nie, was nächstes Jahr los ist. Deshalb musste es sofort klappen!"

Es war eine klare Sache, dass Tao sie nach Hause fuhr. Sie nahm ihn mit in ihre Wohnung, und kurze Zeit danach auch mit in ihr Bett.

Nun lag sie wach, und sie bereute es nicht. Dies war schon damals ein Ort gewesen, an dem sie mit Tao wunderbar harmonierte. Nichts von der Unsicherheit, die sie sonst bei vergleichbaren Gelegenheiten oft befallen hatte. Sie konnte sich von ihm in die Arme nehmen lassen, und sich genau so gut treiben lassen wie auch selber die Initiative ergreifen. Immer schien alles richtig zu sein.

Heute hatte es schließlich wie der Blitz bei ihr eingeschlagen, so dass sie schon bei dem Gedanken daran wieder die Hitze in sich aufsteigen fühlte.

Sie schob es auf die ziemlich lange Zeit der Entbehrung auf diesem Gebiet. Es war schließlich bekannt, dass Jungunternehmern meistens nur der Weg über Kontaktanzeigen blieb, wenn sie neben der Arbeit noch etwas anderes erleben wollten. Männer kamen zu solchen Zeiten häufig ihren Sekretärinnen näher. Phillis hatte keinen Sekretär.

Im Halbschlaf wanderten ihre Gedanken.

Wo konnte Gerd Grevenhagen nur abgeblieben sein? War ihm am Ende doch etwas passiert? Weltfremd genug war er allemal, um sich irgendwelche Schwierigkeiten einzuhandeln. Aber warum meldete er sich dann nicht?

Auch der geheimnisvolle Herr Meier fiel ihr wieder ein. Was konnte der von ihr gewollt haben? Ihr kamen nur eine ganze Reihe von höchst unangenehmen Gedanken. Die wollte sie jetzt lieber nicht verfolgen.

Sie drehte sich auf die andere Seite und war nach wenigen Minuten wieder fest eingeschlafen.

Als sie schließlich am Morgen von ihrem Wecker aus dem Tiefschlaf gerissen wurde, war Tao schon gegangen.

Montag

Am Montag Vormittag, dem 7. Juni, stieg Phillis aus dem Taxi. Früh morgens war sie mit der Bahn nach Frankfurt gefahren, und hatte dann nicht die S-Bahn genommen, sondern sich lieber fahren lassen. Der morgendliche Verkehr in Frankfurt ließ sie an dieser Wahl zweifeln, aber sie war gerade noch in der Zeit für ihren Termin. Hier zwischen den Hochhäusern war bereits alles zugeparkt, und überall standen um diese Tageszeit Lieferfahrzeuge in der zweiten Reihe, mit und ohne Warnblinker. Auch die Taxe konnte nur an einer zweifelhaften Stelle halten, so dass Phillis mitten auf der Straße aussteigen musste.

Ganz plötzlich schoss ein blauer Golf neben der wartenden Taxe vorbei. Er verfehlte die sich öffnende Tür um Haaresbreite, wobei er wegen der damit verbundenen Kurverei bedenkliche Schräglage bekam. Die Reifen gaben ein gequältes Geräusch von sich.

Eine Sekunde später, und Phillis hätte keine Chance gehabt, ihm auszuweichen. Sie erschrak zu Tode.

Obwohl es völlig ohne Zusammenhang war, zuckte ihr der Gedanke durch den Kopf, dass dies schon der zweite blaue Golf dieses Tages war, während sie lauthals hinter der Fahrerin herschimpfte. Der Schreck saß ihr in den Knochen.

Als sie am Morgen das Haus verlassen hatte, stand ein ganz ähnliches Gefährt quer vor ihrem Auto geparkt, so dass sie nie weg gekommen wäre. Sie wohnte allerdings so nahe am Dortmunder Flughafen Wickede, dass es für sie nur unwesentlich teurer war, mit einem Taxi dorthin und abends zurück zu fahren, statt die Gebühren für das Parkhaus zu bezahlen.

Der Fahrer dieses Golf war nicht in der Nähe, und das Taxi wartete bereits. Sie dachte noch, dass das hoffentlich nicht der neue Nachbar war, der vom Vermieter angekündigt worden war. Sie konnte Golffahrer mit Breitreifen nicht leiden.

Der risikofreudige Golf in Eschborn hatte sich mit quietschenden Reifen davongemacht, um seine eiligen Geschäfte abzuwickeln. Phillis brauchte einen Moment, um sich von dem Schock zu erholen. Dann betrat sie das Gebäude und verließ zwei Minuten später den Aufzug im dreizehnten Stock.

Trotz des vorherigen Schreckens begann sie, die Situation zu genießen.

Sie stand am Empfang der weltbekannten Firma Airship, mit der die kleine SimTech sich auf einen Konkurrenzkampf eingelassen hatte, in einem der vor 15 Jahren gebauten supermodernen Bürohochhäuser, die sich damals im Frankfurter Stadtteil Eschborn explosionsartig breit machten. Die Dame am Empfang begrüßte sie sehr zuvorkommend und bat sie, einen Augenblick

Platz zu nehmen. Herr Abteilungsleiter Merkle werde sie abholen. Manchmal hatte es etwas für sich, wenn man einen Ruf hatte. Er schien auch nach zwei Jahren noch nicht verblasst zu sein, diesem Empfang nach.

Ihr ganz spezieller Ruf hatte sehr viel mit dem Presserummel vor vier Jahren zu tun Die Presse und besonders das Fernsehen hatten urplötzlich ein neues Thema gefunden: Die Ausbildung zum Führerschein würde sich in Kürze radikal verändern, und zwar durch High Tech und Made in Germany.

Die öffentliche Präsentation des ersten Vor-Prototypen brachte SimTech völlig unerwartet in die Schlagzeilen. Das lag zu wesentlichen Teilen am Sommerloch und am Ausbleiben von aktuellen Katastrophen. Aber es hatte auch etwas damit zu tun, dass jeder Mann im Land ein Experte in Sachen Autofahren war. Bei dem Thema konnte einfach jeder mitreden, ob Journalist oder Fernsehzuschauer. Beim ersten Fernsehinterview war Borghold nicht über den ersten Halbsatz hinausgekommen.

„Herr Geschäftsführer", fuhr der Journalist mitten in die ersten Aufnahmeversuche, „hier fehlt was! Ein belebendes Element!"

Borghold war mitten im Satz und brach irritiert ab.

„Interaktion!" rief der Mann aus und unterstrich dies mit einer großen Geste beider Arme auf den Prototypen direkt hinter Borghold.

„Interaktive Simulation. Das sind echte Bilder!" Mit halber Stimme wandte er sich an den Kameramann.

„Da können wir doch nicht plötzlich Verlautbarungen aus dem Zentralkomitee dazwischenschneiden." Er sah sich hilfesuchend um.

„Die junge Dame dort! Die muss mit drauf! Schon haben wir keinen Frosch mehr, sondern einen Prinzen!" Kleine Beleidigungen gehörten zu seinem Berufsalltag, das merkte er gar nicht mehr. Statt dessen dirigierte er Phillis direkt neben Borghold und in das Licht der Halogenlampe, die oben auf der Kamera brannte. Ihr gleißendes Licht schwankte unangenehm mit den Bewegungen des Kameramannes, der sie auf der Schulter trug, bereit zu weiteren Aufnahmen.

Phillis war gekleidet für einen normalen Arbeitstag, schwarze Jeans und ein mittelgraues nicht unelegantes Shirt, ohne jedes weitere Accessoire. Sie war mit Chilli in ein Problem vertieft und hatte den kurzen Auftritt des Journalisten gar nicht mitbekommen Es gefiel ihr nicht, als sie plötzlich in das grelle Licht blinzeln musste. Neben Borghold zu stehen gefiel ihr noch weniger.

Borghold wäre nie darauf gekommen, dass diese Szene etwas mit seiner Wirkung zu tun haben könnte. Dabei hatten alle Journalisten, die später kamen, das gleiche Problem: Er wirkte vor der Kamera wie diese kleinkarierten Anzugmuster, die auf höchst unschöne Art mit den winzigen Bildpunkten des Fernsehbildes kollidieren und hässliche Moiré-Effekte erzeugen. Er war einfach nicht fernsehtauglich.

Es gab allerdings einen Grund, warum er sich nicht allzu sehr wehrte, Phillis mit ins Bild zu lassen.

Phillis wusste, dass Borghold mit einer Frau nicht wie mit einem Mann konkurrierte. Normalerweise hieß das, dass er ihr auf herablassende Art Anweisungen gab, die sie dann einfach ignorierte. Einer Frau fühlte sich Borghold allein durch sein Geschlecht ausreichend überlegen, so dass er es aushalten konnte, wenn sie neben ihm stand.

Der Interviewer wandte sich ihnen wieder zu.

„Los geht's!" rief er.

Borghold begann von Vorne.

Aber er schaffte es nicht, sich wie vorher aufzupumpen. Er hatte kaum zwei Sätze gesagt, als der Interviewer ihn schon mit einer Frage unterbrach, die an Phillis gerichtet war.

Phillis hatte gar keine Zeit gehabt, nervös zu werden. Außerdem hatte sie eine ausgeprägte Gabe, komplizierte Zusammenhänge einfach darzustellen. Und sie sah einfach hinreißend aus mit den zwei oder drei Haarsträhnen, die sich aus ihren hochgesteckten Haaren gelöst hatten. Das war ihr allerdings völlig unbewusst. Interviewer und Kameramann sahen sich an.

„Das ist es!" raunte der Kameramann dem anderen zu.

Dieses zweiminütige Interview, aus dem dann für die Sendung fast alle Passagen mit Borghold herausgeschnitten wurden, hatte einige Folgen gehabt. Phillis geriet kurzzeitig ins Rampenlicht von zwei oder drei Talkshows und diversen weiteren Fernsehinterviews. Und sie erhielt mehrere Einladungen, bei wissenschaftlich-technischen Kongressen über ihr Spezialthema zu referieren. Auch dort wurde gelegentlich auf populäre Themen Rücksicht genommen.

Chilli war nicht amüsiert gewesen. Jeden Vortrag, den sie hielt, konnte er nicht halten.

Dass sie diese relative Berühmtheit erlangt hatte, schob sie darauf, dass dieses erste Interview auf Anhieb in die Tagesschau gekommen war, mit der Folge, dass es tagelang von allen möglichen anderen Nachrichten nachgesendet wurde.

In Wirklichkeit wirkte sie mit ihrer lockeren Art und ihrer leicht derangierten Frisur neben dem steifen Borghold wie eine Urlaubspostkarte aus Cape Kennedy neben einem braun-vergilbten Vatermörderfoto aus dem letzten Jahrhundert. Dass sie auf verständliche Art von zutiefst technischen Dingen sprach, fügte dem Ganzen eine exotische Note hinzu. Es war der perfekte Lückenfüller für die Saure-Gurken-Zeit.

Der Journalist hieß Harald Behrends und der Beitrag brachte ihm sogar die ersehnte feste Anstellung als Redakteur beim WDR. Davon erfuhr Phillis aber nichts. Auch dass er gerade wieder in Sachen Fahrsimulator recherchierte, blieb ihr verborgen. Wie natürlich auch eine ganze Reihe weiterer Dinge.

Das war eine aufregende Zeit gewesen, und Phillis dachte daran zurück, als sie jetzt auf dem Designersofa aus Chrom und schwarzem Leder auf den Abteilungsleiter der Airship wartete, der sie abholen sollte.

Das Interieur atmete Yuppie-Atmosphäre.

Designerlampen, ausgefallener moderner Teppich auf Teppichboden, eine schräge, an die Wand gelehnte Glasvitrine mit nur zwei Füßen, von der man nicht sofort verstand, warum sie nicht einfach ihren Dienst quittierte und umfiel. Blick über die Autobahn auf die Skyline der Frankfurter City einige Kilometer entfernt, die seit einiger Zeit von dem Messeturm dominiert wurde, in dem die größte Deutsche Privatbank residierte.

Vor nicht ganz zwei Monaten hatte sie dort im 17. Stock mit den Sicherheitsleuten der Bank zusammengesessen. Eigentlich ein richtig gutes Akquisegespräch, aber seitdem hatte sie nichts mehr von denen gehört.

Entweder, sie ließen sich verleugnen, wenn sie nachfragen wollte, oder sie waren wirklich nicht da. Schwer zu entscheiden. Sie beschloss, es nach diesem Termin noch einmal zu versuchen. Vielleicht konnte sie ja im Anschluss noch dort vorbeifahren. Es gab schließlich keinen Grund, wegen dieser Sache das weitere Geschäft von a_capella aus den Augen zu verlieren.

Der Auftritt des Herrn Merkle unterbrach diese Gedanken.

„Guten Tag, Frau Brentano. Schön, dass wir uns einmal kennenlernen." Er schüttelte ihr die Hand. In Merkles Büro gab es noch mehr Details zu bewundern. Die Kaffeekanne war von Stelton, das Service aus poliertem Edelstahl und von Alessi. Kirschholz und Aluminium, edle blaue Griffe an den Büromöbeln. Ein schwarzer PC, der ganz und gar nicht wie die Standardgeräte aussah, mit denen sich Phillis und ihre Kollegen in großer Zahl umgaben. Eigentlich war er nur durch die Tastatur und den Flachbildschirm überhaupt als PC zu erkennen.

Herr Merkle passte in die Umgebung. Schwarze Hose aus einem weichen Stoff, elegantes anthrazitfarbenes Jackett mit Stehkragen, dunkles Hemd, geschmackvolle dunkle Krawatte. Sehr schlichte und sehr teuer aussehende Uhr am Handgelenk. Großer einfacher Ring an der linken Hand. Zu grau für Silber. Edelstahl oder Platin. Wahrscheinlich Platin, entschied Phillis.

„Trinken Sie eine Tasse Kaffee? Oder darf ich Ihnen etwas anderes bringen lassen?" fragte Herr Merkle.

Sie ließ sich Kaffee einschenken und trank einen Schluck, während Herr Merkle sich selbst mit Kaffee bediente, in den er eine unglaubliche Menge Milch schüttete.

Nach einigem Geplänkel, das im Wesentlichen dazu diente, sich gegenseitig ein wenig abzutasten, fragte Herr Merkle nach ihrer aktuellen Tätigkeit.

„Ich habe einem Kollegen geholfen, eine Beratungsfirma aufzubauen." Das war völliger Unfug, sie war das Herz der Firma, aber das wusste Merkle ja hoffentlich nicht.

„Da fällt mir ein," unterbrach sich Phillis, „hat eigentlich Grevenhagen bei Ihnen angefangen?" Jetzt war Merkle deutlich irritiert.

„Wer, bitte?" Sie hatte die Frage ganz spontan gestellt, nachdem sie vorher immer wieder hin und her überlegt hatte, wie sie das Thema wohl auf den Tisch bringen konnte.

Der Name Grevenhagen schien ihm nicht das geringste zu sagen. Jedenfalls gab er sich diesen Anschein.

„Gerd Grevenhagen. Ein Entwickler bei SimTech, guter Mann. Den müssten Sie eigentlich kennen!" Sie sagte das ein klein wenig vorwurfsvoll, als sei Grevenhagen eine Art Berühmtheit, die zumindest Insider kennen müssten. Merkle versuchte offensichtlich, sich davon nicht in die Defensive drängen zu lassen. Mit einer kurzen Bewegung der Schultern schüttelte er den Vorwurf ab und meinte leichthin:

„Man kann ja nicht alle kennen, die sich in dieser Szene tummeln. Wie kommen Sie darauf, er könnte bei uns sein? Ist er nicht mehr bei SimTech?" Er nahm seinen Stift und schrieb sich den Namen auf. „Hat es eventuell Sinn, dass da mal jemand anruft?"

„Um ehrlich zu sein, das weiß ich nicht genau. Es hieß damals, er wolle weggehen. Wenn er bei der Spezialisierung bleiben will, hat er ja nicht allzu viele Möglichkeiten."

„Na, egal. Jetzt aber zu Ihnen," übernahm Merkle jetzt die Initiative. Er hatte nicht vor, sich weiterhin durch Zwischenfragen und Bemerkungen aus dem Konzept bringen zu lassen. Er wollte dieses Gespräch jetzt zügig zu Ende bringen, um dann wie geplant mit seinem Neffen noch auf eine Runde Golf zu gehen.

Phillis spielte mit, und sie gingen die verschiedenen Möglichkeiten durch. Sie kamen allerdings zu keiner Einigung, weil Merkle mehr oder weniger auf einer Festanstellung bestand, während Phillis auf die Vorteile einer freiberuflichen Tätigkeit hinwies. Sie verabredeten, in der Folgewoche telefonisch weiterzuverhandeln. Herr Merkle war nicht völlig zufrieden.

Als sie schließlich den Raum verlassen wollten, klingelte ein Telefon. Nach einem kurzen Gespräch verabschiedete sich Herr Merkle bereits im Besprechungsraum von ihr, da er dringend in einem anderen Teil des Gebäudes erwartet wurde. Vor dem Aufzug sollte seine Sekretärin auf sie warten, die sie aus dem Gebäude geleiten würde.

Auf dem Gang wandte sich Phillis nach links, weil sie dort die Aufzüge in Erinnerung hatte. Jemand kam mit suchenden Blicken den Gang entlang direkt auf sie zu. Er sah sie nicht.

Es war Tao.

Etwas später an diesem Montag morgen machte sich Herr Kowalsky auf, um seine Verabredung mit dem Bankdirektor einzuhalten. Er kannte den Mann recht gut. Es handelte sich immer noch um die selbe Bank, mit der SimTech schon damals zusammen gearbeitet hatte, als er dort noch für die Finanzen zuständig war.

Auch der Bankdirektor konnte sich an Herrn Kowalsky erinnern.

Sie tauschten einige Belanglosigkeiten aus. Kowalsky hatte beschlossen, diesen Besuch als das hinzustellen, was er war: Als eine rein informative Klärung des Hintergrunds eines Kunden, weil es sich gerade so angenehm ergeben hatte.

„Ich soll Ihnen von Herrn Matthäi die besten Grüße ausrichten," begann er, nachdem durch die diskrete Direktionssekretärin Kaffee serviert worden war. Es hatte entschieden seine Vorteile, von Matthäi angemeldet zu werden!

„Bitte grüßen Sie ihn bei Gelegenheit zurück!" antwortete der Direktor. Er war genervt, weil er einen anderen wichtigen Kunden warten lassen musste. Aber Matthäi war niemand, dem man leicht einen Wunsch abschlug, kam er auch noch so ungelegen. Er verbarg seine Unruhe hinter einem freundlichen Lächeln.

„Um was geht es denn?"

„Es ist mir fast peinlich, Ihnen deswegen die Zeit zu stehlen. Aber Herr Matthäi meinte gestern, Sie könnten mich vielleicht über den finanziellen Hintergrund von SimTech informieren. Mit meiner augenblicklichen Firma arbeite ich wieder für sie, und wir sind nicht so groß, dass wir einen größeren Einnahmeausfall verkraften könnten." Er überlegte einen Augenblick.

„Natürlich habe ich bisher keinerlei Veranlassung, an der Zahlungsfähigkeit von SimTech zu zweifeln!"

Der Direktor glaubte ihm kein Wort.

Wieso sitzt du hier und fragst mich nach SimTech, wo du doch selber dort der Finanzchef warst? Sein Interesse war erwacht.

Er erinnerte sich an eine Szene, die erst zwei Wochen zurücklag. Einer der Mitarbeiter von SimTech war in der Bank erschienen. Durch ein Missverständnis hatte seine Sekretärin dem Mann zu einem Gespräch verholfen, statt ihn abzuwimmeln. Die Bank wartete auf Unterlagen, und die Sekretärin nahm an, der junge Mann bringe sie vorbei. So war er direkt im Büro des Direktors gelandet.

Sein Zwerchfell krampfte sich immer noch zusammen, wenn er an den unglaublichen Aufzug des jungen Mannes dachte: Kurze, buntbedruckte Shorts, weißes T-Shirt, Gesundheitssandalen ohne Strümpfe und wirre, hellblonde Haare, dabei keineswegs braungebrannt. Er strich leicht mit dem rechten Daumen über den makellosen Wollstoff seiner dunkelblauen Weste. Er entspannte sich wieder. Als Banker war man ja heute einiges gewohnt, aber dieser Kerl hatte eindeutig den Vogel abgeschossen. Wenigstens hatte er nicht gerochen!

Noch besser war aber, worüber er hatte reden wollen.

„Mir ist bekannt, dass mein Arbeitgeber SimTech sich aus dubiosen Quellen finanziert. Als Mitarbeiter dieses Unternehmens möchte ich bitte umgehend darüber im Einzelnen informiert werden. Normalerweise würde ich natürlich Herrn Borghold fragen, aber der war schon bei früheren Gelegenheiten nicht kooperativ. Deshalb bin ich jetzt hier!"

Er strahlte den Direktor aus seinen wasserhellen Augen an.

Normalerweise redete der Direktor überhaupt nicht mit Mitarbeitern von Unternehmen, die sie als Bank unterstützten. Höchstens noch mit den jeweiligen Finanzfachleuten. Er hatte den jungen Mann auf das Bankgeheimnis hingewiesen.

„Klar dürfen Sie anderen nichts über SimTech verraten, aber ich bin doch SimTech! Wo also liegt das Problem?"

Der Direktor erinnerte sich noch, wie perplex er angesichts von so viel Unverfrorenheit gewesen war. Unruhig war er aber erst geworden, als der junge Mann auch noch einen Namen als angebliche Finanzquelle genannte hatte: Viacelli.

„Erklären Sie mir doch bitte mal, wie Viacelli und Konsorten das hingekriegt haben!" waren seine genauen Worte gewesen.

Der Direktor versuchte, sich nichts anmerken zu lassen, aber er begann wieder, mit seinem Daumen in kleinen Bewegungen den Stoff seiner Weste zu reiben. Dieses mal entspannte ihn das nicht.

Viacelli! Der Name sagte fast niemandem in Deutschland etwas. Er war allerdings in Italien keineswegs unbekannt. Der Mann hatte eine nicht unwichtige Rolle gespielt bei den Finanztransaktionen rund um die unselige P2-Loge, die vor einigen Jahren einen Riesenskandal in Italien verursacht hatte. Soweit er wusste, gehörte Viacelli allerdings zu den Beteiligten, die niemals zur Rechenschaft gezogen worden waren.

Städtepartnerschaften nach Italien waren beliebt im Ruhrgebiet, und dabei ergab sich für die Bank immer wieder einmal die Gelegenheit, publikumswirksam als Sponsor und Finanzier aufzutreten. Bei einem sehr lukrativen Finanzkontakt, der sich daraus ergeben hatte, war der Direktor schon Jahre vor dem Skandal direkt vor Viacelli gewarnt worden. Nur daher wusste er überhaupt davon. Und die Warnung war so gewesen, dass er sie ernst genommen hatte! Er hatte den jungen Mann schließlich hinauskomplimentiert, nachdem er klargemacht hatte, dass die Geldquellen der SimTech über jeden Zweifel erhaben waren.

Sofort danach aber hatte er versucht, Hintergrundinformationen zu bekommen. Er hatte einige Kontakte bemüht, und schließlich mit jemandem gesprochen, der als intimer Kenner der italienischen Finanzwelt bekannt war. Er hieß Louvier und war eine feste Größe in der Geschäftswelt des Ruhrgebiets. Erst nach diesem Gespräch war er ruhiger geworden.

82

Dieser Viacelli hatte zwar bis heute einen Repräsentationsposten bei der Vatikanbank inne, hatte sich aber schon vor Jahren aus allen aktiven Tätigkeiten zurückgezogen. Als Preis dafür, dass er gerichtlich nicht belangt worden war. Auch das schien in Italien allgemein bekannt zu sein.

Und nun saß schon wieder jemand in seinem Büro, der sich Gedanken darum machte, woher Borghold sein Geld hatte.

„Wie kommt Herr Matthäi hier ins Spiel?" fragte der Bankdirektor vorsichtig.

„Oh, das ist reiner Zufall. Ich kenne Herrn Matthäi von Ferne, wir sind uns gestern bei einer Veranstaltung der IHK Dortmund über den Weg gelaufen. Ein Wort gab das andere, und nun sitze ich hier!"

Glatt gelogen, dachte der Direktor. Er war gestern selbst mit dem Geschäftsführer der IHK privat unterwegs gewesen, und wenn der Matthäi getroffen hätte, wäre das in allen Details erzählt worden. Trotzdem hatte sich Matthäis Sekretärin die Mühe gemacht, Kowalsky anzumelden. Sonst säße er jetzt niemals hier.

„Für welchen Zweck brauchen Sie die Informationen genau? Sie verstehen mich richtig, natürlich kann ich Ihnen helfen, aber ich muss eine gewisse Idee haben, an wen diese Informationen gehen ..."

Das war eigentlich eine Unverfrorenheit. Bei so einem Gespräch musste man von der völligen Diskretion des anderen ausgehen, sonst durfte man über solche Dinge gar nicht erst anfangen zu reden.

Der Direktor wusste das, und er fand Kowalskys Reaktion interessant. Der begann, hoch und heilig zu versichern, dass es ihm nur darum ginge, Klarheit über die Begleichung seiner Rechnungen zu bekommen.

Der Direktor hatte da seine Zweifel. Dieser Besuch war eigenartig.

Aber für ihn war eigentlich nur eines von Bedeutung, nämlich die Frage, ob die Information, die er gab, für Matthäi bestimmt war oder nicht. War sie für Matthäi, musste er die Wahrheit sagen. Er beschloss, dem alten Buchhalter zu glauben, dass sie nicht für Matthäi waren. Also würde er nichts erfahren.

„Ich kann Ihnen versichern, dass es nach meiner Kenntnis keinerlei Grund zur Besorgnis gibt. Wir kennen die Finanzlage und die Aussichten von SimTech natürlich ziemlich gut, und ich kann Ihnen versichern, dass unser Kredit für SimTech steht. Sie brauchen sich also keine Sorgen zu machen."

Kowalsky räusperte sich.

„Nun habe ich allerdings gehört, dass SimTech schon länger keinerlei Geld mehr von Ihnen bekommt. Das Gerücht gibt es ja schon länger, aber diesmal schien mir die Quelle vertrauenswürdig. Es fiel der Name eines Finanziers."

Der Direktor zog indigniert eine Augenbraue hoch und richtete sich in seinem Sitz auf. Das wurde ja immer besser. Seine Auskünfte wurden in Zweifel gezogen!

„Vielleicht sollten Sie weniger auf Gerüchte hören, aus welcher Quelle auch immer!" Seine Stimme hatte jede Verbindlichkeit verloren.

Damit war das Gespräch dann schnell beendet. Der Direktor konnte zu seinem wichtigen Kunden eilen, um mit ihm über wirkliches Geld zu verhandeln, nachdem er noch einige Worte mit Kowalsky gewechselt hatte.

Auf dem Weg dachte er kurz nach. Er hatte nach wie vor keine Ahnung, woher SimTech seine Rechnungen bezahlte. Aus Krediten der Bank jedenfalls nicht. Vielleicht hätte er nach dem Namen des Finanziers fragen sollen.

Er beschloss, noch einmal einen Versuch zu starten, das herauszubekommen.

Als Kowalsky wieder in der Firma war, war er froh.

Es war ihm gelungen, bei dem Gespräch mit dem Direktor der Bank nichts von dem verschwundenen Entwickler zu erzählen. Das wäre ihm doch sehr unangenehm gewesen, so wenig er Borghold auch persönlich mochte.

Auch sonst war das Gespräch nicht sehr ergiebig gewesen. Die Bank schien SimTech zu finanzieren, obwohl man bei solchen Informationen immer vorsichtig sein musste. Kein Banker verriet gerne etwas über seine Kunden, Matthäi oder nicht.

Er rief Matthäis Sekretärin an und ließ ihm seinen Dank ausrichten.

Er beschloss, Phillis gar nicht erst von seinen Gesprächen zu erzählen. Es gab offenbar keinen Grund dazu, und er war erleichtert, dass sein Dilemma sich aufgelöst hatte.

Erst viel später wurde ihm klar, dass die Dinge in der Folge vielleicht ganz anders verlaufen wären, wenn er davon erzählt hätte.

Im fernen Frankfurt hatte Tao Phillis entdeckt.

Phillis dagegen glaubte nicht, was sie sah.

„Was machst Du denn hier?" fuhr sie Tao an.

Der erschrak kaum merklich, dann lächelte er.

„Vielleicht sollte ich das fragen?" gab er als Antwort. Er lächelte noch immer.

Tao lief hier herum, als sei es das normalste von der Welt. Langsam fragte sie sich, was sie noch alles nicht wusste. Sie wusste allerdings auch nicht, was sie ihm antworten sollte.

„Geschäftliche Besprechung. Wir haben allgemein über Möglichkeiten der Zusammenarbeit geredet. Simulatoreinsatz und Datenschutz. Die müssen da einiges machen. Hat mit SimTech gar nichts zu tun. Aber was machst du nun hier?"

Er zögerte einen Moment mit der Antwort.

Wenn er so mit den Augen die Decke absuchte, wusste sie nie, ob er nur nach Worten suchte oder nach einer einleuchtenden Erklärung. Sie merkte, dass sie ihm nicht glauben würde, egal was er sagte.

„Es gibt einen Arbeitskreis, der beschäftigt sich mit Standards für die Sicht-simulation. Der ist ziemlich geheim. Wir tagen heute hier. Ich vertrete Chili." Sein Lächeln verbreitete sich noch. „Im Moment suche ich aber eine Toilette. Die soll hier irgendwo sein." Er begann sich suchend umzusehen.

Er hatte offenbar auch keine Lust, das Thema ihrer Begegnung an diesem Ort genauer zu erörtern. Sie war erleichtert.

„Ich denke, wir sehen uns morgen oder übermorgen, wenn ich wieder bei SimTech bin."

„Das ist gut!" war alles was er darauf antwortete.

Er hatte die Toilette erspäht, die sich in einer Nische des Korridors direkt ihnen gegenüber befand. Er winkte ihr grüßend zu und verschwand darin.

Phillis verließ das Gebäude.

Die Geschichte von diesem Arbeitskreis war nicht besonders glaubhaft. Sie wusste, wie stark das Konkurrenzverhältnis SimTechs zu den anderen Firmen war. Sie glaubte nicht, dass die jetzt zusammensaßen, um sich auf gemeinsame Standards zu einigen.

Damit blieb die Frage, was Tao bei Airship machte.

Borghold konnte sie unmöglich fragen. Jetzt bereute sie, dass sie ihn nicht über ihren Vorstoß unterrichtet hatte. Wenn sie jetzt davon anfing, musste er unweigerlich glauben, dass sie mit seinen Konkurrenten unter einer Decke steckte. Damit war der Auftrag futsch, und ihre kleine Firma wahrscheinlich gleich mit. Es gab natürlich noch eine weitere Möglichkeit: Tao erzählte Borghold von ihrer Begegnung. Das Ergebnis war das gleiche.

Nur mit Mühe widerstand sie dem Impuls, zurück in das schäbige Gebäude zu laufen und nach Tao zu suchen.

Egal, was sie ihm sagte, sie konnte ihm nicht vertrauen. Genau so gut konnte er heimlich für diese Leute arbeiten. Sofort fielen ihr eine ganze Reihe von Möglichkeiten ein, wie Tao diese Situation ausnutzen konnte. Ihr wurde unangenehm warm. Wenn sie diesen Mistkerl doch nur besser begreifen könnte!

Sie hatte keinerlei Möglichkeiten, etwas dagegen zu tun. Wenn er so etwas machte, dann machte er es eben.

Mit diesen unschönen Gedanken fuhr sie in Richtung Frankfurter Innenstadt, um den anderen möglichen Kunden aufzusuchen.

Dienstag

Phillis schlief schlecht. Das kam höchst selten vor, und zudem musste sie sehr früh aufstehen, um rechtzeitig in Hamburg zu sein. Sie fuhr mit ihrem alten Alfa hin. Der hatte immer das Risiko, unterwegs liegen zu bleiben, aber sie hätte sich um nichts in der Welt von dem Schätzchen getrennt. Als sie ankam, taten ihr alle Knochen weh.

Der Gegensatz zu den schicken Büros, in denen sie sich am Vortag in Frankfurt bewegt hatte, hätte kaum größer sein können. Es handelte sich um die altgediente Navionic AG, ein Schlachtross unter den vielen Wettbewerbern, die versuchten, von der Rüstung und den damit verbundenen Aktivitäten zu leben.

Die Gebäude lagen an einer alten Ausfallstraße Hamburgs, in Richtung Norden. Ihre beste Zeit hatten sie in den fünfziger Jahren gehabt, und schon damals waren sie nicht schön gewesen. Jetzt wirkten sie abgenutzt und sogar ein wenig schäbig.

Auf dem Dach waren einige seltsam aussehende Antennen montiert.

Der Firmenname war lediglich auf einem Metallschild neben der alten Eingangstür zu finden, was ihn fast unsichtbar machte, weil alle Besucher zuerst zum Pförtner in ein neues verglastes Empfangsgebäude mussten und von dort über einen überdachten Gang direkt das Hauptgebäude betraten.

Vor dem Haus, direkt an der Böschung hoch zur Straße, befand sich ein Parkplatz, der von einem Pförtnerhaus bewacht wurde, in dem gleich eine ganze Reihe uniformierte Wächter Dienst taten. Phillis musste umständlich einen Besucherausweis ausfüllen und außen an ihrem Blazer sichtbar befestigen.

Dann musste sie eine Viertelstunde warten, bis ein junges Mädchen sie abholen kam.

Viele der verschlossenen Glastüren, die sie passierten, waren mit Kartenlesern versehen, aber fast alle, denen sie dort begegneten, benutzten offenbar lieber Schlüssel. Mehrere trugen große Schlüsselbunde klirrend am Hosenbund.

Es machte mehr den Eindruck eines in Ehren ergrauten Amtsgerichts als den eines florierenden Wirtschaftsunternehmens. Auch der Altersdurchschnitt der Menschen wies eher in diese Richtung. Bei Airship waren das lauter flotte junge Menschen gewesen, hier hatte mehr als die Hälfte die 45 schon weit überschritten.

Ausnahmen waren solche wie das junge Mädchen, die Phillis abgeholt hatte. Sie hatte undeutlich ihren Namen gemurmelt und brachte sie jetzt durch ein Gewirr von Korridoren zu Herrn Petersen. Dabei redete sie gar nicht und schaute möglichst in eine andere Richtung.

Herr Petersen war Abteilungsleiter, und er residierte in einem eigenen Büro.

Allerdings war es so klein und so vollgestopft mit Aktenregalen, dass neben den nicht sehr großen Schreibtisch kaum ein Besprechungstisch passte. Dort konnten theoretisch vier Personen Platz finden, aber dann wurde es richtig eng.

„Schönen guten Tach auch, Frau Brentano! Schön, dass sie uns gefunden haben," begrüßte er Phillis freundlich, fast schon überschwänglich. Seine Redeweise verriet schon von weitem den Hanseaten.

An dem Besprechungstisch saß bereits eine junge Frau, die sich jetzt ebenfalls erhob, um Phillis zu begrüßen.

Sie hatte kurze dunkle Haare, die sie in einem sehr gekonnt gemachten Haarschnitt trug, der trotz der Kürze noch eine pfiffige Form hatte. Ihre hellen Augen, das relativ strenge Make-up und der schlichte, aber elegante Metallschmuck, den sie trug, all das unterstrich den Eindruck von Kompetenz und Reserviertheit, den sie verbreitete.

Sie begrüßte Phillis kurz, aber nicht direkt unfreundlich. Ihr Name war Gesa Mahn, sie war Projektleiterin für das Fahrsimulatorprojekt.

Wie sich herausstellte, stammte sie aus Dortmund und hatte dort sogar noch eine Wohnung. Sie wohnte erst seit anderthalb Jahren in Hamburg. Immer mal wieder war sie ‚zuhause', zuletzt die ganze letzte Woche. Den Grund erklärte sie nicht.

Phillis war beeindruckt. Eine relativ junge Frau, die sich in diesem offensichtlichen Männerbetrieb zu dieser Position vorgearbeitet hatte, war sicher nicht zu verachten.

Nach der unvermeidlichen Einleitung mit Fragen nach dem Herkommen und ihrem Verbleib während der letzten zwei Jahre kamen sie schließlich zum Thema.

Petersen machte kein Hehl daraus, dass er nicht viel von SimTech hielt.

„Das hält sich nicht, glauben Sie mir! Diese Newcomer werden sich noch wundern, was es heißt, Anlagen dieser Größe zu verkaufen." Er schnaufte.

„Wir haben ja bisher vor allem Schiffssimulatoren gebaut. Das ist natürlich noch eine ganze Nummer größer. Aber doch vergleichbar. Die Käufer überlegen sich das dreimal, wenn sie mehr als eine Million in die Hand nehmen sollen." Er konnte gar nicht genau wissen, wie viel der SimTech-Simulator kostete, aber das war in etwa der Stückpreis, der bei der gegenwärtigen Ausschreibung vorausgesetzt wurde.

Aus einigen einleitenden Worten entspann sich schnell eine kurze Debatte zwischen Phillis und Frau Mahn über die verschiedenen technischen Möglichkeiten, die Schnittstellen zwischen den Komponenten eines Simulators zu realisieren.

Petersen verstand offensichtlich kein Wort.

Erst als sie auf Personen zu sprechen kamen, schaltete er sich wieder ein. Er unterbrach Frau Mahn, als sie begann, über das Entwicklungsteam zu sprechen.

„Soweit sind wir ja nun noch nicht," meinte er. „Wie können Sie sich denn eine Zusammenarbeit mit uns vorstellen? Das könnte nämlich ein Problem werden, weil wir faktisch einen Einstellungsstop haben." Er begann eine weitschweifige Erklärung über die Probleme der deutschen Werften und die Folgen, die das für ein so eng mit dem Schiffbau verbundenes Unternehmen wie das ihre hatte.

„Wie ich Ihnen schon sagte, habe ich seit zwei Jahren eine eigene Firma. Wir beschäftigen uns vor allem mit Sicherheitsthemen, aber ich komme ja aus dem Simulatorbau. Wäre das denn interessant für Sie, uns als Firma zu beauftragen?" Das war natürlich eine rhetorische Frage, weil sie ja schließlich eingeladen worden war.

„Das wäre sogar sehr gut, weil wir uns dann nicht mit der Personalabteilung auseinandersetzen müssten!" Er sah zufrieden aus. „Könnten Sie denn gegebenenfalls auch noch mehr Leute mitbringen? Wir können sicher drei bis vier weitere Entwickler beschäftigen!" Jetzt wurde es spannend für Phillis.

„Das käme auf einen Versuch an. Ich habe durchaus noch Kontakte zu Mitarbeitern von SimTech. An welche Bereiche haben Sie denn gedacht?"

Petersen sah Frau Mahn hilfesuchend an.

Wie aus der Pistole geschossen ratterte sie fünf oder sechs Funktionsbeschreibungen herunter. Es handelte sich um lauter Spezialisten, die im Umfeld solch einer Entwicklung wichtige Teilaspekte bearbeiten konnten. Petersen versank wieder in seinem Sessel und bekam einen glasigen Blick.

„ ... dann machen Sie uns richtig glücklich!" schloss Frau Mann ihren zwanzigsekündigen Blitzvortrag. Sie strahlte Phillis an. Das Alles war ohne das geringste Zögern aus ihr herausgesprudelt. Sie hatte ihre Projekte im Griff und wusste genau, was in nächster Zeit zu passieren hatte.

Phillis beschloss, noch etwas auf den Busch zu klopfen.

„Sie wissen, wer bei SimTech die Hardwareentwicklungen gemacht hat?" fragte sie.

„Wie hieß er noch: Grevenhagen?" gab Frau Mahn zurück.

Warum klang das jetzt auf einmal nicht mehr echt? Phillis glaubte nicht, dass sie Gerd nicht kannte. Andererseits fiel ihr der eigenartige Arbeitskreis ein, von dem Tao am Vortag geredet hatte. Vielleicht kannte sie ihn ja daher?

„Richtig, Gerd Grevenhagen. Wenn es sie interessiert, könnte ich ihn ja mal fragen. Ich habe jetzt länger nicht mit ihm gesprochen, vielleicht ist er ja bereit zu wechseln."

„Ich glaube, dass Sie uns damit ein großes Problem vom Hals schaffen würden, Frau Brentano," schaltete sich jetzt Petersen wieder ein. Sie schienen wirklich jemanden mit dieser Qualifikation zu suchen. Er sah Frau Mahn um Zustimmung heischend an. Sie kramte gerade in ihrer Tasche und merkte es nicht. Die Frau verhielt sich mehr als eigenartig, seit der Name gefallen war, aber Phillis glaubte nicht, dass Gerd hier war. Petersen hätte sich völlig anders verhalten, wahrscheinlich sogar damit angegeben. Warum sollte er das auch verschweigen wollen?

Also auch hier keine echte Spur.

Wo war dieser verflixte Gerd?

In Tante Lenes Wohnung war die Luft noch immer genauso abgestanden und muffig wie am Sonntag.

Phillis war auf dem Weg nach Hause, es war Dienstag Abend, und sie wollte nur kurz versuchen, ob sie für Frau Kunetzki die Krankenkasse und vielleicht sogar die Vertragsnummer von Tante Lene finden konnte.

Tante Lene behauptete steif und fest, sie sei bei der AOK, aber dort war sie völlig unbekannt und auch noch nie versichert gewesen. Nachfragen bei den großen Ersatzkassen hatten ebenfalls nichts erbracht. Also hatte Frau Kunetzki Phillis angerufen, und sie auf ihrem Handy erwischt, als sie gerade den Hauptbahnhof in Dortmund verließ. Sie hatte es noch geschafft, am Aikido-Training teil zu nehmen, und sich dann die zwei Häuser weiter bewegt..

Vor dem Dojo stand auf der gegenüberliegenden Straßenseite ein blauer Golf. Ein Mann mittleren Alters saß darin und blätterte in einem Straßenatlas.

Irgend etwas sagte ihr das, aber sie kam nicht gleich darauf, was es war.

Erst als sie nach dem Training wieder daran vorbeikam, klingelte es bei ihr. Sie sah zurück. Der Golf stand immer noch da. Ziemlich auffällig, mit Effektlackierung und hässlichen Leichtmetallrädern. Vorne an der Straßenecke stand der Fahrer, vor dem spanischen Lokal mit Namen ‚Casa Felix'. Er sah sich suchend um.

Das Auto sah ganz ähnlich aus wie jenes, das sie in Frankfurt fast über den Haufen gefahren hätte. Das hatte allerdings eine Frankfurter Nummer gehabt und eine junge Frau als Fahrerin.

Dieser hier kam aus Köln.

Sie hätte schwören können, dass die Nummer dieselbe war, die ihr an dem Auto aufgefallen war, das am Vortag ihre Einfahrt blockiert hatte. Sie hatte ein fast fotografisches Gedächtnis für Zahlen und Formeln, was ihr bei ihrer Arbeit sehr zugute kam. Im übrigen Leben konnte es manchmal schon fast hinderlich sein.

In diesem Fall war sie sich aber nicht völlig sicher.

Sie fand ziemlich schnell, was sie suchte. Tante Lene war trotz allem eine ordentliche alte Frau und hatte ihre Unterlagen beieinander. Sie war in einer privaten Krankenversicherung, von der Phillis noch nie gehört hatte.

Sie löschte das Licht. Dann fielen ihr die Blumen ein. Sie ging zum Wohnzimmerfenster. Die Blumen waren noch immer genau im richtigen Zustand von Feuchtigkeit, nicht zu trocken und nicht zu nass. Dafür war Knobloch offenbar gut zu gebrauchen. Sehr untypisch für einen Mann!

Draußen auf der Straße, auf der anderen Straßenseite, stand immer noch der Golffahrer.

Er blickte auffällig herüber, in ihre Richtung. Sie beobachtete ihn einen Augenblick. Nun ging er die Straße entlang, Richtung Auto. Er machte aber keinerlei Anstalten, einzusteigen.

Phillis kamen all die unerfreulichen Gedanken in den Sinn, die sie sich zu Gerds Verschwinden gemacht hatte. Konnte hier etwas faul sein?

Sie rief Helli an. Plötzlich hatte sie keine Lust, dem Mann auf der Straße alleine entgegenzutreten. Vielleicht würde er sie ja gar nicht beachten, und sie bildete sich nur ein, dass er auf sie wartete. Aber das wollte sie jetzt ganz gewiss nicht einfach darauf ankommen lassen.

Als Phillis sah, wie Helli aus der Hofeinfahrt trat, hinter der sein Dojo lag, verließ sie die Wohnung. Während sie durch das Treppenhaus zur Haustür eilte, hörte sie, wie Herr Knobloch an seiner Wohnungstür rumorte. Jetzt nicht auch das noch!

Schnell trat sie durch die Haustür auf den Bürgersteig.

Der Mann stand ungefähr zwanzig Meter weiter und sah unverwandt zu ihr hin. Er bemerkte nicht, dass Helli hinter ihm locker auf Phillis zuschlenderte. Sie ging ihm entgegen.

Als sie direkt neben dem Fremden war und Anstalten machte, an ihm vorüberzugehen, hörte sie plötzlich seine Stimme. Helli war stehen geblieben, er wartete und bekam nichts davon mit.

„Du solltest vorsichtiger sein, Mädchen!" Es war nicht sein unangenehmes Grinsen, das Phillis bei dem Satz eine Gänsehaut über den Rücken jagte, sondern seine Stimme. Sie war fast ohne Klang, heiser. Nicht wie bei einer Erkältung, sondern so, als sei die Stimme an sich völlig körperlos. Ein Geist hätte so sprechen können.

Der Mann war aber sicher kein Geist. Vorher hatte Phillis sich bemüht, ihn nicht anzusehen. Jetzt warf sie aus der Nähe einen Blick auf ihn.

Er war sehr viel massiger, als sie vorher bemerkt hatte. Dabei keineswegs untrainiert. So sahen manche Bodybuilder aus, kompakt und irgendwie unproportioniert. Unter seiner weiten Jacke konnten sich mächtige Oberarmmuskeln verbergen. Er trat auf sie zu.

„Ja, du solltest wirklich vorsichtiger sein. Wie leicht kann einem etwas passieren, heutzutage..." Plötzlich machte er einen Schritt nach vorne und fasste nach ihrem Handgelenk.

Sie ließ ihn die Hand fassen, machte dabei aber eine fast unmerkliche Bewegung aus der Schulter heraus. Eine Körperdrehung, und der Mann schoss in einer heftigen und gänzlich ungeplanten Vorwärtsbewegung an Phillis vorbei.

Er versuchte, das Gleichgewicht zu halten, stolperte und knallte mit dem linken Knie auf den Bürgersteig.

Als Selbstverteidigung ist Aikido nicht die erste Wahl, wenn es um Konflikte auf der Straße geht. Man braucht viele Jahre, um genug von den Bewegungen und den besonderen Feinheiten zu verinnerlichen, so dass man in akuten Situationen richtig reagiert.

Phillis war allerdings alles andere als eine Anfängerin.

Der Mann erhob sich ächzend und kam dann wieder auf sie zu. Er hinkte, offenbar hatte sein Knie etwas abbekommen. Jetzt schien er ernsthaft böse zu sein. Er bleckte die untere Zahnreihe und schnaubte. Seine rechte Hand verschwand in seiner Jackentasche.

Plötzlich stand Helli neben Phillis.

Helli war einen halben Kopf kleiner als der Mann, aber er hatte eine interessante Ausstrahlung. Er wirkte locker und gelöst in seinen Bewegungen, aber sie hatte schon öfter beobachtet, dass andere Männer Respekt vor ihm hatten, ohne dass er sich wie ein Gockel aufplustern musste.

Das reichte, um den Mann wieder zur Besinnung zu bringen.

Ohne ein weiteres Wort drehte er sich zur Seite, überquerte die Straße und stieg in den blauen Golf. Er musste nicht rangieren, um loszukommen. Er gab Gas und verschwand am Ende der Straße, wobei er sich rücksichtslos in den Verkehr auf der Hauptstraße drängte. Ein Mercedes hupte laut.

Herr Knobloch zog seinen Kopf schnell wieder zurück. Wenn er doch jetzt bloß jemanden gehabt hätte, dem er das erzählen könnte!

„Was war los?"

Helli ließ die Frage leicht klingen, sie hatte nichts Drängendes.

Nicht so, als hätte er gerade einen körperlichen Angriff auf Phillis auf der Straße direkt vor seinem Dojo erlebt. Dies war ein Ort, wo dergleichen vielleicht öfter vorkam, als für den Ruf des Viertels gut war. Aber es beunruhigte ihn doch. Es war etwas anderes, ob die Kerle aus dem Spielsalon in seiner Nachbarschaft sich auf der Straße mit den Mädchen herumstritten, die dort ebenfalls verkehrten. Auch da hatte er schon einmal helfen müssen, damit eine von ihnen unbehelligt nach Hause kam.

Aber dies war etwas völlig anderes. Jemand mit einem auswärtigen Auto, der Phillis ohne jeden Anlass auf der Straße angriff, das passte nicht ins Bild.

Er sah sie mit neuem Interesse an. Sie hatte sich in den letzten Jahren verändert. Er kannte sie, seit sie vor ungefähr fünf Jahren begann, zu ihm zum Training zu kommen. Da hatte er noch als Ableger eines Judovereins in Aplerbeck Aikido in einer Schulturnhalle unterrichtet.

Sie war unglaublich ,geradeaus'. So hatte er das nach einiger Zeit für sich selbst genannt. Sie musste sich Dinge nicht groß vornehmen. Wenn sie etwas machte, dann machte sie es richtig.

Er wusste, dass man nur so beim Aikido etwas werden kann.

Phillis hatte es inzwischen bis zum ersten Dan gebracht. Das erforderte eine Menge Einsatz und vor allem Zeit. Aber selbst jetzt, da sie seit zwei Jahren selbständig war, erschien sie nach wie vor regelmäßig zum Training.

Helli war von Anfang an stark beeindruckt von ihr gewesen. Sie lernte sehr schnell. Auch die komplizierten Techniken begriff sie sofort.

Aber vor allem hatte sie bald den Kern der Sache in Angriff genommen.

Die meisten Schüler brauchten eine ganze Weile, bis sie bemerkten, dass hinter den Techniken noch etwas anderes darauf wartete, entdeckt zu werden. Da ging es um die innere Haltung, und um Ki, um die Mitte.

Viele Aikido-Lehrer redeten nach Hellis Meinung zuviel. Sie versuchten, ihren Schülern diese Dinge durch Worte nahe zubringen. Helli hielt davon nichts. Er glaubte nicht, dass sich dies durch Worte erklären ließ, und außerdem klangen es oft allzu hohl. Er verließ sich darauf, dass seine Schüler von selbst darauf kamen, indem sie Veränderungen bei sich selbst bemerkten.

Sein schönstes Beispiel war ein Schüler des Konservatoriums. Der hatte eines Abends beim Bier nach dem Training plötzlich zu erzählen begonnen, wie sich sein Klavierspiel durch sein Aikido-Training verändert hatte. Er war selbst etwas verwundert darüber gewesen. Aber es hatte ihm gefallen.

Auf dieser Ebene hatte Helli sich sehr bald mit Phillis verständigen können. Sie beide verband im Lauf der Jahre eine besondere Art von Freundschaft. Gelegentlich spürte Helli allerdings noch den Stich, den es ihm versetzt hatte, als sie beide zeitgleich solo waren und er drauf und dran war, sich in sie zu verlieben. Sie aber hatte damals etwas mit diesem Chinesen aus ihrer Firma angefangen.

Jetzt hatte Phillis offenbar Ärger.

Helli glaubte keinen Augenblick, dass die Szene, deren Zeuge er gerade geworden war, zufällig zustande gekommen war.

„Du wohnst aber auch in einem Viertel..." war alles, was sie dazu sagte. Sie ging mit ihm zurück Richtung Dojo.

„Ich habe in der Wohnung von Tante Lene nach dem Rechten gesehen. Dabei fiel mir der Kerl auf, deshalb habe ich dich angerufen. Danke, dass du rausgekommen bist!"

Sie gab ihm einen Kuss auf die Wange.

„Wenn du Hilfe brauchst...." setzte Helli an. Dann ließ er es sein. Er kannte sie gut genug, um zu wissen, dass sie in der Regel sehr gut selber klar kam. Er hoffte nur, dass sie auch rechtzeitig bemerkte, wenn sie Hilfe brauchte.

Er sah ihr nach, wie sie in ihrem roten Flitzer davonbrauste.

Dann ging er zurück in die Hofeinfahrt, in sein Dojo und in seine eigene Welt.

92

Mittwoch

Die Fernsehleute hatten seit Sonntag in der Unfallsache einiges versucht. Und bis Mittwoch Morgen nichts erreicht.

Es gab solche Fälle.

Egal, wen man fragte, egal, wie gut die Kontakte waren, man kam einfach nicht von der Stelle. Als freier Journalist hätte sich Harald Behrens längst einem anderen Thema zuwenden müssen, weil er bei so viel Aufwand nichts verdienen konnte. Jetzt, als Redakteur, hatte er es etwas besser.

Er konnte einen Teil seiner Arbeitszeit darauf verwenden, in dieser Sache weiterzukommen. Aber erreicht hatte er trotzdem noch nichts.

Und das lag nicht nur an seinem Pech.

Er hatte immerhin herausgefunden, dass es in dieser Sache so etwas wie eine Nachrichtensperre gab. Keine offizielle, aber doch eine sehr wirksame. Es lief eine Ausschreibung der Bundeswehr, und dahinter verschanzten sich alle.

Das eigentlich komische aber war, dass es zu funktionieren schien.

Bei keiner Ausschreibung durften offizielle Informationen herausgegeben werden, schon gar nicht an die Presse. Aber er hatte verschiedene erprobte Wege, wie er trotzdem etwas über den Stand des Verfahrens herausbekommen konnte.

Alle diese Quellen hatten versagt.

Einer seiner Gewährsleute hatte ihm sogar am Telefon seine Verwunderung darüber zum Ausdruck gebracht, dass auch er selbst an keinerlei Informationen kommen konnte. Und das war jemand, der bei fast allen Verfahren des Bundesamtes Hilfestellung in formalen Fragen liefern musste!

Und dann diese andere Sache.

An dieses Handbuch für Hubschrauberpiloten war nicht dranzukommen. Er wusste inzwischen den genauen Titel und wer es haben musste. Aber entweder hieß es: „Keine Auskunft, bitte wenden Sie sich an die Pressestelle!" Oder die Existenz eines solchen Handbuchs wurde schlicht geleugnet.

Einen Versuch gab sich Harald Behrens aber noch.

Er hatte in seinen alten Unterlagen gefunden, mit welcher Bank diese Firma zusammenarbeitete. Damals hatten die sich noch damit gebrüstet, dass sie auch in die Förderung von Hochtechnologie eingestiegen waren.

Mal sehen, wie die reagieren, wenn ich in dieser Sache auf den Busch klopfe, dachte er sich und griff zum Telefon.

Zur gleichen Zeit telefonierte auch Phillis. Sie rief bei der Polizei an.

Irgendwie war ihr diese ganze Sache nicht mehr geheuer. Sie hatte bisher nur ganz normale Dinge getan, wie sie in ihrem Job tagtäglich vorkamen. Sie hatte nicht die geringste Idee, wem sie damit in die Quere gekommen sein könnte. Es war ihr schlicht ein Rätsel.

Deshalb wollte sie zumindest ausschließen, dass sie sich abstrampelte, während andere längst wussten, was los war. Zum Beispiel die Polizei.

Es wurde ein Spießrutenlauf. Niemand wollte ihr so richtig Auskunft geben. Sie müsse eine Vermisstenanzeige aufgeben, ob sie mit dem Vermissten verwandt sei und so fort.

Schließlich gab sie entnervt auf.

Allerdings hatte sie ohne es zu merken damit Bewegung in die Dinge gebracht.

Sie kümmerte sich jetzt zunächst um das Naheliegende. Dazu gehörte, dass sie partout niemanden bei P&M ans Telefon bekommen konnte, der bereit war, mit ihr über einen Vorstellungstermin zu sprechen oder gar einen zu verabreden. Hätte sie von der Verbindung zwischen Herrn Kowalsky und Viktor Matthäi von P&M gewusst, hätte sie sich wohl weniger darüber gewundert.

So aber fand sie es eigenartig, und es verunsicherte sie ein wenig. Vielleicht war sie ja doch nicht so bekannt und gefragt, wie sie gerne denken wollte. Genau die Art von Selbstzweifeln, die sie im Moment gar nicht gebrauchen konnte.

Sie begann sich zu fragen, ob das geringe Interesse vielleicht damit zusammenhing, dass Gerd Grevenhagen bereits bei denen saß und sie deshalb nicht eingeladen wurde. Obwohl das nicht besonders logisch war, da der Unterschied zwischen ihren Spezialgebieten und denen von Gerd kaum größer hätte sein können. Aber vielleicht wollten sie ja nur nicht auffliegen, zum Beispiel wegen des bestehenden Arbeitsvertrags zwischen Grevenhagen und SimTech.

Schließlich ließ sich beim dritten Versuch der Personalleiter von P&M dazu herab, mit ihr zu sprechen. Er erklärte ihr in dürren Worten, dass P&M im Moment mit Fachkräften ausreichend versorgt und an ihrer Mitarbeit nicht interessiert sei.

Frustriert saß Phillis nach diesem Gespräch auf ihrem Bürostuhl und starrte auf das Telefon. So fand Markus Jung sie vor, als er zehn Minuten später fröhlich pfeifend ins Büro kam.

Er arbeitete hauptsächlich von zuhause aus, aber gelegentlich musste er auch im Büro vorbeikommen, um Unterlagen einzusehen. Oder es standen neue Projekte an, wie jetzt gerade. Bei SimTech hatte er aktuell nichts mehr zu tun, deshalb wollte er sich jetzt um ein ganz anderes Projekt kümmern, das sie vor einer Woche neu hereinbekommen hatten. Dabei ging es um die Abschottung eines Kundennetzes mit Hilfe einer sogenannten Firewall. Nichts Aufregendes, aber gut zum Geldverdienen. Brot-und-Butter-Geschäft halt.

Er hörte sofort auf zu pfeifen, als er die dunkle Wolke bemerkte, die sich über Phillis Kopf angesammelt hatte. Sie war fast physisch greifbar, so dass sogar Markus Jung nicht daran vorbei kam, sie zu bemerken. Plötzlich schien die Luft im Büro unangenehm stickig und aufgeladen.

„Bei P&M kommen wir nicht weiter," war alles, was Phillis mit belegter Stimme hervorstieß. Jung wunderte sich, wo das Problem liegen sollte, aber das behielt er wohlweislich für sich.

„Wir müssen irgendwie herausbekommen, ob Gerd bei denen ist. Dann haben wir unseren Auftrag erfüllt, und müssen uns nicht mehr mit diesem Idioten von Borghold herumschlagen."

Jung zog den Kopf ein, für einen Mann seiner Größe eine normale Reaktion. Die hatte ja wieder eine Laune. Er war froh, dass er gerade nicht das Ziel ihrer Attacke war.

„O.K., machen wir. Von hier aus?" fragte er. Er fand das eine sehr einfühlsame Art, mit dem Problem umzugehen. Es war ja klar, was getan werden musste, und er bot seine Mitarbeit dabei an.

Im nächsten Moment war er sich nicht mehr so sicher. Phillis starrte ihn mit wütend aufgerissenen Augen und zusammengekniffenem Mund an, das Kinn angriffslustig vorgereckt.

Sofort bemühte er sich, zu erklären, an was er gedacht hatte.

Man musste versuchen, den Netzverkehr von P&M abzuhören. Es reichte wahrscheinlich, die nicht verschlüsselten Emails mitzulesen. Irgendwann würde etwas von Gerd dabei sein, bei der Häufigkeit, mit der er sich im Netz tummelte. Er schätzte, dass ein Tag völlig ausreichend war. Wenn bis dahin nichts dabei war, war Grevenhagen nicht dort!

Phillis hatte sich wieder beruhigt, als Jung mit seinen Erklärungen anfing.

Sie staunte nicht schlecht über die Unverfrorenheit, mit der der Junge diesen Vorschlag unterbreitete. Es erinnerte sie an sich selbst, vor etlichen Jahren. Sie hatte allerdings immer einen höheren Grund gehabt, um so etwas zu machen, z.B. um der Gefahr eines Atomkriegs zu begegnen.

Das war für Jung nicht notwendig. Das Netz war da, und man tat was man konnte.

Sie machte ein paar Einwände, aber mehr, um zu testen, was er genau vorhatte. Offenbar verstand er etwas davon, und sie hatte den Verdacht, dass er das nicht zum ersten Mal machte. Sie fragte sich kurz, ob das nun gut oder schlecht für seine Mitarbeit in ihrer Firma war.

Als er dann auch noch anbot, das ganze über sein privates Internet-Konto abzuwickeln, ließ sie ihn machen. So würde das Ganze wenigstens nicht auf die Firma zurückfallen, wenn er aufflog.

Sie hatten völlig vergessen, dass Herr Kowalsky hinter seinem Schreibtisch weiter hinten im Büro hockte und ihnen erst fasziniert und dann mit immer größerem Unbehagen zugehört hatte.

Er war das genaue Gegenteil von einem Techniker, wenn es so etwas gab. Aber er machte auch keinen Hehl aus seiner preußischen Grundeinstellung, und die sagte ihm, dass hier etwas höchst Ungesetzliches geschehen würde. Außerdem hatte er sehr wohl begriffen, dass es um seinen Mentor ging. Er räusperte sich, aber Phillis sah ihn nur erschöpft an.

Er holte Luft, um seinem Einspruch Gewicht zu verleihen. Dann räusperte er sich noch einmal. Er blickte zu Phillis hin, wie sie plötzlich ganz verletzlich und schutzlos dasaß und einfach keine weiteren Probleme mehr hören mochte.

Da schluckte er seinen Kommentar herunter und ließ die beiden machen. Matthäi musste selber sehen, wie er zurecht kam.

Markus Jung verzog sich in seine Ecke des Büros, um den dortigen Rechner über Telefon mit seinem Internet-Provider zu verbinden.

Das Wetter war nach wie vor schön, fast ein wenig frühsommerlich. Der junge Mann aber, der vom Dortmunder Hauptbahnhof aus in Richtung Nordstadt lief, bewegte sich so, als merkte er nichts davon. Der schlaksige, fast dürre Kerl mit fettigen mittellangen Haaren und etlichen roten Akne-Pickeln auf der grauen Gesichtshaut, den alle seine Kumpels Pelle nannten, folgte der Bornstraße. Er überquerte sie direkt unter der Eisenbahnunterführung, wobei er einige Autos zu abrupten Bremsmanövern zwang, und folgte ihr auf der östlichen Seite. An der nächsten Querstraße beachtete er die rote Fußgängerampel nicht, auch nicht den Verkehr. Lautes Hupen war die Quittung. Er hatte die Arme verschränkt und rieb sich mit den Händen die Oberarme. Er fror.

Pelle ging es nicht gut.

Er hatte seit zwei Tagen nichts mehr gehabt, seit Montag. Sein Geld hatte nur für ein paar Bier gereicht, und er hatte schlecht geschlafen. Er war nicht abhängig von dem Zeug. Es ging ihm nur nicht so gut, und jetzt wollte er einen Schuss.

Er würde es bei Freddy probieren. Er kannte zwar dessen Familiennamen nicht, aber er wusste ungefähr, wo er wohnte.

Plötzlich merkte er, dass er auf gefährliches Gebiet geriet. Direkt vor ihm lag eine große mehr als zehnstöckige Neubauanlage mit weißen Fassaden und Balkons. Das sah auf den ersten Blick protzig und gepflegt aus, aber hier wohnten ein paar Leute, denen er auf keinen Fall über den Weg laufen durfte. Er war einfach nicht in der Verfassung, sich mit harten Nachfragen nach den zweihundert Mark auseinander zu setzen, die er sich vor ein paar Wochen geliehen hatte. Woher sollte er das Geld auch nehmen?

Er begann zu laufen. An der nächsten Kreuzung hatte er Mühe, nicht nach links ab zu biegen. Zweihundert Meter von hier an der Malinckrodtstraße gab es eine Stelle, wo sich Leute trafen, die er kannte. Man saß auf den Einfassungsmauern der Blumenrabatten eines kleinen Parks und war beieinander. Sofern die Bullen einen in Ruhe ließen. Aber man konnte da gut abhauen, weil die Straße von einem Grünstreifen mit riesigen Bäumen geteilt war.

Wenn die Bullen mit einem Auto kamen, konnte man in aller Ruhe auf der anderen Seite der Straße verschwinden. Wenn sie dort nicht auch warteten.

Es war verlockend, aber dafür hatte er jetzt keine Zeit. Die dort waren alle genauso abgebrannt wie er. Er musste Freddy finden. Also rechts rum, in die Borsigstraße. Er war nicht gut zu Fuß, aber er wurde erst langsamer, als zur Linken die Bebauung endete. Hinter einem riesigen Baumarkt konnte man in der Ferne das riesige Gelände der ehemaligen Westfalenhütte ahnen. Zu erkennen waren nur die alten rostigen Blechtürme.

Pelle folgte der Straße unter der Eisenbahn hindurch. Hier begann er sich halbwegs sicher zu fühlen. Hier liefen auch keine Al-Capone-Typen mehr herum. Hier fiel er kaum auf mit seinen grauschwarzen Klamotten, die schon lange keine Waschmaschine mehr gesehen hatten.

In einer dieser kleinen Straßen hinter der Eisenbahnbrücke wohnte Freddy. Er bog links ab und suchte nach etwas, an das er sich erinnern konnte. Er war erst einmal bei ihm gewesen, spät in der Nacht. Links war die Bahnstrecke mit einer alten Ziegelmauer davor, nur rechts gab es Wohnhäuser, teilweise in alten Hinterhöfen.. Mit wenig Geld war im Laufe der Jahre immer wieder versucht worden, die Fassaden etwas zu verschönern. Aber es hatte selten für mehr als das Erdgeschoss gereicht, für eine billige Klinkerfassade hier und etwas frischen Putz dort. Und das war jetzt schon so lange her, dass der Putz bröckelte, sofern er nicht schon längst abgefallen war.

Mitten in der Straße lag der einzige Gewerbebetrieb. Ein billiges Leuchtschild mit dem Schriftzug ,Schwemme' verhieß die Art von Freuden, die hier von einer Kneipe erwartet wurden. Das Fenster und die Eingangstür waren mit uralten Rollläden verschlossen. Darauf hatte jemand mit weißer Farbe eine Telefonnummer gesprüht, ,zu vermieten'. Auch diese Farbe hatte schon lange zu blättern begonnen. Direkt an der Hauswand wuchsen einige vereinsamte Grasbüschel.

Pelle wurde immer ratloser, als er durch das Viertel strich. Nichts sah so aus wie in seiner Erinnerung. Schließlich gab er es auf und kehrte zur Borsigstraße zurück. Durch Zufall wurde er hier schließlich doch noch fündig. Die Fassade war völlig unscheinbar, wie fast alles hier, aber direkt daneben stach ein winziger Laden mit einer nagelneuen Schaufensterscheibe und Aluminiumrahmen aus der Umgebung hervor. Er erinnerte sich daran, und an den Schriftzug ,Aus 2. Hand'.

Dass es die Borsigstrasse war, hätte er nicht für möglich gehalten. Hier staute sich jetzt der Mittagsverkehr mühsam in Richtung Borsigplatz, mit etlichen Lastzügen, die zwischen den eng stehenden Häusern, den Straßenbäumen und den auf der Fahrbahn parkenden Lieferfahrzeugen kaum vorwärts kamen. Aber im Winter nachts um halb zwei war selbst hier nichts mehr los. Das hatte ihn verwirrt.

Zu seinem Glück verließ gerade eine türkische Mutter mit ihrem sechsjährigen Sohn das Haus. Sie trug ein Kopftuch und einen langen sackartigen Mantel.

und sie eilte davon, wobei sie den Jungen vor sich herschob, der keine rechte Lust zu haben schien. Sie achtete nicht auf Pelle. Freddy wohnte im Erdgeschoss links. Er klingelte.

Keine Reaktion. Ihm brach der kalte Schweiß aus. Er klingelte noch einmal, diesmal deutlich länger. Er klingelte Sturm. Er hämmerte gegen die Tür.

Schließlich gab er es auf. Er ging bis zum Borsigplatz und versuchte, nachzudenken. Ihm fiel einfach niemand ein, den er anhauen konnte. Vor dem Aktiv-Markt saßen ein paar Penner und tranken Dosenbier.

Ein älterer Mann mit schlecht sitzendem Anzug und zu kleinem Hut, wahrscheinlich ein Türke, überquerte die Straße. Er ging so würdevoll und langsam, dass die Grünphase nicht reichte und er am Ende vor den anfahrenden Autos flüchten musste.

Keine Chance, irgendwo Geld zu schnorren.

Er blieb stehen. Freddy musste einfach da sein!

Vielleicht hatte er ja nur geschlafen.

Er probierte es noch einmal. Das Haus war verschlossen. Als bei Freddy immer noch keine Reaktion kam, drückte er wahllos alle Klingelknöpfe, bis jemand den Öffner betätigte. Er schob die Haustür auf.

Er ging noch einmal zögernd zu Freddys Wohnungstür. Das Universum zog sich auf diesen einen Punkt zusammen. Hinter dieser Tür musste die Erlösung warten, ganz einfach, weil es keine anderen Türen mehr für ihn gab.

Pelle horchte, dann klingelte er, schließlich klopfte er dagegen. Rief sogar Freddys Namen. Er hörte erst auf, als es weiter oben im Treppenhaus zu rumoren begann. Nicht auch noch Ärger mit wildfremden Hausbewohnern!

Sein irrender Blick fiel auf die gegenüberliegende Etagentür.

Natürlich, er war vielleicht beim Nachbarn, zum Kaffee oder so. Wo sollte er denn sonst sein? Er klingelte auch hier.

Wieder keine Reaktion. Es war zum Haareraufen! Er packte den Türgriff und rüttelte heftig daran.

Die Tür sprang auf.

Offenbar hatte der Schnappriegel nicht richtig gefasst, als die Tür ins Schloss gezogen wurde, und jetzt war sie auf.

Ein übler Geruch schlug Pelle entgegen. Er schob die Tür ganz auf.

Im Halbdunkel sah er, dass im Flur ein Mann auf dem Boden lag.

Er trat näher. Es gab wirklich wenig Licht, nur das bisschen, das aus dem Treppenhaus hereindrang.

Der Mann trug kurze Hosen und eine billige neongrüne Regenjacke mit verblichenem BVB-Aufdruck. Er bemerkte einen dunklen Fleck neben ihm. Mit dem linken Fuß stand er halb darin. Er zog ihn angewidert zurück. Der Kopf des Mannes war auf der ihm abgewandten Seite und das Gesicht war nicht zu erkennen.

Das gefiel ihm alles nicht. Schon der Geruch war so, dass ihm schlecht davon wurde. Außerdem kam ihm der Mann bekannt vor. Aber er wollte das nicht wissen. Er wollte das Gesicht nicht sehen.

Er würde doch versuchen, woanders zu seinem Schuss zu kommen. Er drehte sich hastig um, zog die Wohnungstür ins Schloss und lief davon.

Auf der Straße hielt er plötzlich inne.

Wenn der Kerl, der dort gelegen hatte, Hilfe brauchte? Vielleicht war er besoffen? Oder ohnmächtig?

Er blieb stehen und sah auf seine Füße, während er intensiv nachdachte.

Er fühlte sich dieser Situation nicht gewachsen. Er war irgendwie nicht in der Lage, sich um den Menschen da zu kümmern. Er hatte so viele eigene Sorgen.

An seinem linken Schuh klebte vorne am Sohlenrand etwas Dunkles. Gedankenverloren streifte er ihn auf dem Bürgersteig ab. Der Schuh klebte! Er versuchte, ihn trotzdem abzustreifen. Auf dem Gehweg blieb ein rötlichbrauner Strich.

Plötzlich begann Pelle, hektisch die Sohle seines Schuhs auf dem Bürgersteig und dem Randstein zu reiben. Es musste einfach Hundescheiße sein! Ständig trat man hier in so etwas.

Es gelang ihm nicht mehr, sich etwas vorzumachen. Der Mann war tot, und das hier war Blut! Pelle verlor endgültig die Fassung. Er rannte die Straße hinunter und dachte nur noch: Bernd muss mir helfen!

Der coole Bernd, der ihm schon mehrmals geholfen hatte, indem er ihm gelegentlich ein Heftchen mit weißem Pulver überließ, als es ihm nicht gut ging. Anfangs umsonst, danach zum Selbstkostenpreis.

Bernd würde wissen, was man in so einer Situation machte.

Freddy hatte er völlig aus seinem Gedächtnis gestrichen.

Donnerstag

Am Donnerstag morgen traf Phillis Jung bereits im Büro an, als sie gegen acht Uhr eintraf. Er saß in seiner Ecke und werkelte weiter vor sich hin, nachdem er undeutlich einen Gruß gemurmelt hatte.

Sie hatte genug zu tun, bevor sie am späteren Vormittag wieder zu SimTech musste. Schließlich bestand ja nicht ihr ganzes Geschäft aus diesem einen Projekt. Sie begann damit, dass sie sich einen Überblick verschaffte, was sie in welchen anderen Projekten in den nächsten Tagen zu tun haben würde. Sie wollte dann versuchen, diese Arbeiten zwischen sich und Markus Jung aufzuteilen, so dass vielleicht so etwas wie ein Arbeitsplan für die nächsten zwei Wochen dabei herauskam.

Währenddessen hörte sie immer wieder gemurmelte Kommentare und Selbstgespräche aus der Ecke von Markus Jung. Er war so in seine Arbeit versunken, dass er gar nicht merkte, wie er seine Umgebung auf diese Art ständig über den Fortgang seiner Arbeit auf dem Laufenden hielt.

Phillis war fast so weit, ihn aus dem Büro zu werfen. Das konnte er genauso von Zuhause aus machen, und da konnte er auch vor sich hin murmeln, so lange und so viel er wollte. Sie konnte sich dabei einfach nicht konzentrieren!

„Wie kommst Du denn voran?" fragte sie, um ihn nicht einfach anzufahren. Es klang trotzdem genervt. Sie hatte es sich ja die ganze letzte Stunde im Einzelnen mit angehört!

„Oh, ganz gut, ich kann sozusagen den gesamten Emailverkehr von denen mitlesen. Ich habe einen speziellen Filter auf dem Netzknoten installiert, über den sie am Internet hängen. Eine Zeitlang habe ich alle Mails mitgeschnitten, aber jetzt habe ich ihn so verfeinert, dass er mir nur dann etwas zukommen lässt, wenn das Wort ,Grevenhagen' vorkommt. Sonst merken die noch, dass sie zusätzlichen Netzverkehr haben. Ist ein bisschen plump, müsste aber eigentlich funktionieren." Dann erinnerte er sich, dass er all dies nicht nur tat, weil es so interessant war, und fügte hinzu: „Bis jetzt habe ich aber noch nichts gefunden. Ich glaube nicht, dass er da ist!"

Phillis war trotz allem beeindruckt. Sie wusste, wie relativ einfach es war, die Passwörter zu knacken, mit denen diese Netzknoten, sogenannte Router, gesichert waren. Das Hauptproblem war, den Knoten überhaupt erst einmal zu finden. Der war nämlich normalerweise praktisch „unsichtbar". Außerdem gehörte eine Menge Know-how dazu, dort einen Filter zu installieren, und das alles, ohne dass es vor Ort auffiel.

Zur Ablenkung kochte sie zunächst einmal Kaffee. Sie war gerade dabei, Kaffeepulver in den Filter zu füllen, als sie ihn plötzlich laut fluchen hörte.

„Diese verdammte Telekom, jetzt ist die Leitung hin! Bestimmt haben sie wieder mit einem Bagger ein Kabel angewetzt, oder eine neue Version in der Vermittlung eingespielt. Banausen!" Er war aufgestanden, hatte sich gereckt, war einige Schritte auf und ab gegangen und hatte dann versucht, die Verbindung neu anzuwählen.

Auf Phillis Schreibtisch klingelte das Telefon.

Das Kabel in der Straße ist es also nicht, dachte Phillis noch, als sie zu ihrem Platz ging.

„Brentano, a_capella GmbH," sagte sie einfach. Zur Hölle mit aller professionellen Telefongesprächstechnik!

„Was? Eine Firma? Mit wem spreche ich da?" bellte eine erregte Männerstimme aus dem Hörer. Vielleicht hätte sie sich ja doch verbindlicher und freundlicher melden sollen.

„Mein Name ist Brentano, Phillis Brentano. Sie sprechen mit der a_capella GmbH. Worum geht's denn?"

„Also das ist ja ein Ding! Wie sagen Sie, Abra-Dingsbums?"

„a_capella GmbH, wie ohne großes Orchester." Der Mann am anderen Ende der Leitung sprach diese Wörter noch einmal langsamer vor sich hin. Er schrieb offenbar mit. Ob er auch etwas verstand, konnte sie nicht beurteilen.

„Und Ihr Name war?" fuhr er ohne jede Freundlichkeit in der Stimme fort.

„Brentano. So, und jetzt verraten sie mir vielleicht mal, was das Ganze soll, ich habe nämlich nicht den ganzen Vormittag Zeit!" Das wäre ja das erste Mal, dass sie sich am Telefon einfach so anblaffen ließ! Nur ihre Verblüffung hatte sie davon abgehalten, einfach das Gespräch abzubrechen.

Sie hörte, wie der Mann den Hörer weghielt und laut durch den Raum rief: „Wie hieß der Kerl noch? Hier ist ganz jemand anderes dran!" Dann kam undeutlich eine Antwort, von der sie nur eins verstand, einen Namen: Markus Jung!

„Hören Sie, von Ihrem Anschluss aus bestand bis gerade eben eine Rechnerverbindung zu uns. Der dazugehörige Account lautet auf den Namen Markus Jung. Mit dem guten Mann würden wir uns gerne einmal unterhalten!" Das kam so unverhohlen drohend, dass kein Zweifel bestehen konnte, was der Mann am liebsten mit dem Menschen namens Jung gemacht hätte.

„Vielleicht fangen wir ja mal damit an, dass Sie mir Ihren Namen und den Anlass Ihres Anrufs mitteilen. So kann ich nämlich gar nichts damit anfangen."

Daraus entspann sich ein höchst unerfreulicher Wortwechsel, der von beiden Seiten schnell mit erhobener Stimmlage geführt wurde. Der Mann bestand darauf, zu erfahren, was a_capella mit diesem Markus Jung zu tun hatte, und Phillis weigerte sich, irgendwelche Auskünfte über irgend etwas zu geben, wenn er nicht zunächst mit dem Grund seines Anrufs herausrückte.

Sie erfuhr am Ende so viel, dass Jung beschuldigt wurde, unberechtigt auf einem der Server seines Providers vor einigen Tagen einen Robot gestartet zu haben, dass sie seinen Account sperren wollten und ihn außerdem mit Polizei und Staatsanwalt verfolgen würden. Und a_capella gleich mit, weil sie ja offenbar auch in der Sache drinhing.

Es gelang ihr nicht, den Mann zu beruhigen, und das Gespräch endete mit wilden Drohungen von der einen und schnippischen Bemerkungen von der anderen Seite.

Als sie den Hörer mit entsprechendem Nachdruck auf das Tischgerät geknallt hatte, stand der Verursacher des ganzen Tumults wie ein begossener Pudel vor Phillis' Schreibtisch.

„Was war das denn?" fragte er vorsichtig. Er legte eine selbst gebrannte CD vor sie hin, auf der ‚Emails PM' stand.

Phillis sah an ihm vorbei ins Leere. Dann stand sie einfach auf, ging an Jung vorbei zur Kaffeemaschine und stellte sie an. Dazu war sie vorher nicht mehr gekommen.

Sie ging zurück zu ihrem Platz und setzte sich auf ihren Stuhl, der mit einem ächzenden Geräusch einsank.

Jung stand immer noch vor ihrem Schreibtisch. Er war ihr mit den Augen gefolgt, hatte aber keinen Ton von sich gegeben. Jetzt schaute sie ihn direkt an.

Sie sah, wie seine Augen vor Ärger funkelten!

„Wer war das?" fragte Jung nun mit gepresster Stimme. Er stemmte seine geballten Fäuste auf ihren Tisch, wobei er sich ziemlich weit vorbeugen musste. Wahrscheinlich sollte das drohend wirken, aber ihr erschien es ein bisschen lächerlich. Dieses Kind!

„Die Telekom war es jedenfalls nicht!" war alles, was sie zunächst sagte. Äußerlich ruhig, waren ihr eine ganze Reihe von zunehmend unerfreulichen Gedanken gekommen.

Der junge Mann hatte sich offenbar außerhalb der Zeit, in der er für die Firma arbeitete, als Hacker betätigt.

Nicht, dass ihr das völlig fremd gewesen wäre, aber sie wusste nichts davon, und es stellte sie vor ein ganz neues Problem: Bisher war sie sich über seine tatsächlichen Qualifikationen nicht im Klaren gewesen. Nach dem, was sie heute erfahren und gesehen hatte, brauchte sie sich darum wohl keine Sorgen machen. Dafür fragte sie sich jetzt, wie es wohl mit der Firma weitergehen würde, wenn derartige Aktivitäten ihrer Mitarbeiter publik wurden. Und es war offenbar kurz davor. Die Leute dort hatten ihn erwischt!

Wozu zum Teufel brauchte er einen Robot auf einem Newsserver? Wahrscheinlich eine spätpubertäre Art von Jungenstreich, um sich zu beweisen, dass er es konnte!

Jung wurde laut.

„Wer war das, verdammt noch mal?"

„Tja, seinen Namen hat er nicht gesagt. Aber sie kannten dich, und sie hatten irgendwie etwas dagegen, dass du auf einem ihrer Server einen Robot gestartet hast." Sie sah ihn direkt an.

„Wozu um Himmels willen brauchst du einen Robot, wenn du den Mailverkehr von jemandem abhören willst?"

Jung sagte nur: „Hat nichts hiermit zu tun." Es klang noch nicht einmal besonders defensiv.

Phillis kam in Fahrt.

„So! Hat nichts hiermit zu tun! Aber dass ich mich hier mit Anrufen wegen deiner Aktivitäten auseinandersetzen und mir sogar noch Drohungen an den Kopf werfen lassen muss, das hat etwas hiermit zu tun! Das garantiere ich dir!"

Jung nahm die Hände wieder vom Tisch. Er faltete seine 1,89 m auseinander und trat dabei einen halben Schritt zurück.

„Was für Drohungen?" fragte er unwirsch.

„Nun, der nette Herr am Telefon hat dir eine Anzeige angekündigt. Wahrscheinlich kannst du dich in Kürze mit der Polizei auseinandersetzen. Auch von der Staatsanwaltschaft war die Rede."

Sie wusste selber, dass das ziemlich leere Drohungen waren.

Einen solchen Angriff auf einen Server so zu dokumentieren, dass er von einem Richter als bewiesen angesehen werden würde, war fast aussichtslos. Der würde in der Regel nicht einmal verstehen, wovon genau die Rede war. Also war er auf Gutachter angewiesen, und das machte so ein Verfahren zu einem teuren Vabanquespiel mit für beide Seiten völlig unkalkulierbarem Ausgang.

In der Regel blieb es bei Drohungen, der Account wurde gesperrt, und das war's.

Viel schlimmer war etwas anderes.

„Und wie du vielleicht gemerkt hast, haben sie sich meinen Namen auch aufgeschrieben, und den der Firma. Denk mal drüber nach, was du gerade von hier aus gemacht hast." Sie schnaubte ärgerlich durch die Nase und ließ sich zurück in ihren Schreibtischstuhl fallen, der wieder ächzend nachgab.

„Von hier aus. Na, geht dir ein Licht auf?"

Aber Jung wich kein bisschen zurück.

„Das können die unmöglich schnallen. Gerade eben habe ich bei denen nichts angefasst, das war ganz woanders im Netz. Übrigens auch nicht bei P&M, falls du da Bedenken haben solltest. Außerdem ist der Filter schon wieder abgeräumt." Phillis wusste, dass er nicht völlig unrecht hatte. Aber sie hatte keine Lust, das zuzugeben.

„Und? Das ist schon alles?"

Sie hob die rechte Hand und zählte ihre Argumente mit, während sie loslegte.

„Erstens: Sie haben die Leitung unterbrochen. Das heißt zweitens, sie haben dich beobachtet. Drittens können sie dich bereits seit einer Weile abgehört haben. Die Möglichkeit dazu müssen sie haben, weil sie per Gesetz dazu verpflichtet sind. Wenn die viertens dann genau untersuchen, was da über die Leitung gegangen ist, dann können wir uns schon mal überlegen, was wir dem Staatsanwalt erzählen!"

Sie hatte keine Mühe, sehr verärgert und sogar böse zu wirken. Sie war verärgert und böse! Dieser Nichtsnutz gab noch nicht einmal zu, dass er Mist gemacht hatte!

Jung richtete sich auf.

„Du regst dich wegen nichts auf! Völlig unnötig!"

Er verließ einfach den Kampfplatz. Verzog sich in seine Ecke und begann, an seinem Notebook herumzufummeln. Betont unbeteiligt.

Phillis blieb sitzen. Auch sie hatte keine Lust mehr, den Streit weiterzuführen.

Aber etwas in ihr veränderte sich. Sie zog sich innerlich von ihrem Ärger und der heißen Wut zurück. Sie wollte das nicht, sie hatte anderes zu tun. Aber besser wurde es dadurch nicht. Statt dessen kam noch Enttäuschung hinzu. Sie verzieh ihm nicht, dass sie sich in ihm getäuscht hatte! Er war viel besser, als sie gedacht hatte, und gleichzeitig viel dümmer.

Aus dem heißen Gefühl im Kopf und in den Armen wurde ein kaltes und hartes im Bauch. Wo sie ihn vorher am liebsten geschlagen hätte, zog sie nun innerlich die Zugbrücke hoch. Sie hatte eigentlich gefunden, dass er ein netter Kerl war. Daraus war in wenigen Augenblicken eine kalte abschätzige Distanz geworden. Zwischen ihnen hatte sich ein tiefer Graben aufgetan.

Als er nach einer Viertelstunde anfing, seine Sachen zusammenzupacken, hing der Streit im Raum wie kalter Zigarrenrauch vom vorigen Tag. Unerträglich und mit wenig Hoffnung, ihn wieder loszuwerden.

Jung verließ den Raum fast grußlos, nachdem er etwas von ‚zu Hause weiterarbeiten' gemurmelt hatte.

Phillis reagierte kaum.

Mittags saß sie in einem Café in der Dortmunder Innenstadt.

Es war ruhig hier in der Hansastraße, nicht weit vom Bahnhof, obwohl sie direkt vom Königswall abging. Sie war eine dieser typischen innerstädtischen Nebenstraßen, in denen sich die Leute mit ihren Einkäufen zu ihren Autos bewegen, oder mit ihren Autos Parkplätze suchen. Das Café hatte eine komplette Glasfront zur Straße. Trotzdem kam sie sich nicht beobachtet vor. Eher konnte man von hier aus die Leute auf der Straße beobachten. Es gab genug skurrile Typen in der Stadt, dass es einem nicht langweilig werden musste.

Heute allerdings blätterte sie in einer Zeitung, während sie abwesend ein

Stück Kuchen herunterschlang anstelle eines Mittagessens. Flüchtig dachte sie daran, dass sie zum Glück nicht dazu neigte, dich zu werden. Sie ernährte sich neuerdings nur noch von solchem Zeug.

Als sie merkte, dass sie zum dritten Mal begann, einen Artikel zu lesen, ohne auch nur bis zum zweiten Absatz zu kommen, schob sie die Zeitung unwirsch zur Seite. Sie sah hinaus.

Draußen stand direkt vor dem Café ein richtiges Bonzenauto in der zweiten Reihe. So ein dicker Mercedes mit getönten Scheiben, sehr diskret und irgendwie doch nicht. Ein auffällig gepflegter junger Mann im grauen Anzug stand daneben, obwohl es leicht zu nieseln begonnen hatte, und rauchte eine Zigarette. Distinguiert, dachte sie beifällig. Wie Joachim Fuchsberger in irgendeinem alten Streifen. Der Mann draußen sah irritiert zu dem Stück Himmel hinauf, der hier die Natur vertrat. Ins Auto setzte er sich nicht.

Plötzlich rückte jemand den Stuhl neben ihr ein wenig vom Tisch weg.

„Darf ich?" fragte der ältere Herr. Phillis fühlte sich gestört. Das Café war praktisch leer, nur zwei weitere Tische waren besetzt. Der Mann setzte sich, ohne ihre Antwort abzuwarten. Sie registrierte einen Anzug von der Sorte, der auch dann noch wie eine zweite Haut sitzt, wenn er nicht mehr taufrisch gebügelt ist. Irgendein sündhaft teurer Wollstoff, vielleicht Kaschmir. Nicht gerade der letzte Mailänder Chic, aber auch kein konservativer englischer Stil. Krawatte, Hemd und Anzug in etwa Ton in Ton, sehr geschmackvoll. Angegrautes Haar mit ausgeprägten Geheimratsecken.

Der Mann wirkte sympathisch, er hatte eine einnehmende Art, und er war in der Lage, sich das zunutze zu machen. Er saß da und sah sie mit ruhigen Augen an.

Langsam dämmerte es ihr, dass er nicht einfach ein aufdringlicher Alter war.

„Ja, bitte?" begann sie. Sie hatte vorgehabt, hier ein bisschen nachzudenken, bevor sie wieder zu SimTech hinausfuhr und weiter nach Gerd suchte. Diese Störung irritierte sie, und sie ließ es durchklingen.

„Frau Brentano?" fragte der Mann mit einer freundlichen und ziemlich tiefen Stimme. Wie gemacht für große Auftritte, tragend und sonor.

„Ja, das bin ich. Was gibt's?" Sie bekam sofort das Gefühl, dass ihr leicht schnippischer Ton unangebracht war angesichts von so viel Würde. Sie hätte normalerweise nach seinem Namen gefragt, aber sie kam nicht gleich darauf, wie sie das in angemessener Weise tun könnte. In alten Filmen passierte den Leuten so etwas nie!

„Ich habe mir erlaubt, mich so formlos einzuführen, weil ich Ihnen gerne etwas sagen möchte." Er rückte seinen Stuhl nun doch etwas näher an den Tisch, nachdem er sich anfangs leicht abseits gesetzt hatte.

„Mir wurde heute mitgeteilt, dass Sie diese Woche in Frankfurt und Hamburg waren." Er ließ kurz seinen Blick durch das leere Café schweifen. „Bei Freunden von mir, wenn ich so sagen darf."

Er ließ seine Worte einige Sekunden wirken. Phillis sagte nichts. Sehr eigenartig! Wer konnte davon wissen? Sie hatte außer mit ihren eigenen Leuten mit niemandem darüber gesprochen.

„Ich sehe, dass Sie nicht versuchen wollen, mir zu widersprechen oder auszuweichen. Das gefällt mir!" Er neigte den Kopf, schürzte anerkennend die Lippen und nickte.

Jetzt sprach Phillis doch.

„Warum sollte ich widersprechen oder ausweichen?" Sie reckte das Kinn angriffslustig vor. „Warum interessiert es Sie, wo ich hinfahre oder nicht hinfahre? Geht Sie das etwas an?"

Dieses Mal gefiel ihr ihr eigener Ton besser. Immer noch schnippisch, aber der Kerl hatte sich bereits zuviel herausgenommen, seriöser Eindruck hin oder her!

Sie lehnte sich zurück.

„Sehr gut!" Dem Mann schien die Situation Vergnügen zu bereiten. Er lächelte. „Natürlich ist das nicht der einzige Grund, warum ich mit ihnen spreche!" Er beugte sich vor, nur ein kleines bisschen, um dem Nachdruck zu verleihen, was er nun sagen wollte:

„Ihrer Firma geht es nicht gut, wie ich höre. Die Steuern fressen Sie auf...." Er ließ den Satz ausklingen. „Ist nicht mal Ihr Fehler, das Problem haben alle, die nicht von Anfang an irgendwelche Großen als Unterstützung haben. Nach zwei Jahren kommt die Steuer, und die Probleme beginnen." Das klang fast mitfühlend und auf jeden Fall so, als habe er das schon etliche Male erlebt.

Hatte er auch, aber nicht an sich selber. Er war normalerweise der, der aus solchen Konstellationen Profit schlug.

Diese ganze Situation hatte für Phillis etwas entschieden Unwirkliches. Hier saß sie mit einem netten älteren Herrn in einem ihr gut bekannten Café in der Dortmunder Innenstadt, die ihr seit langem vertraut war. Und gleichzeitig war der Mann ihr wildfremd, obwohl er offenbar eine ganze Menge über sie wusste. Und er war noch nicht bei seinem eigentlichen Thema angelangt, das war offensichtlich.

Phillis musste grinsen, als ihr plötzlich klar wurde, dass dies auf jeden Fall die merkwürdigste Geschäftsbesprechung war, die ihr bisher untergekommen war. So etwas wurde normalerweise penibel vorbereitet. Man achtete darauf, dass allen Beteiligten klar war, mit wem man redete. Es gab dieses Kartenspiel am Anfang, bei dem man Geschäftskarten austauschte, wobei man möglichst die aufgeführten Titel und Funktionsbeschreibungen kurz prüfte, um sich über die wirkliche Bedeutung des Gegenübers klar zu werden. Alles immer sehr formell und nach allen Regeln der Höflichkeit.

Und hier setzte sich einfach jemand zu ihr an den Tisch und quatschte sie an. Er hatte noch nicht einmal seinen Namen genannt!

Jetzt unterbrach er ihre Gedanken.

106

„Es gibt noch einen anderen gemeinsamen Bekannten." Er lächelte kurz in sich hinein. „Er ist der eigentliche Grund, warum ich hier bin."

Plötzlich war alle Freundlichkeit aus seinem Gesicht und seiner Haltung gewichen.

„Sie haben schon einmal für ihn gearbeitet!" Er sah Phillis für einen Augenblick scharf an. „Natürlich nicht nur für ihn."

Phillis war alarmiert. Was wollte der Kerl?

Das klang so, als wenn er nicht nur auf ihre öffentlich bekannte berufliche Karriere anspielte. Konnte er etwas von ihren antimilitaristischen Aktivitäten wissen? Der Anruf vom Vortag fiel ihr wieder ein. Ihr wurde unangenehm warm. Wenn sie jetzt wirklich den BND auf dem Hals hatte, dann war ihr Problem noch viel größer, als sie sich in ihren schlimmsten Träumen ausgemalt hatte. Nicht alles, was sie damals getan hatten, war inzwischen verjährt.

Sie bemerkte nicht, dass der Mann sie interessiert betrachtete. Er war überrascht, aber er verbarg es fast perfekt. Er sah sehr zufrieden aus.

„Ich habe das Gefühl, wir werden uns gut verstehen," begann er von Neuem.

„Wer sind sie, verdammt noch mal?" fuhr Phillis dazwischen. Sie war jetzt wirklich aufgebracht.

„Oh, nur mit der Ruhe bitte, junge Frau," fuhr er ungerührt fort. „Das scheint mir im Moment nicht so wichtig. Wichtig ist vielmehr das Folgende: Ich denke, Sie werden in nächster Zukunft ein sehr interessantes Angebot bekommen."

Er holte tief Luft.

„Und wenn Sie wissen, was gut für Sie ist, dann werden Sie es annehmen!"

Er hatte eine Art, völlig ruhig solche Dinge zu sagen, dass ihr eine Gänsehaut über den Rücken kroch.

„Ach ja, bevor ich gehe: Unser gemeinsamer Freund von der Simulation wird nicht böse sein, wenn Sie das tun. Dafür garantiere ich. Man könnte fast sagen, das Ganze war seine Idee!" Er erhob sich, zog mit einer eleganten Bewegung kurz sein Jackett zurecht und wandte sich zum Gehen.

Er ging dann aber doch noch nicht. Er blieb plötzlich stehen, dachte einen Augenblick nach, und sagte dann:

„Vielleicht ist die Annahme dieses Angebots auch eine gute Maßnahme gegen Ungelegenheiten im Alltag, die einem hier widerfahren können. Ich denke, Sie wissen, was ich meine!"

Und nach einer kurzen Pause fügte er hinzu: „Und dann gibt es ja auch noch andere Menschen, an denen Ihnen etwas liegt."

Er drehte sich um und ging hinaus.

Phillis schaute ihm nach. Sie hatte nichts mehr gesagt, und irgendwie war die ganze Situation zunehmend wie ein Film an ihr vorübergelaufen. Das passierte einfach nicht ihr! Das war etwas, womit sie nichts zu tun haben konnte.

Deshalb hatte sie auch nichts gesagt. Sie war erstarrt, teils durch die Bosheit, die plötzlich aus den gedrechselten Worten geklungen hatte, teils durch den Schrecken, den ihr die Anspielungen gemacht hatte.

Sie hatte auch zu keiner Zeit das Gefühl gehabt, dass er auf irgendeine ihrer Fragen antworten würde.

Sie sah ihm nach, wie er vor dem Café den Bürgersteig entlang ging.

In den jungen Mann, der neben dem Mercedes immer noch im Nieselregen stand, kam Bewegung. Er warf eine halbgerauchte Zigarette auf die nasse Fahrbahn und hielt ihrem Besucher die hintere Wagentür auf. Dann ging er zur Fahrerseite und öffnete die vordere Tür.

Er stieg aber nicht sofort ein.

Er sah zu ihr herüber. Er kniff dabei die Augen etwas zusammen, wie um sie genau sehen zu können. Er runzelte konzentriert die Stirn. Dann stieg er schnell ein.

Er hatte sich ihr Gesicht gemerkt!

Das irritierte sie so, dass sie nicht schnell genug daran dachte, auf die Autonummer zu achten. Der schwere Wagen verschwand ohne Hast hinter einem Bauzaun, der wenige Meter weiter die Sicht versperrte.

Phillis blieb lange in dem Café sitzen.

Es dauerte eine ganze Weile, bis sie sich soweit normalisiert hatte, dass sie wieder ruhig nachdenken konnte.

Der größte Schreck war diese Anspielung gewesen. Aber jetzt, im Nachhinein, war sie sich gar nicht sicher, ob sie sich das nicht eingebildet hatte.

Sie kannte das von sich. Mit ihrer Vergangenheit lag es nahe, in allen möglichen Situationen paranoid zu reagieren. Das gehörte wohl dazu, wenn man sich auf Untergrundaktivitäten eingelassen hatte.

Sie musste plötzlich lachen.

Untergrundaktivitäten! So ein Quatsch! Sie hatten nur sehr wenige Dinge getan, die strafrechtlich gewürdigt werden konnten. Allerdings war ihr klar, dass die Militärs auf alle Arten von Informationssammlung allergisch reagierten, egal von wem.

Und sie hatte sich damals auch nicht wirklich an alle Regeln des bürgerlichen Gesetzbuchs gehalten. Allerdings hatte sie niemals Datenbanken geknackt oder irgendwelche militärischen Sicherheitssysteme gehackt. Sie hatte sich streng auf Server beschränkt, die in irgendeiner Form öffentlich zugänglich waren. Es war immer wieder interessant, was man mit solch einfachen Hilfsmitteln erfahren konnte.

Erst, als bei einigen Freunden von ihr der Staatsschutz aufgetaucht war, mit Hausdurchsuchungen und vorläufigen Festnahmen, war ihr klargeworden, dass sie sich auf die anderen Mitglieder der Gruppe vielleicht nicht so verlassen konnte, wie sie gedacht hatte. Sie waren nicht straff organisiert, sondern eher eine lose Verbindung.

Sie hatten unter anderem auf diese Art elektronische Nachrichten kopiert, die nun wirklich nicht für sie bestimmt gewesen waren. Das Postgeheimnis galt auch dann, wenn man so einfach an die Daten kam wie bei Postkarten, die ja auch jeder x-beliebige mitlesen konnte, wenn er nur den Zugriff darauf hatte.

Sie selber hatte es noch geschafft, ihre Festplatten zu säubern und einige Disketten verschwinden zu lassen, bevor sie bei ihr klingelten. Es war keine echte Hausdurchsuchung, sondern lediglich ein Besuch von zwei allerdings denkbar unfreundlichen Beamten. Sie hatte ihnen bereitwillig ihren Rechner zugänglich gemacht, und gebetet, dass sie nichts vergessen hatte.

Die Herren waren wirklich nicht sehr freundlich, aber sie kamen nicht wieder.

Jedenfalls nicht bei ihr. Einige ihrer Freunde hatten damals langwierige Gerichtsverfahren zu durchstehen, und in einigen Fällen kam es beinahe zu Verurteilungen wegen Bildung einer kriminellen Vereinigung. Es war lachhaft und wurde trotzdem ein ziemlicher Skandal.

Sie hatte mehr als nur ein bisschen Glück gehabt, auch wenn sie naiver weise immer das Gefühl gehabt hatte, nichts Unrechtes zu tun.

Was hatte der Mann eigentlich gesagt?

Leider waren ihr die Formulierungen nicht mehr genau im Gedächtnis. Dazu war sie für den Augenblick zu geschockt gewesen. Je länger sie darüber nachdachte, desto stärker hatte sie das Gefühl, dass er ihren Schrecken nur ausgenutzt hatte, ohne genau zu verstehen, woher er kam.

Nur sicher war sie sich überhaupt nicht.

Er hatte sehr geschickt alle Namensnennungen vermieden. Nicht einmal der Name Borghold war gefallen, obwohl er deutlich auf SimTech angespielt hatte.

Welchen Grund könnte Borghold haben, dass er sie jetzt plötzlich aus dem Weg haben wollte, nachdem er sie doch selber erst engagiert hatte?

Das machte überhaupt keinen Sinn.

Warum warf er sie nicht einfach selber hinaus? Sie würden sich ein bisschen über das angefallene Honorar streiten, und das war's. Das wäre noch nicht einmal etwas Neues, gestritten hatten sie sich immer schon.

Ihr Gefühl, dass es bei der ganzen Sache nur ganz am Rande um Gerd Grevenhagen ging, verstärkte sich.

Aber was war es dann?

Das war die Frage, die offenbar auch für sie selbst immer wichtiger wurde. Denn wenn ihr dieser Auftrag unter der Hand wegbrach, dann hatte sie die Steuer auf dem Hals, und es blieb ihr nicht mehr viel Zeit, noch etwas dagegen zu tun. An lukrative Aufträge, von denen der Mann gesprochen hatte, glaubte sie keine Sekunde.

Die einzige Möglichkeit, die auf der Hand lag, war, dass es um Geld ging. SimTech war ein Unternehmen, bei dem von Anfang an die Finanzierung schwierig gewesen war. Ein Umstand, den sie mit fast allen neuen Technologiefirmen gemeinsam hatten. Als Phillis damals gegangen war, hatte SimTech einen Monat lang nicht einmal mehr die Gehälter zahlen können.

Das hatte sich dann allerdings gelegt, auch zu ihrer eigenen Überraschung. Was in Wirklichkeit das Problem gewesen und wie es letztlich gelöst worden war, hatte sie nie erfahren, weil sie bei ihrer einmal getroffenen Entscheidung geblieben war, nämlich wegzugehen.

Kowalsky könnte vielleicht helfen. Er musste zumindest eine Idee haben, was da vor sich gegangen war. Er war nur wenige Monate länger als sie bei Sim-Tech geblieben, und sein Weggang hatte mindestens soviel Wirbel ausgelöst wie ihr eigener.

Aber er konnte etwas wissen, und vielleicht hatte sie dann etwas, womit sie weitermachen konnte.

Kowalsky war allerdings ein loyaler Mitarbeiter, und sie würde Schwierigkeiten haben, ihn darauf anzusprechen. Sie erwartete von ihm, dass er über Geschäftsdinge absolutes Stillschweigen bewahrte, und das galt natürlich auch umgekehrt für frühere Anstellungen.

Mit dem Gedanken, dass das nicht einfach werden würde, machte sie sich auf den Weg. Wenigstens gab es jetzt etwas, das sie tun konnte.

Herr Meier war geübt darin, am Telefon keine Namen zu nennen und Inhalte möglichst vage zu lassen.

„Natürlich kann ich die Aktion noch einmal wiederholen. Es fragt sich nur, ob ich das möchte."

„Nun, wenn das das einzige Problem ist, dann überlegen Sie noch einmal, und unsere bisherige erstklassige Zusammenarbeit und die vielen Projekte, die wir noch zusammen machen können, werden Ihnen die Entscheidung erleichtern. Außerdem haben wir an dieser Stelle die gleichen Interessen." Das kam im Ton einer sachlichen Aussage, als wenn das Ergebnis schon klar sei.

Herr Meier legte sich fest. Hier halfen nur klare Worte. Das ging jetzt deutlich über das hinaus, was man billigerweise noch als Gefallen verstehen konnte. Was ritt den Mann bloß, ihn so zu bedrängen?

„Ich werde die Aktion noch einmal wiederholen, aber nur, weil sie beim ersten Mal nicht besonders gut funktioniert hat. Und dann möchte ich Sie bitten, in Zukunft keine Gefallen mehr von mir zu erwarten. Habe ich mich klar ausgedrückt?"

„Das ist ganz in meinem Sinne. Und lassen Sie sich versichern, mir ist jederzeit bewusst, dass Sie in keiner Weise dazu verpflichtet sind. Ich werde mich erkenntlich zeigen!"

Sie verabschiedeten sich.

Das Arrangement mit Goldkettchen war einfach gewesen. Er sollte nach Meiers Anruf physisch etwas nachhelfen, aber in Maßen. Gerade genug, um ihr deutlich zu machen, dass es hier nicht nur um unzufriedene Anrufer ging.

Leider hatte der Mann sich nicht an die Absprachen gehalten. Er hatte es übertrieben und war mit der Frau auf der Straße aneinandergeraten. Zerknirscht hatte er am Telefon eingestehen müssen, dass er seitdem nicht mehr ordentlich laufen konnte, weil er sich das Knie ramponiert hatte. Kaum zu glauben, der Mann war preisgekrönter Bodybuilder!

Um das Geld tat es ihm nicht leid, er hatte ein Budget für solche Dinge, bei dem er nicht jede Einzelheit erklären musste. Und ob er Goldkettchen unter diesen Umständen überhaupt ein Honorar zahlen würde, wusste er sowieso noch nicht.

Und jetzt dieser Anruf. Das waren James-Bond-Methoden. Als wenn es nicht noch ganz andere Möglichkeiten gegeben hätte, wenn so etwas nicht verfing. Was sollte das bloß?

Er begann, darüber nachzudenken, ob es nicht in Wirklichkeit noch um etwas anderes ging, als für ihn bisher erkennbar war, und der Gedanke gefiel ihm immer weniger.

Ein Ergebnis hatte Phillis Anruf bei der Polizei vom Mittwoch Vormittag doch gehabt. Zwar war sie praktisch abgewimmelt worden, vor allem deswegen, weil sie nicht bereit gewesen war, eine Vermisstenanzeige zu stellen.

Trotzdem wurde der Anruf notiert, mit Namen und Uhrzeit sowie der vermissten Person.

Es muss allerdings wohl als Zufall bezeichnet werden, dass am späten Donnerstag Nachmittag tatsächlich ein Streifenwagen vor dem Haus in der Borsigstraße hielt, in dem Gerd Grevenhagen wohnte.

Es hatte nämlich am späten Donnerstag Vormittag einen weiteren Anruf bei der Polizei gegeben. Ein Hausbewohner aus der zweiten Etage rief an und teilte mit, dass eine Wohnungstür im Erdgeschoss schon den ganzen Tag offen stand. Den Bewohner der Wohnung habe seit Tagen niemand mehr gesehen, und vielleicht wollte sich ja die Polizei darum kümmern.

Der Anrufer war Ausländer, dem Namen nach wahrscheinlich türkischer Nationalität oder jedenfalls Abstammung. Er sprach gut deutsch, aber mit einem starken Akzent, und er war nicht bereit, selber in die Wohnung zu gehen.

Nach einer Weile wurde dem Beamten, der das Gespräch annahm, klar, dass er Angst hatte, hinterher als Dieb oder Einbrecher dazustehen.

Nachdem er die Angaben aufgenommen hatte, das heißt den Namen des Anrufers wie auch den Namen des Wohnungsinhabers, rührte sich etwas in seinem Gedächtnis. Der Name kam ihm bekannt vor.

Er hatte selber am Vortag einen Anruf entgegengenommen, von einer Frau, die nicht bereit war, eine Vermisstenanzeige für eine Person dieses Namens aufzugeben, nachdem sie faktisch verlangt hatte, die Polizei solle den Mann suchen.

Es war ein Zufall, dass die beiden Anrufe bei demselben Beamten aufgelaufen waren, und dass er sich an den vorigen Anruf erinnerte.

Und deshalb war nun eine Polizeistreife vor Ort, um mal kurz nach dem Rechten zu sehen. Das hörte sich alles nicht so dramatisch an. Aber es war auch keine große Sache, dort vorbeizufahren, und während dieser Schicht waren die beiden Beamten bisher nicht sehr beschäftigt gewesen. Sie hatten sich vor allem um zwei mutwillig beschädigte Straßenlaternen zu kümmern gehabt.

Die Hauptwachtmeisterin auf dem Beifahrersitz blickte sich suchend um. Kein vernünftiger Parkplatz in der Nähe in Sicht. Alle freien Flächen in der Borsigstraße waren zugeparkt. Sie hätten auf die Schnelle drei oder vier Strafmandate verteilen können. Sie nickte dem Wachtmeister zu, als der fragend mit einer Kopfbewegung auf den Bürgersteig wies. Würde eh nicht lange dauern! Sie ließen das Auto mit zwei Rädern auf dem Bürgersteig stehen. Der folgende LKW würde Schwierigkeiten haben, hier vorbeizukommen, aber der Fahrer wagte nicht zu hupen.

Sie klingelten bei dem türkischen Mitbürger, der angerufen hatte. Dort rührte sich nichts, niemand öffnete die Haustür. Schließlich klingelten sie bei einer Reihe weiterer Hausbewohner, und jemand drückte den Türöffner.

Sie fanden die Wohnungstür angelehnt, wie der Anrufer gesagt hatte. Schon im Treppenhaus roch es eigentümlich. Wahrscheinlich war das der Grund für den Anruf gewesen, nicht die offenstehende Tür alleine.

Vorsichtig drückte der zweite Beamten die Tür auf.

Der Geruch verstärkte sich.

Das Dämmerlicht aus dem schlecht erleuchteten Treppenhaus drang in den Flur. Er war leer.

„Hallo, ist hier jemand? Herr Grevenhagen?" rief der Polizist in die dunkle Wohnung. Es kam nicht die Spur einer Reaktion. Die Dunkelheit verstärkte den Eindruck von ominöser Stille.

Sie traten vorsichtig ein. Die Polizistin betätigte den Lichtschalter, wobei sie aus Gewohnheit vermied, eventuelle Spuren darauf zu verwischen. Sie benutzte einen Kugelschreiber. Eigentlich übertrieben, dachte sie selber.

Das kalte Flurlicht bestand aus einer von der Decke herabhängenden 50-Watt-Birne. Sie beleuchtete eine provisorisch wirkende Garderobe aus Aluminium, die alt und verbogen war. Sonst gab es nichts in diesem Flur.

Er war sauber, aber in schlechtem Zustand. Dort, wo neue Stromkabel verlegt worden waren, hingen die Tapeten in Fetzen herunter. Der Gips, mit dem die Wandschlitze nach Verlegung der Kabel wieder zugeschmiert worden waren, leuchtete auf den ersten Blick weiß. Auf den zweiten Blick waren die Spinnweben und Staubspuren darauf nicht zu übersehen. Dieser Zustand bestand schon lange.

Sie gingen vorsichtig weiter. Eine Tür, ebenfalls nur angelehnt, führte in einen Wohnraum. Die Rollläden waren heruntergelassen, so dass es dunkel war. Eine andere Tür, die offen stand, führt ins Bad. Hier war das Fenster geöffnet. Ein Blick hinaus zeigte, dass die Wohnung nach hinten höher lag als nach vorne. Es war nicht ganz einfach, durch dieses Fenster in die Wohnung zu gelangen, zumal sich direkt unterhalb eine Außentreppe zum Keller befand. Nicht ganz einfach, aber keineswegs unmöglich.

Sie betraten den Wohnraum und drückten auch hier auf den Lichtschalter. Zwei nackte Neonröhren flackerten auf und tauchten den Raum in ein kaltes Licht.

Die Hauptwachtmeisterin stieß einen Pfiff aus.

Auch in diesem Raum waren die elektrischen Leitungen, Schalter und Steckdosen offenbar vor einiger Zeit erneuert worden, ohne dass sich jemand die Mühe gemachte hatte, danach neue Tapeten auf die Wände zu bringen. Es wirkte ziemlich verwahrlost, wenn auch leidlich sauber.

Der Pfiff galt allerdings etwas anderem.

Die ganze Länge des nicht ganz kleinen Raumes wurde von einer einzigen langen Arbeitsplatte auf Holzböcken beherrscht, auf der sich eine Unzahl von technischen Geräten befand.

Vielmehr befunden hatte. Jetzt herrschte eine heillose Unordnung. Kabel hingen herunter. Ein Computermonitor lag auf der Tischplatte, Mattscheibe nach unten. Kaum noch etwas schien sich da zu befinden, wo es hingehörte. Keines der noch vorhandenen Gehäuse sah aus wie ein normaler Computer. Es gab etliche Stellen, wo vielleicht solche Geräte gestanden haben konnten.

Auch auf dem Fußboden lagen Reste von Elektronik: Ein leeres Gehäuse, so groß wie ein Schuhkarton, aus dem Kabel heraushingen, etliche durchgeknipste Computerkabel, die nur noch an einem Ende einen Stecker hatten, und allerlei Kleinkram, Disketten, Etiketten und Plastikbehälter.

Das sah leider alles sehr nach einem Einbruch aus.

Ansonsten war die Wohnung leer. Der Bewohner war nicht da, und es gab auch keinerlei Anzeichen, dass vor kurzem jemand in der Wohnung gewesen war. Nur der unangenehme Geruch hing in der Luft, nach selten geleerten Mülleimern und nach noch etwas anderem.

Keine anheimelnde Umgebung. Dem Polizisten und seiner Kollegin war kalt. Wenn hier jemand wohnte, merkte man nicht viel davon.

Sie machten sich an die Arbeit.

Das würde nun doch etwas länger dauern.

Markus Jung saß zu Hause vor seinem Fernseher.

Es war heller Nachmittag, und er hatte weiß Gott genug zu tun, so dass er auf Tage hinaus keine Zeit zum Fernsehen gehabt hätte.

Statt dessen fläzte er sich in eine Sofaecke und zapte durch diverse Nachmittagstalkshows, eine idiotischer als die andere. Da waren die Kindersendungen noch interessanter, es gab auf allen möglichen Kanälen jede Art von Zeichentrickserien. Viele japanische Mangas, aber auch amerikanische und noch andere.

Das lenkte ihn eine Weile ab.

Er trank Tee, er aß Schokolade. Dann holte er sich eine Cola.

Alkohol war aus irgendeinem Grund keine Versuchung für ihn. Sonst hätte er sich jetzt vielleicht einen doppelten Schnaps genehmigt. Oder mehrere.

Er wollte es sich selbst nicht eingestehen, aber er schämte sich.

Er hatte sich erwischen lassen, und er hatte die Firma da mit hineingezogen.

Es war ihm noch nicht einmal gelungen, seiner Chefin zu erklären, warum er das alles getan hatte. Sie musste ihn für einen kompletten Idioten halten. Bei dem Gedanken daran wurde ihm heiß. Er schluckte.

Da sah er lieber fern, zum Beispiel Kindersendungen.

Der Nachmittag verging, und langsam bildete sich in ihm ein Entschluss. Während die verschiedenen Monster, Superhelden und idiotischen Streitereien an ihm vorüberzogen, ohne dass er groß merkte, wie sie in seinem Inneren nachklangen, rückte er ein wenig ab von dem Ärger und der Scham. Ein Teil seines Bewusstseins begann, nach Auswegen aus diesem Schlamassel zu suchen.

Er kam nicht daran vorbei, dass er etwas tun musste, um die Gefahr, die ihnen von seinem Internet-Provider drohte, abzuwenden.

Das war keine große Firma, sondern ein kleiner Laden, der zu sehr günstigen Bedingungen für Leute wie ihn einen breiten Zugang zum Internet anboten. Er kannte sogar den Menschen aus der Uni vom Sehen, der das Ganze aus der Taufe gehoben hatte.

Als später der Nachmittag in den Donnerstag Abend überging und im Fernsehen bereits die Sendung mit der Maus erschien, hatte er noch immer keine klare Vorstellung, was er tun würde. Aber während er sich auf lehrreiche Weise darüber informierte, wie eine alte Uhr wieder zum Laufen gebracht wurde, begann sich in seinem Inneren eine Idee zu formen.

Sie war ein bisschen verzweifelt, und frech allemal!

Aber immerhin war es eine Idee.

„Hier städtisches Krankenhaus Dortmund, mein Name ist Kunetzki. Was kann ich für Sie tun?"

Phillis saß bei SimTech am Rechner und versuchte, endlich mit ihrem Analyseprogramm zu einem Ende zu kommen. Gleichzeitig telefonierte sie mit dem

Krankenhaus, um nach Tante Lene zu fragen. Es war Donnerstag Nachmittag, und sie fühlte sich wie gerädert.

„Wir haben schon einmal telefoniert. Sie haben mich wegen Tante Lene angerufen, Helene Klug. Ich wollte mich erkundigen, wie es ihr geht."

Sie hatte ein schlechtes Gewissen, weil sie sich seit zwei Tagen nicht mehr gemeldet hatte. Frau Kunetzki antwortete nicht sofort.

„Hallo, sind Sie noch dran?" fragte Phillis nach einer Weile.

„Ja-ah," sagte die Frau am Telefon gedehnt.

Dann machte sie wieder eine Pause.

Phillis betrachtete die über den Schirm laufenden Textzeilen.

„Also, es geht ihr wohl relativ gut, aber sie ist nicht mehr hier!"

Phillis war überrascht.

„Also ist sie entlassen worden?" Das waren gute Nachrichten.

„Entlassen nicht direkt! Sie ist gegangen."

Phillis stieß einen Seufzer aus.

So war das also! Tante Lene hatte sich selbständig gemacht.

„Und? Ist sie wieder auf dem Damm, oder nicht?" Sie begann bereits, zu überlegen, wann sie bei ihr vorbeischauen konnte. Keinesfalls vor dem späten Abend! Eigentlich heute gar nicht mehr.

„Es ist mir wirklich sehr unangenehm! Sie wurde abgeholt!"

Phillis war konsterniert.

„Abgeholt? Von wem denn?"

„Zwei Herren und eine junge Frau." Frau Kunetzki blieb einen Augenblick still. „Ich nehme an, es ist in Ordnung, wenn ich Ihnen das erzähle. Sie wollte eigentlich nur mit den dreien spazieren gehen. Sie war angezogen, wir hätten sie sowieso in den nächsten Tagen entlassen, sie ist wieder ganz gut beieinander. Keine Durchblutungsstörungen mehr, und mit ihrer Hüfte gibt es auch keine Komplikationen." Ein leichtes Schnauben drückte Unverständnis aus.

„Sie sind in den kleinen Park hier im Innenhof gegangen und einfach nicht wiedergekommen."

Phillis merkte kaum, wie Frau Kunetzki sich nun eilig verabschiedete und auflegte. Sie ließ den Hörer auf ihre Schulter sinken.

Sie hörte nicht das einsetzende Besetztzeichen, sie hörte nur eine Stimme, die vor wenigen Stunden etwas zu ihr gesagt hatte. ‚Und dann gibt es ja auch noch andere Menschen, an denen Ihnen etwas liegt.'

Sie schauderte. Konnten die etwas von Tante Lene wissen? Aber wer könnte sonst gekommen sein, um sie abzuholen?

Es gab natürlich noch eine ganz andere Möglichkeit: Die alten Frau hatte einfach keine Lust mehr auf Krankenhaus gehabt und war ohne ein Wort zu sagen nach Hause gefahren. Das war bei Tante Lene keineswegs unmöglich! Sie wählte die Nummer.

Es dauerte einen Augenblick, bis die Verbindung hergestellt war. Dann ertönte das Rufzeichen. Phillis ließ es lange schellen. Nach dem dritten oder vierten Mal hätte sie drangehen müssen. Ihre Hand wurde feucht, sie musste den Hörer in die andere wechseln.

Sie ließ es durchklingeln, bis die Telekom nicht mehr mitspielte.

Zu Hause war Tante Lene nicht.

Nach einigen ergebnislosen Stunden bei SimTech ging Phillis auf dem Nachhauseweg noch im Büro vorbei.

Das war mehr eine Gewohnheit als ein Notwendigkeit. Sie wollte nachsehen, ob etwas auf dem Fax lag, ob sonst noch etwas zu tun war, und oft nahm sie bei der Gelegenheit noch Papiere mit nach Hause.

Als sie nach wenigen Minuten schon wieder gehen wollte, fiel ihr die CD ins Auge, die Jung auf ihrem Schreibtisch hinterlassen hatte.

Sie beschloss, noch einen Blick auf den Inhalt zu werfen. Mit Jung konnte sie wohl nicht mehr rechnen, das musste sie also selber tun. Sie schaltete ihren Rechner noch einmal an und schob die CD in das entsprechende Fach. Es dauerte nicht lange, dann hatte sie eine wirre und völlig ungeordnete Datensammlung auf dem Schirm.

Immerhin handelte es sich bereits um fertige Dateien, und nicht mehr um unsortierte Datenströme, wie das bei einer solchen Abhöraktion normalerweise zunächst der Fall war. Das hatte er also noch hingekriegt.

Aber auch so war es ein unübersehbarer Haufen von Mails. P&M war keine kleine Firma, und sie wickelten viel von ihrer alltäglichen Arbeit darüber ab.

Nur zur Sicherheit ließ sie eine Textsuche über die Daten laufen, mit dem Namen ‚Grevenhagen' und dem Stichwort ‚Simulation'.

Das Ergebnis ließ auf sich warten, während das CD-Laufwerk wie ein Ventilator mit Wackelkontakt vor sich hin werkelte.

Als es kam, war es ernüchternd. Grevenhagen kam nicht vor, und zum Thema Simulation gab es so viele Funde, dass sich daraus auf die Schnelle nichts Sinnvolles machen ließ.

Plötzlich rumorte es am Eingang, und Kowalsky trat ein.

Auch er wollte noch einige letzte Dinge erledigen, bevor er seinen Arbeitstag abschloss. Er wunderte sich, dass Phillis da war, begab sich aber sofort in seine Ecke des Raumes und an seine Arbeit. Er wollte heute nicht lange bleiben.

Phillis saß an ihrem Tisch und überlegte.

Es sah nicht so aus, dass sie mit Jungs Ergebnissen irgend etwas würden anfangen können. Nur eins ließ sich daraus ablesen, obwohl es nicht viel mehr als ein Vermutung war: Gerd Grevenhagen saß nicht im Gebäude von P&M, beziehungsweise er war nicht in ihrem Netz. Oder er hatte sich so versteckt, dass es mit diesen Mitteln nicht zu bemerken war.

Sie dachte darüber nach, was das für ihre Nachforschungen bedeutete. Das Faxgerät sprang an und druckte eine zweiseitige Nachricht aus. Sie beachtete es nicht. Es stand auf Kowalskys Seite, und er würde es sowieso zuerst lesen.

Plötzlich fiel ihr wieder ein, dass sie mit Kowalsky hatte reden wollen.

„Herr Kowalsky, sie waren doch in ihrem früheren Leben mal bei P&M, nicht wahr?" rief sie durch den Raum.

Kowalsky wandte sich widerwillig von seinen Papieren ab. Er war gerade dabei, eine finanzielle Aufstellung mit dem Taschenrechner nachzurechnen, und das erforderte Konzentration. Phillis wollte immer, dass er dafür ein Computerprogramm benutzte, das wäre viel einfacher und sicherer, aber er hatte es in seinem Leben immerhin so weit gebracht, dass er einen Taschenrechner einsetzte und nicht mehr alles auf dem Papier nachrechnete, wie er es gelernt hatte. Er würde sich vor seiner Rente nicht noch auf weitere Zumutungen einlassen.

Obwohl er ja genaugenommen mit Computern sein Brot verdiente, aber das war für ihn kein Widerspruch.

„Ja, wieso?" knurrte er. Wenn man ihn bei seiner kaufmännischen Rechnerei störte, war er ungenießbar.

„Ich wollte nur wissen, wie noch mal der Name von dem Geschäftsführer war."

„Matthäi, Victor Matthäi. Und er ist nicht GF, sondern VV, das heißt Vorstandsvorsitzender. Schließlich ist das eine AG."

Sie ließ die Korrektur durchgehen und tippte eine neue Suche ein, diesmal mit ‚Matthäi'. Nur der Vollständigkeit halber, sie würde die CD danach sowieso vernichten. Vielleicht ergab sich ja doch noch etwas.

Während die Suche lief, sah sie aus dem Fenster und stellte fest, dass es noch hell draußen war. Die Nächte waren schön, und die Leute saßen vor den Kneipen. Es ging auf den Sommer zu. Sie beschloss, für heute Schluss zu machen.

Inzwischen hatte Kowalsky, nachdem er schon einmal unterbrochen worden war, das Fax aus dem Gerät genommen und überflogen. Er blieb abrupt mitten im Raum stehen, riss erstaunt die Augen auf und begann, noch einmal zu lesen, dieses Mal von vorne bis hinten.

Phillis schaute fragend zu ihm hinüber. Er bemerkte es gar nicht. Schließlich kam er zu ihr herüber und ließ das Fax auf ihren Schreibtisch gleiten. Dann ließ er sich mit einem hörbaren „Uff!" auf den Besucherstuhl fallen.

Das Fax kam von der Firma Airship, und war von Herrn Merkle unterzeichnet. Derselbe Herr Merkle, dem sie am Montag ihre kleine Komödie vorgespielt hatte, und der sie unbedingt hatte anstellen wollen, statt sie als Firma zu beauftragen. Die vielleicht wichtigste Konkurrenz von SimTech. Er schrieb, dass Airship dringend eine Studie im Zusammenhang eines Flughafenbaus in Brasilia bräuchte. Phillis wäre perfekt für diesen Job geeignet, und im Vorgriff auf ihre Zusage habe man bereits einen Flug für sie für Samstag Nachmittag gebucht. Das Ticket sei per Kurier zu ihr unterwegs.

Der Preis, den sie für die Studie zahlen wollten, war ebenfalls in dem Fax enthalten. Sie las die Zahl und erschrak. Das war ein mehrfaches von dem, was sie für die Steuer brauchten!

Allerdings würde sie für dieses Geld mehrere Monate in Brasilia bleiben müssen.

Kowalsky strahlte sie an. Er hatte sich wieder gefasst, und langsam wurde ihm klar, dass sie ab jetzt keine Problem mehr haben würden. Dass Phillis für eine Weile nicht hier vor Ort sein würde, ließ sich bestimmt irgendwie organisieren.

Er wartete auf irgendeine Freudenbekundung von ihrer Seite.

Phillis saß da wie versteinert.

‚Wenn Sie wissen, was gut für sie ist, nehmen sie das Angebot an!' hatte der alte Mann im Café zu ihr gesagt.

Sie hatte nicht einen Augenblick geglaubt, dass es so ein Angebot geben würde. Nun lag es vor ihr, und es sah sehr ernstgemeint aus.

Einen Haufen Geld dafür, dass ich hier verschwinde! dachte sie. Ihr gingen die Drohungen und Anspielungen durch den Kopf, die in dem kurzen Gespräch gefallen waren. Und Tante Lene.

Was wurde hier gespielt?

Sie saß immer noch an ihrem Schreibtisch. Kowalsky saß davor, auf dem Besucherstuhl, der immer etwas quietschte. Seine freudige Erregung hatte einem fragenden Ausdruck Platz gemacht.

Um woanders hinzusehen, sah sie auf ihren Bildschirm.

Dort war eine einzige Email dargestellt, offenbar das Ergebnis der Suche, die sie vorhin gestartet hatte. Sie überflog sie kurz, abwesend, in Gedanken in Brasilia und bei dem Gespräch am Nachmittag. Sie murmelte plötzlich: „Ihrem Herrn Matthäi scheint es aber auch nicht gut zu gehen. Hieraus geht hervor, dass er kurz davor ist, nicht mehr Geschäftsführer zu sein." Sie korrigierte sich: „Entschuldigung, ich meine natürlich Vorstandsvorsitzender!"

Sie fügte hinzu: „Von Verschlüsselung haben die auch noch nie etwas gehört!"

Sie drehte den Flachmonitor so, dass Kowalsky lesen konnte, und erhob sich. Sie ging ans Fenster, öffnete es und ließ etwas von der lauen Abendluft und von dem abendlichen Straßenlärm ins Büro. Ihr Kopf war leer.

Sie sah hinaus und blickte den letzten Autos nach, die jetzt gegen Ende des Berufsverkehrs nach Hause eilten. Ein Stadtbus musste an der Ecke vor dem

118

Kino scharf abbremsen. Der Fahrer hupte. Der Himmel hinter der Linden-brauerei färbte sich langsam rötlich.

Am Ende der Fußgängerzone, nicht weit von ihr entfernt, bemerkte sie vor dem Kino einen blauen Golf. Völlig vorschriftswidrig abgestellt. Die Nummer konnte sie von hier oben nicht erkennen. Sie zweifelte keinen Augenblick, dass es ein Kölner Kennzeichen sein würde.

Als sie sich wieder umdrehte, saß Kowalsky immer noch auf dem Besucherstuhl vor ihrem Monitor. Der Stuhl quietschte nicht mehr, er saß stocksteif da. Er war grau im Gesicht.

„Was ist denn mit Ihnen los?" fragte Phillis besorgt.

Kowalsky schreckte hoch wie aus einem bösen Traum. Alle Freude war aus seinem Gesicht gewichen. Er sah plötzlich verbraucht aus.

„Ja, dem geht es offenbar nicht gut. Ich hatte schon davon gehört, dass sich da ein Investor breit macht, aber dass es so schlecht für ihn aussieht, hätte ich nicht gedacht."

Als wenn er plötzlich bemerkte, dass Phillis auf eine Erklärung wartete, fügte er hinzu:

„Ich war sein Assistent, als er damals bei Perlhuber einstieg."

Unter anderen Umständen wäre Phillis gerührt gewesen. Der Mann war ein echter Schatz. Noch nach so vielen Jahren wurde er bleich, wenn es seinem damaligen Chef an den Kragen ging. Wobei der ja nun wirklich kein Risiko einging, in nächster Zeit auf der Straße zu sitzen. Das wäre dann doch sehr ungewöhnlich. Ihm drohte als schlimmste Strafe, bald nicht mehr VV zu sein, Vorstandsvorsitzender. Goldener Handschlag in der Regel inbegriffen, das hieß eine Abfindung in für normale Sterbliche unglaublicher Höhe.

Etwas wurde durch den Briefschlitz geschoben und landete mit einem dumpfen Geräusch in ihrem Briefkasten. Sie ging hinunter und nahm einen großformatigen Umschlag mit dem Aufdruck einer bekannten Reisebürokette heraus, die auf Geschäftsreisen spezialisiert war. Darin befand sich ein Flugticket nach Brasilia für den kommenden Samstag.

Phillis hatte das untrügliche Gefühl, dass es ihr gerade selbst an den Kragen ging. Sie ging noch einmal ans Fenster und sah hinaus.

Der blaue Golf war verschwunden.

Kowalsky blieb im Büro zurück, als Phillis fortging, und tat nichts.

Jedenfalls nichts, was auch ein aufmerksamer Beobachter als Arbeit hätte bemerken können. Er dachte nach.

Als er Matthäis Nachricht gelesen hatte, war ihm sofort klar geworden, dass er missbraucht worden war.

Der Inhalt war einfach genug. Matthäi berichtete darin einer Reihe von Leuten, die Kowalsky nicht kannte, in beruhigenden Worten. Er habe jemanden zur Bank geschickt, um die Wahrheit über die Finanzierungstricks der Sim-Tech ans Licht zu bringen, und binnen kurzem werde es deshalb SimTech nicht mehr geben.

Danach werde auch diese Ausschreibung in bewährter Weise verlaufen, und deshalb könne man jetzt bereits mit diesem Auftrag fest rechnen.

Es war schon ein ziemlicher Treppenwitz, dass ausgerechnet er ausgerechnet diese Nachricht zu sehen bekommen hatte.

Obwohl es für Matthäi eigentlich egal war. Was sollte er schon gegen ihn unternehmen? Er hätte ihm diese Nachricht direkt zeigen können, und nichts hätte sich geändert.

Matthäi konnte darauf vertrauen, dass Kowalsky nicht damit hausieren ging. Er hatte sich zur Bank schicken lassen und war damit Teil des Komplotts.

Allerdings konnte er sich nicht erklären, woher Matthäi diese Zuversicht nahm. Der Bankdirektor hatte keineswegs so reagiert, wie es in der Nachricht dargestellt wurde.

Auch alles übrige, was darin angesprochen wurde, ließ nur eine Deutung zu: Matthäi war am Ende. Er versuchte, die Leute auf seine Seite zu bekommen, und wenn er dabei auf solche Methoden zurückgriff, dann stand es nicht gut um ihn.

Kowalsky wunderte sich, dass sein eigener Ärger nicht größer war.

Wenn er ehrlich war, dann war er vor allem traurig. Vor langer Zeit hatte er einmal viel Hoffnung und sehr viel Engagement in seine Mitgliedschaft im Zirkel gelegt. Es war nicht das erste Mal, dass er bemerkte, wie wenig dieser Idealismus von anderen Mitgliedern geteilt wurde. Aber es schmerzte ihn, und diesmal besonders, weil er direkt betroffen war.

Und was er machen sollte, wusste er deswegen immer noch nicht.

Freitag

Borghold saß entnervt an seinem Schreibtisch.

Es war Freitag Morgen, die Woche war fast vorbei, und immer noch hatte sich in Bezug auf Grevenhagen nichts getan. Sie hatten nur noch sehr wenig Zeit, denn wenn er wieder auftauchte, mussten ja immer noch die technischen Probleme gelöst werden.

Er hatte parallel immer wieder versucht, andere Fachleute zu bekommen. Aber es war wie verhext. Es gab eine Reihe kleiner Firmen, die sich auf Hardwareentwicklung spezialisiert hatten. Aber wenn sie hörten, was hier genau zu tun war, und in welcher Zeit, dann hatten sie dankend abgewinkt.

Sie hatten offenbar alle genug zu tun und waren nicht auf Aufträge angewiesen.

Das Telefon klingelte.

Die Sekretärin hatte jemanden vom Fernsehen am Apparat. Borghold stöhnte innerlich. Er war auf gute Berichterstattung angewiesen, und deshalb konnte er ihn nicht abwimmeln. Im Gegenteil, die Fernsehleute waren immer wieder gerne vorbeigekommen, weil dies ein dankbares Thema mit schönen bunten Bildern war.

Er wappnete sich innerlich und versuchte, auf Public Relations umzuschalten. Nicht genervt sein, immer freundlich, gut gelaunt und vor allem optimistisch.

Er ließ sich verbinden.

„Hallo, Behrends hier vom WDR." Der Mann räusperte sich.

„Ich habe damals die Reportage für die Tagesschau mit Ihnen gemacht. Erinnern Sie sich?"

Borghold erinnerte sich nur zu gut. Er war damals stinksauer gewesen, weil er im endgültigen Bericht so gut wie gar nicht vorgekommen war. Statt dessen Phillis Brentano!

Trotz allem aber war das der Durchbruch gewesen, was die Öffentlichkeitsarbeit betraf.

„Natürlich erinnere ich mich. Schön dass Sie mal wieder anrufen. Wie geht's denn immer?" antwortete er laut und mit breiter Stimme. Es sollte jovial klingen, aber er hatte ein Kratzen im Hals. Er lehnte sich in seinem Sitz zurück.

„Gut, sehr gut. Danke der Nachfrage!" kam es aus dem Telefon. Das klang auch nicht besser als Borghold selber.

Der Reporter ging es langsam an. Er fragte nach der allgemeinen Lage, wann man mit dem großflächigen Einsatz der Simulatoren rechnen könne, wer sie denn einsetzen wolle und so weiter. Borghold antwortete zunehmend sicherer. Das war sein tägliches Geschäft, den unterschiedlichsten Leuten die Vorzüge und die hervorragenden Perspektiven seines Produkts anzupreisen.

„Was ist denn nun mit der Bundeswehr? Kaufen die, oder wie sieht das aus?"

Aha, daher wehte also der Wind! Borghold hatte sich schon gefragt, wann der andere wohl mit dem eigentlichen Zweck seines Anrufs herauskommen würde.

„Da sind wir sehr hoffnungsfroh! Alle Signale, die wir bekommen, sind für uns sehr positiv!"

„Bekommen Sie denn Signale?" fragte Behrends zurück.

Das war ein wunder Punkt. Seit das formelle Ausschreibungsverfahren lief, hatte Borghold überhaupt nichts mehr erfahren. Rein gar nichts!

„Nun, natürlich sind die Leute, die das jetzt zu entscheiden haben, im Moment etwas zugeknöpft. Aber wir haben Anzeichen, dass die Sache für uns positiv verläuft." Er lachte kurz, ganz Geschäftsmann. „Aber natürlich kann ich Ihnen dafür jetzt keine Quellen nennen. Das verstehen Sie sicherlich!"

Behrends ging einfach darüber hinweg.

„Jetzt muss ich aber doch noch etwas anderes fragen. Was wissen Sie über den Unfall, der im Odenwald passiert ist?"

Borghold witterte noch keine Gefahr. Er überlegte einen Augenblick.

Manchmal kam es vor, dass bei besonders schweren LKW-Unfällen der Ruf nach besserer Fahrerausbildung laut wurde. Besonders, wenn es sich um offensichtliche Fahrfehler handelte, wie zum Beispiel damals in Herborn. Da hatte ein mit Benzin gefüllter Tankwagen eine vollbesetzte Eisdiele gerammt und ein Inferno verursacht. Der Fahrer hatte offenbar die lange Gefällstrecke hinunter zum Ort falsch eingeschätzt. So etwas war gut für SimTech.

„Nein, ich weiß von keinem Unfall. Was ist denn passiert?"

Harald Behrends erzählte es ihm in kurzen Worten. Dann zog er das Fazit.

„Wie es aussieht, hat der Mann einige Zeit an dem Tag im Simulator zugebracht, und danach einen tödlichen Unfall herbeigeführt." Dass er außerdem 1,8 Promille Alkohol im Blut gehabt hatte, verschwieg er. Sollte Borghold das doch selbst herausfinden!

„Nun, was sagen Sie dazu?"

Borghold sagte nichts. Er hatte plötzlich stark zu schwitzen begonnen, und er merkte gar nicht, dass er nur noch auf der vordersten Stuhlkante saß. Der Stuhl drohte, nach hinten wegzurollen.

„Möchten Sie dazu Stellung nehmen?" Behrends war unerbittlich. Er blieb dran.

„Ich ..." setzte Borghold an. Seine Stimme rutschte ihm weg. Der Stuhl auch. Er hielt sich mühsam an der Tischkante fest und holte den Stuhl wieder zurück. Er räusperte sich.

„Diese Information ist völlig neu für mich. Deshalb möchte ich im Moment lieber gar nichts dazu sagen, bevor ich nicht genauere Informationen habe." Er machte eine Pause, um nachzudenken.

Behrends versuchte es noch auf mehrere verschiedene Arten, aber jetzt blieb Borghold hart.

Er kommentierte nichts. Schließlich sagte Behrends zu, ein Fax mit den Unfalldaten zu schicken. Er ließ sich aber versprechen, dass er später am Tag einen Kommentar bekommen würde.

Als er aufgelegt hatte, saß Borghold minutenlang zusammengesunken auf seinem Stuhl.

Er hatte allerdings keine Zeit, sich zu erholen. Plötzlich schlüpfte seine Sekretärin ohne anzuklopfen in sein Büro. Bevor sie etwas sagen konnte, erschien hinter ihr der Bankdirektor.

Das war noch nie vorgekommen, dass jemand von der Bank unangemeldet vorbeikam. Und dann gleich der Direktor! Das verhieß nichts Gutes.

Als er dann keine fünf Minuten später das Büro wieder verließ, blieb Borghold völlig versteinert hinter seinem Schreibtisch zurück. Jetzt wusste er, dass er mit dem Rücken zur Wand stand.

Mühsam raffte er sich auf.

Zwei Stunden später war Borghold immer noch nicht viel weiter. Die Zeit lief ihm davon.

Seine Sekretärin und sein neuer Buchhalter hatten alles stehen und liegen gelassen und waren bereits seit über einer Stunde damit beschäftigt, Informationen über diesen Unfall zu sammeln. Er selber versuchte, das Problem mit der Bank in den Griff zu bekommen.

Dafür gab es nur eine Lösung, aber auch damit kam er nicht voran.

Plötzlich erschien seine Sekretärin in der Bürotür. Sie schloss sie übertrieben vorsichtig und kam eilig an seinen Schreibtisch. Sie sah alarmiert aus!

„Da ist jemand von der Polizei. Er hat mir nicht gesagt, was er von Ihnen will. Was soll ich denn jetzt machen?" fragte sie mit gedämpfter Stimme.

„Polizei? Was kann denn der wollen?" Borghold hatte das Gefühl, als geriete er auf Treibsand. Kein echter Halt mehr, und das tosende Meer kam näher.

Er überlegte einen Moment. Es konnte eigentlich nur um den Unfall gehen. Und sie hatten noch nichts Vernünftiges herausbekommen! Resigniert zuckte er die Schultern.

„Bringen Sie ihn rein!" Er erhob sich, um den Besuch an der Tür zu empfangen.

Es handelte sich um einen älteren Mann, mit schütterem Haar und einem eigenartig ungleichmäßigen Vollbart. Er war nicht besonders sorgfältig gekleidet.

Borghold konnte ihn auf Anhieb nicht leiden.

„Nun, was führt Sie zu uns?" fragte er kurz, nachdem sie sich gesetzt hatten.

„Ja, es gibt da eine leidige Angelegenheit, um die wir uns kümmern müssen. Wahrscheinlich hat es etwas mit ihrer Firma zu tun."

Das war ein sehr schlechter Anfang. Offenbar untersuchte die Polizei bereits, ob der Unfall etwas mit dem Simulator zu tun hatte. ‚Wahrscheinlich' hatte er gesagt!

„Das kann ich mir im Augenblick überhaupt nicht vorstellen. Wer behauptet das denn überhaupt? Es gibt dafür keinerlei wissenschaftliche Beweise!" Er hatte viel lauter gesprochen, als er wollte. Sogar für ihn selber klang es schrill.

Der Beamte war irritiert. Er zog die Augenbrauen hoch.

„Wissenschaftliche Beweise?" fragte er.

„Nun ja, Sie behaupten doch hier, dass wir irgendwie an diesem Unfall schuld sind! Das ist völlig unhaltbar! Das ist geschäftsschädigend! Seien Sie vorsichtig!" Borghold konnte sich nicht mehr bremsen.

„Ich verstehe nicht. Bitte erklären Sie mir das doch einmal," fuhr der Kriminalbeamte ungerührt fort.

Borghold fand diese Masche unerträglich.

Er erklärte lang und breit, warum eine Benutzung des Simulators unmöglich negative Einflüsse auf des Fahrverhalten im echten Straßenverkehr haben konnte. Es war ein Monolog, den er in dieser Sekunde erfand.

Am Ende meinte er, er hätte seine Sache trotz allem ganz gut gemacht. Argumentieren konnte er.

„Sie stellen also – wie nennen Sie das? – Simulatoren her? Mit denen man sozusagen Auto fahren kann? Wie in so einem Computerspiel?"

Was sollte das denn jetzt? Borghold wurde richtig ärgerlich.

„Das wissen Sie doch! Deshalb sind Sie doch hier!"

Plötzlich stutzte er.

„Oder etwa nicht?" setzte er nach.

„Ich bin schon hier, weil ich einen Fall bearbeite, der etwas mit Ihrer Firma zu tun haben könnte. Allerdings eher mit einem Ihrer Mitarbeiter."

Er beugte sich vor.

„Arbeitet bei Ihnen ein Gerd Grevenhagen? Wohnhaft in Dortmund, Borsigstraße 26, Erdgeschoss rechts?" Er las die Adresse von seinem Block ab.

Borghold war perplex.

„Sie kommen gar nicht wegen des Unfalls da in Süddeutschland?" brachte er hervor.

„Nein, durchaus nicht." Der Beamte sah in freundlich an. Er hatte sich eine ganze Reihe von Notizen gemacht.

124

„Es sei denn, das hat wieder etwas mit dem Einbruch bei Herrn Grevenhagen zu tun. Kann ich bitte einmal mit ihm sprechen?"

Borghold glotzte ihn an.

„Mit dem würde ich auch gerne mal sprechen!"

Kowalsky kämpfte mit sich.

Es war ihm zur zweiten Natur geworden, Dinge, die er im Zirkel erfuhr, nicht an Andere weiterzugeben. Das war ja gerade der Sinn, dass diese Informationen nur den Mitgliedern zur Verfügung standen. Andererseits war ihm nun nur allzu klar, dass Viktor Matthäi ihn missbraucht hatte. Jedenfalls hatte er es versucht. Kowalsky biss sich auf die Lippen, als er daran dachte, dass er sich von ihm hatte zur Bank schicken lassen, um SimTech das Wasser abzugraben.

Mit Blei in den Beinen stieg er am frühen Freitag Abend die Treppe zum Büro hinauf. Phillis war da. Sie verschwand gerade in dem Kabuff, der ihnen als Kaffeeküche diente. Als sie wieder herauskam, stand er immer noch in der Tür.

„Nanu! Ist Ihnen nicht gut?" Sie sah ihn besorgt an. Er war übernächtigt und hatte dunkle Ringe unter den Augen.

„Ich muss mit Ihnen über eine Sache reden," begann er.

„Jetzt kommen Sie doch erst mal rein, Sie stehen ja noch halb auf der Straße!" unterbrach sie ihn. Er rührte sich nicht.

„Ich habe vor einigen Tagen eine vertrauliche Information erhalten. Sie besagte, dass Borghold gar kein Geld mehr von der Bank bekommt, schon lange nicht mehr. Vielmehr soll ein bekannter Finanzier dahinter stecken."

Jetzt ging er doch quer durchs Büro zu seinem Arbeitsplatz und setzte sich, seine Lederaktentasche auf dem Schoß und den Hut noch auf dem Kopf.

„Ich weiß nicht, was er genau mit Borghold und SimTech zu tun hat. Er könnte Borghold damals das Geld gegeben haben. Das wären für den Peanuts, glauben sie mir." Er überlegte einen Augenblick.

„Vielleicht hat er jetzt Angst vor der Steuer?" Dann schüttelte er den Kopf „Ich bin bei der Bank gewesen. Die behaupten jedenfalls, dass sie es sind, die Borghold getreulich weiter finanzieren. Keinerlei Probleme!"

Er sah Phillis unglücklich an.

„Und jetzt fragen Sie mich bloß nicht, woher ich das alles weiß!"

„Tue ich auch nicht! Aber ich frage Sie, ob uns das weiterhilft!"

„Was tun wir also?"

Phillis fühlte sich ausgelaugt. Eigentlich gab es auch nach einer geschlagenen Stunde quälender Debatten nur eine einzige Frage. Sollte sie das Angebot annehmen? Kowalsky hatte da eine eindeutige Meinung.

„Ich glaube nicht, dass wir wirklich eine Wahl haben. Jedenfalls nicht, wenn Borghold wirklich kein Geld hat. Der kann uns viel versprechen, aber niemand weiß, ob er es auch halten kann. Airship dagegen, die werden zahlen. Jedenfalls, wenn wir den Vertrag unterschreiben und für sie arbeiten. Die können sich gar nichts anderes leisten."

„Ja, hier in Deutschland.. Aber die Sache findet in Brasilien statt. Wie sollen wir da an unser Geld kommen, wenn die sich plötzlich dumm stellen?" Die ganze Richtung der Debatte passte ihr nicht. Sie wollte Geld verdienen, aber sie wollte sich nicht erpressen lassen. Auf der anderen Seite kannte sie niemanden, der sich schon einmal mit allen möglichen Figuren aus diversen Vorstandsetagen und zusätzlich noch Geheimdienstleuten auseinandersetzen musste. Von direkten körperlichen Angriffen ganz zu schweigen.

Das Schlimme war, dass Kowalsky recht hatte. Die ganze Zeit über war Phillis klar, dass es nur eine Lösung gab. Aber sie wollte nicht! Das war das Problem.

„Ich werde fliegen," stieß sie schließlich unwillig hervor, „aber wir werden den Vertrag erst unterschreiben, wenn ich vor Ort bin. Ich will erst sehen, um was es geht." So hatte sie wenigstens noch ein wenig Zeit bis zur endgültigen Entscheidung.

Sie verabredeten noch, was sie Borghold sagen wollten. Sie konnten immerhin versuchen, sich wenigstens die bisher geleistete Arbeit bezahlen zu lassen, auch wenn sie nicht viel erreicht hatten. Kowalsky versprach, sich darum zu kümmern.

Plötzlich fiel Phillis siedend heiß Tante Lene ein.

Sie hatte sie bisher nicht erreicht, und so bat sie Kowalsky, weiter zu versuchen, die alte Frau ans Telefon zu bekommen. Sie erklärte kurz, dass sie aus dem Krankenhaus verschwunden war, aber sie sprach nicht über ihre Befürchtungen. Kowalsky stellte keine Verbindung her.

Sie wollte telefonisch mit ihm in Kontakt bleiben. Falls sich da gar nichts tat, konnte sie ihn in einigen Tagen immer noch zur Polizei schicken. Aber dann hörte sie plötzlich die Beamten, mit denen sie wegen Gerd telefoniert hatte. ‚Diese Tussi hat wieder angerufen, diesmal ist jemand anderes verschwunden!' Die Phantasie endete mit einem hässlichen Gelächter.

Sie würde auf keinen Fall zur Polizei gehen.

Am Niederrhein begannen die ersten Wolken eines schon länger angekündigten Regenbandes aufzuziehen. Sie kamen aus Südwesten über das flache Land zusammen mit einem feuchten, warmen Wind. Die Menschen schlugen die Krägen hoch und zogen sich in ihre Häuser oder in die Kneipen zurück und ließen die Natur draußen machen. Der Autobahnparkplatz südlich von Moers war fast völlig verlassen. Auf der Autobahn hasteten die letzten LKWs auf dem Weg ins Wochenende vorbei. Nur ein einziges Auto stand mit beschlagenen Scheiben in den ersten Nieselschauern, die der Wind zusammen mit einigen alten Blättern aus dem letzten Herbst vor sich her trieb.

Pelle saß darin. Ihm ging es besser. Sein Freund Bernd hatte ihm am Ende doch geholfen. Auf diesem Parkplatz würde so schnell niemand eine Beziehung zwischen ihnen und der Leiche herstellen.

Bernd wusste, dass hier später in der Nacht höchst bizarre Aktivitäten ihren Lauf nahmen. Er war einmal mit einem Pärchen hier gewesen, die auf so etwas standen. Fast vergingen seine Kopfschmerzen, wenn er daran zurückdachte.

Er hatte im Auto gesessen und zugesehen, wie immer mehr Autos auf den Platz kamen. Nur wenige Menschen stiegen aus. Sie näherten sich den anderen Autos, bewegten sich von einem zum anderen. Wortfetzen drangen herüber. Gelegentlich auch einmal ein schriller Ausruf. In manchen Fahrzeugen war die Innenbeleuchtung eingeschaltet, und man bekam auch auf die Entfernung den Eindruck, dass es dort drin zur Sache ging.

Manche, die sich zu Fuß über den Parkplatz bewegten, hatten Taschenlampen und leuchteten gelegentlich in die dunklen Fahrzeuge.

Die Atmosphäre lag irgendwo zwischen Karneval in Rio und Konfirmandenfreizeit nachts um halb drei.

Auch das Pärchen begann sich völlig ungeniert vor seinen Augen ihrem Vergnügen hinzugeben, nicht ohne eine gewisse Aufmerksamkeit von außen zu erhalten.

Einige der Figuren dort draußen waren ziemlich wild aufgemacht. Eine Frau hatte praktisch nichts an, aber dafür ein Hundehalsband um. Die daran befestigte Leine hielt ein Kerl in der Hand, der auch nicht gerade alltagstauglich in schwarzes Leder gekleidet war.

Bernd hoffte, dass dies ein Platz war, an dem sie die Leiche loswerden konnten. Sein Kopfschmerz rumorte wie ein altersschwacher Betonmischer. Das kam vom Saufen, aber darauf konnte er jetzt nicht achten. Das war normal.

Er wusste, wer der junge Mann war, den sie gerade, als kein anderes Auto auf dem Parkplatz gestanden hatte, unter ein Gebüsch ganz am entfernten Ende der Rasenfläche geschoben hatten. Sie hatten ihn in einen alten Vorhang gewickelt, den sie aus einem Müllcontainer in Pelles Nachbarschaft gezogen hatten. Die Kleidung warfen sie auf einem anderen Autobahnparkplatz 50 Kilometer von hier in eine Mülltonne.

Pelle war so durchgeknallt, dass er offenbar noch immer nicht begriffen hatte, wen sie da gerade entsorgt hatten. Eigentlich unglaublich, schließlich hatte er Freddy doch genau in dem Haus gesucht. Aber es war die Nachbarwohnung, er lag auf der Seite, als sie ihn fanden, und Bernd hatte ihn sofort in den alten Vorhang eingewickelt. Pelle hatte geholfen, aber er hatte die ganze Zeit den Kopf weggedreht und war grün im Gesicht.

Bernd sollte das recht sein. Je weniger der verstand, um so besser.

Bernd war cool, im Gegensatz zu Pelle. Er nahm manchmal etwas, aber nur wenn er Lust hatte. Er hatte allerdings immer Stoff im Haus. Dass er auch dem Toten schon dazu verholfen hatte, war der Grund, warum er hier mit Pelle am Niederrhein herumturnte.

Das musste ja nun wirklich nicht jeder mitkriegen!

Sie fuhren zurück nach Dortmund.

Das ungleiche Pärchen, das die ganze Szene vom anderen Ende des Parkplatzes aus beobachtet hatte, begann eine heftige Diskussion.

Sie saßen in einem der Bäume, die im Sommer hier für Schatten sorgen sollten. Normalerweise war das ein perfekter Ausguck für die Dinge, die hier später vor sich gehen würden. Ihr Auto hatten sie ein Stück weiter halb ins Gebüsch gefahren, praktisch unsichtbar vom Parkplatz aus.

Sie beschlossen, dass sie nichts gesehen hatten.

Aber hier bleiben wollten sie jetzt auch nicht mehr. Lieber nicht in etwas hineingezogen werden. Außerdem war das Wetter eine Katastrophe. Der Abend war verdorben.

Sie beschlossen, es in Köln in einer Disco zu versuchen, die heute ihren Programmabend für die Fetischszene hatten.

Vielleicht würde ja doch noch etwas aus dieser Nacht!

Borghold schrie fast.

„Ja, dann holen sie ihn eben an den Empfang. Das kann doch nicht so schwer sein. – Ja, ich warte!"

Borghold hatte Mühe, seine Stimme mit dem zu versehen, was er für Autorität hielt, um der Schickse am anderen Ende deutlich zu machen, dass man ihm besser nicht widersprach.

Die Verzweiflung hatte ihn zunehmend im Würgegriff. Er hatte Schwierigkeiten, sich auf das Naheliegende zu konzentrieren. Briefe unterschreiben, Faxe lesen, Post durchsehen und die anderen kleinen Arbeiten, die ihn sonst eher in seiner Wichtigkeit bestärkt hatten, brachten ihn nun aus der Fassung. Er las denselben Brief schon zum dritten Mal, ohne zu merken, dass es ein ganz gewöhnliches Werbeschreiben war, das normalerweise nach drei Zeilen in den Papierkorb gewandert wäre.

„Ja? Haben Sie ihn?"

„Nein, er ist leider in keiner der Sessions dieser Konferenz. Wir haben ihn sogar ausrufen lassen. Wahrscheinlich ist er zu Tisch." Sie schaffte es, die Gereiztheit aus ihrer Stimme und aus diesem Telefongespräch herauszuhalten, wie sie es gelernt hatte. Manche machten es einem aber wirklich schwer, ruhig zu bleiben.

„Ja, wenn er hier wieder erscheint, richten wir ihm selbstverständlich ihre Bitte um sofortigen Rückruf aus." - „Keine Ursache," sagte sie noch, nun

128

doch leicht genervt. Da hatte Borghold schon aufgelegt.

Das war auf jeden Fall einer von den Wichtigtuern. Aber als sie den älteren Herrn, den er hatte sprechen wollen, eine gute Stunde später in der Halle ausmachte, bestellte sie die aufgegebene Nachricht trotzdem.

So kam es, dass derselbe ältere Herr zwei Stunden später die Treppe ins hell erleuchtete Foyer herunterkam. Borghold wartete schon auf ihn, wobei er in der Nähe der Rezeption mit hinter dem Rücken verschränkten Händen in den Fußgelenken wippte und dadurch mit dem ganzen Körper leichte Schaukelbewegungen vollführte. Er gab vor, aus dem Fenster in die Dunkelheit draußen zu sehen. Angespannt wie eine Klaviersaite.

Der ältere Herr bat ihn zu einem Tisch mit tiefen Ledersesseln, der etwas abseits hinter der Scheibe eines riesigen Fensters stand, die das ruhige Hotelfoyer von dem geschäftigen Treiben auf einer der großen Düsseldorfer Hauptverkehrsstraßen trennte. Das Glas war getönt, so dass keine Gefahr bestand, dass sie von draußen gesehen werden konnten, obwohl es bereits dunkel wurde, während innen die Lichter brannten.

Borghold rang sichtbar um Fassung. Er hatte eine ungesunde Gesichtsfarbe und hektische rote Flecken auf den Wangen.

Der ältere Herr betrachtete ihn abschätzig. Man sollte eben keine Geschäfte mit Leuten ohne Format machen. Er hatte schon nicht sehr viel von Borghold gehalten, als der noch für ihn gearbeitet hatte. Die grundsätzlichen Dinge beherrschte er, aber wenn es hart auf hart kam, dann ging er in die Knie.

Das würde er jetzt ausnutzen.

„Was gibt es denn so dringendes, dass sie mich hier aufsuchen müssen?" begann er das Gespräch. Borghold geriet noch mehr in die Defensive.

„Dieses Problem mit Grevenhagen wächst sich aus. Sie wissen schon, der junge Mann, der seit 3 Wochen nicht mehr erschienen ist! Wir haben darüber gesprochen!"

Der ältere Herr stellte sich dumm.

„Ja, und?" Borghold war kurz davor, ungeduldig zu werden. Er riss sich mühsam zusammen.

„Der junge Mann ist immer noch verschwunden, obwohl wir nach ihm suchen. Die Polizei war bereits bei mir. Sie befürchten, dass ihm etwas passiert ist." Er ließ ein ungläubiges Lachen hören. „Womöglich denken sie sogar, ich könnte etwas damit zu tun haben. Ich hätte ihn ‚verschwinden lassen' oder so."

Er schnaubte.

„Ich! So ein Unfug! Der Mann ist für mich unverzichtbar!" Die Empörung machte einem flehentlichen Ausdruck Platz.

„Die Polizei! Verstehen Sie, was das bedeutet? Zusätzlich gibt es ein Problem mit der Presse, weil die eine Unfallgeschichte gegen uns ausschlachten wollen, und schlussendlich will mir die Bank den Laden dichtmachen."

Er schaute den älteren Herrn eindringlich an.

„Weil ich bisher meine Finanzquellen nicht nenne!" Er lehnte sich zurück.

„Ich glaube, das sind genug Dinge, über die wir sprechen müssen!"

Der ältere Herr ignorierte das.

„Und? Haben Sie ihn ,verschwinden lassen'?" Borghold sah ihn irritiert an. Auf seiner Stirn begannen sich kleine Schweißperlen zu bilden. Er setzte mehrmals an, weiter zu sprechen, aber er bekam nichts heraus. Schließlich gelang es ihm doch.

„Ich sage doch, ich brauche den Mann so dringend wie nur irgend was. Ohne ihn können wir die Ausschreibung vergessen, und was das heißt, brauche ich Ihnen nicht zu erklären!"

Der Ältere musste innerlich lachen. Was war der Mann doch für ein Einfaltspinsel! Er beglückwünschte sich dazu, dass er die Sache damals so eingefädelt hatte, dass Borghold niemals die Herkunft des Geldes offen legen konnte, ohne sich selbst direkt der Steuerhinterziehung und Geldwäsche zu bezichtigen. Dafür hatte ein von ihm ersonnenes kleines Kontensystem gesorgt, über das Borghold das Geld hatte zusammenführen müssen, und für das er alleine die Verantwortung hatte.

Trotzdem ließ sich die Herkunft der etlichen Einzelbeträge nie im Leben bis zu dem älteren Herrn zurückverfolgen. Dabei hatte ihm letztes Endes sein Freund Viacelli in Italien geholfen. Es war immer gut, wenn man solche Verbindungen hatte. Vor allem jetzt, nachdem der Mann „verbrannt" war. Jeder, der bei Nachforschungen auf ihn stieß, würde unweigerlich an die italienische Mafia denken. Und wahrscheinlich sofort die Finger von der Sache lassen.

Außer diesem jungen Mann. Aber dieses Problem sollte ja jetzt bereits gelöst sein. Diese Leute arbeiteten sehr zuverlässig, wie er von einer anderen Gelegenheit her wusste. Sein einziges Problem war, woher der seine Informationen bekommen hatte. Dem musste er noch nachgehen. Aber das hatte jetzt etwas Zeit. Die Eile, mit der er hatte agieren müssen, gefiel ihm nicht. So etwas führte nur zu Fehlern.

Abgeschrieben hatte er das Geld sowieso schon. Es handelte sich in Summe um ungefähr zweieinhalb Millionen Mark. Er sah das als Risikokapital an, das auch besonders hohe Rendite einbringen sollte. Wie es sich so ergeben hatte, konnte er das Geld nicht legal investieren, weil sofort die Frage nach der Herkunft aufgekommen wäre.

Es war Teil einer größeren Provision, die er bei keinem Finanzamt dieser Welt angemeldet hatte und von der auch niemand etwas erfahren durfte.

Es war schön, wenn man das Geld hatte, aber es war gar nicht so einfach, damit nun auch etwas Vernünftiges anzufangen. Den größeren Teil hatte er schließlich in einer Unternehmung in Südafrika untergebracht. Da stimmte auch die Rendite. Für den Rest wollte sich so recht nichts finden lassen, und deshalb hatte er es schließlich Borghold zur Verfügung gestellt.

Wenn irgendjemand einmal Geld an Fahrsimulatoren verdienen würde, dann sollte er das sein. Auch wenn niemand sonst je etwas davon wissen durfte.

Aber jetzt ging es wohl schon eher um Schadensbegrenzung. Vielleicht gelang es ihm ja sogar, sich ganz aus der Sache herauszuhalten.

„Tja, dann haben sie jetzt ein Problem!" war alles, was er erwiderte.

„Natürlich habe ich ein Problem, und Sie müssen es lösen! Sie müssen das alles erklären!"

Plötzlich hatte die Stimme des älteren Herrn einen klirrenden Ton, wie Glas.

„Herr Borghold, damit wir uns richtig verstehen: Ich werde weder ihre Probleme lösen, noch werde ich auf mein Geld verzichten. Beides ist Ihre Verantwortung, und so bleibt es auch!"

Er erlaubte sich ein süffisantes Lächeln.

„Und vielleicht denken Sie mal darüber nach, was denn dem Herrn Grevenhagen wohl passiert sein könnte. Wie leicht kann Ihnen das gleiche geschehen!"

Er erhob sich und wandte sich zum Gehen.

„Vielleicht ist es besser, sie kommen gar nicht auf den Gedanken, meinen Namen in diesem Zusammenhang auch nur zu erwähnen."

Ohne weiteren Gruß durchquerte er das Foyer und stieg in aller Ruhe wieder die Treppe hinauf.

Borghold starrte ihm nach. Er saß auf seinem Sessel und fror wie ein nasser Hund. Er schaffte es nicht, sich von seinem Sitz zu erheben.

Jung machte noch einen letzten Versuch.

In die Sache mit seinem Internet-Provider war Bewegung gekommen, aber eine Lösung war noch weit entfernt. Da konnte er nur hoffen.

Er saß wieder zu Hause vor seinem Rechner und hatte die ganze Freitag Nacht vor sich.

Er hatte einen Haufen Daten über Leute, die irgendwie zusammen mit Gerd Grevenhagen aufgetaucht waren. Vielleicht ließ sich ja damit doch etwas anfangen.

Er beschloss, es dieses Mal mit ‚unscharfer Logik' zu versuchen.

Das war während seines Studiums gerade sehr in Mode gewesen, und er verfügte über ein Programm, das sich vielleicht gewinnbringend einsetzen ließ. Dabei ging es im wesentlichen darum, dass man bei einer Suche in großen Datenbeständen nicht einfach nach einer platten Übereinstimmung suchen musste, sondern auch nach solchen Kriterien wie „ziemlich ähnlich" oder „mehr oder weniger genau". Diese Methode hatte in vielen Bereichen für

Furore gesorgt und konnte vielleicht auch hier helfen.

Er hatte einmal gehofft, damit einen Wettbewerb zu gewinnen und hatte viel Arbeit in dieses Programm gesteckt. Dann war ihm der Job bei a_capella dazwischengekommen, und so war es bisher praktisch ungenutzt geblieben.

Wenn er sich jetzt damit beschäftigte, so war das ein erster Schritt, sich wieder erfolgversprechenden eigenen Aktivitäten zu widmen und nicht mehr der aussichtslosen Suche nach dem verschwundenen Grevenhagen.

Es dauerte mehrere Stunden, bis er sein Programm so angepasst hatte, dass er es auf die gesammelten Daten loslassen konnte.

Am Ende war es dann aber doch mehr oder weniger ein Zufall, der ihn auf die richtige Spur brachte.

Nachdem das Programm schon mehrere Stunden gearbeitet und bereits eine Reihe von Informationen ausgespuckt hatte, machte er sich mehr aus Langeweile daran, sie schon einmal zu sichten. Die nächtliche Wiederholung von Picket Fences war vorbei, und er wollte noch nicht ins Bett.

Dabei geriet ihm ein Eintrag auf den Schirm, der von dem System als ‚mehrdeutig' klassifiziert worden war.

Davon gab es eine ganze Reihe, und es hieß in der Regel nur, dass darin verschiedene Schreibweisen von Email-Adressen oder von Internetseiten vorkamen. Das waren dann meistens offensichtliche Schreibfehler, die man getrost ignorieren konnte. Dies war so etwas wie der Papierkorb des Programms.

So schien es auch hier. Und nur wegen seiner großen Müdigkeit und der offensichtlichen Sinnlosigkeit des ganzen Unterfangens war er nicht sofort zur nächsten Nachricht weitergegangen, sondern seine Augen waren über den Rest der Nachricht gewandert, während seine Gedanken ziellos umherirrten.

Da hatte er es bemerkt!

„Das gibt's doch nicht!" begann er halblaut vor sich hin zu murmeln, während er schnell die gefundene Information in eine Form brachte, mit der das Programm weiterarbeiten konnte. Er ratterte mehrere Serien von Eingaben in die Tastatur und hämmerte danach jedes mal mit einem Knall auf die Returntaste, während er konzentriert auf den Schirm starrte und immer wieder „Scheiße, scheiße, scheiße!" sagte, wobei er jede Silbe einzeln betonte.

Ganz besonders interessant war, dass diese Verbindung sich nicht nur auf acht technische Newsgroups erstreckte, sondern auch noch auf eine, die nun wirklich nichts mit Technik zu tun hatte.

Höchstens mit sexuellen Techniken, dachte er belustigt.

Für einen Augenblick sann er darüber nach, in was für eine Szene sich Grevenhagen da offenbar begeben hatte. Er wusste praktisch nichts darüber, außer dem, was er bei gelegentlichen Besuchen auf verschiedenen Internetseiten gelesen hatte, die sich mit dem Thema befassten. Er fand das auf eine distanzierte Art interessant, teilweise auch höchst anregend.

Aber Grevenhagen war einen Schritt weiter gegangen. Er bewegte sich vielleicht sogar unter Leuten, die Gewalt in der Sexualität offen als Lebensstil propagierten. Er mochte sich gar nicht ausmalen, was da wohl passiert sein konnte.

Zwei Stunden später war die Analyse abgeschlossen.

Jung reckte sich. Seine Augen brannten, sein Rücken tat ihm weh, und sein Hintern fühlte sich an, als sei er mit Dschingis Khan durch die halbe Mongolei geritten.

Aber mit dem, was er gefunden hatte, konnte er der Hexe kommen. Soviel war sicher.

Zufrieden schaltete er alle Geräte ab und suchte sich seine Jacke.

Draußen schien die Sonne, und der Lieferwagen eines Zeitungsgrossisten stand vor dem Kiosk an der Ecke. Der Fahrer stapelte verpackte Zeitungsstapel auf die Schwelle des noch geschlossenen Geschäfts. Es roch nach Sommer.

Markus Jung begann, vor sich hin zu pfeifen.

Samstag

Phillis stierte vor sich hin. Es war früher Samstag Vormittag und das ganze Theater der letzten Tage ließ sie ihre Umwelt nur noch wie hinter Glas wahrnehmen. Es war, als gehörte sie nicht dazu. Das kam davon, dass sie nicht verstand, was eigentlich vorging. Es ging ihr auf die Nerven.

Kowalsky räumte in seinem Schrank herum, gelegentlich blätterte er in einigen Papieren auf seinem Schreibtisch. Als wenn er noch etwas Nennenswertes zu tun hätte. Sie wussten beide, dass das nicht so war, aber trotzdem war sie dankbar, dass er nicht einfach ging, so wie Markus Jung einfach gegangen war. Mit dem war es das dann wohl gewesen. Sie konnte sich nicht vorstellen, weiter mit jemandem zusammenzuarbeiten, den sie so fertiggemacht hatte und der sie darüber hinaus so hängen ließ.

Plötzlich flog die Tür auf, und eben diese Nummer drei von a_capella krachte in den Raum wie eine Bombe. Zum Glück gingen nur einige lose Blätter von Kowalskys Schreibtisch zu Boden.

„Ein Glück, dass ihr noch da seid!" platzte es aus ihm heraus.

„Wieso Glück?" fragte Phillis. Sie hätte sich gefreut, wenn Jung vor zwei Tagen hier so aufgetaucht wäre. Jetzt aber war es ihr egal. Nein, eigentlich kotzte der Kerl sie an!

„Wirklich klasse, dass du es noch geschafft hast, mir Winke-Winke zu machen. Ich bin gerührt!" Ihr Ton war scharf. Sie wollte gemein sein, auch wenn es ungerecht war. Der Junge hatte sich Mühe gegeben, aber es hatte überhaupt nichts genutzt.

Jung stand mitten im Raum, als hätte er gerade den Wassereimer aus der Fisherman's-Friend -Reklame abgekriegt. Er war der, der zu schwach war.

„Aber ich weiß es jetzt!" brachte er schwach hervor.

„Was denn? Wer uns in den Kaffee spuckt? Meinst du wirklich, dass das noch irgend jemanden interessiert?" Ihre ganze Enttäuschung kochte hoch. Sie hatte versagt! Zum ersten Mal hatte sie richtig danebengegriffen. Das Ticket nach Brasilia wog tonnenschwer in ihrer Jackentasche. Außerdem musste sie gleich los.

Ihre Firma würde es weiter geben, aber es würde nicht mehr ihre sein. Jedenfalls nicht der Ort zum Arbeiten, den sie sich so sehr gewünscht hatte.

Der arme Jung schüttelte sich. Er begriff überhaupt nichts.

„Quatsch! Mit wem bei der Navionic AG Grevenhagen sich getroffen hat. Mit wem er über die Newsgroups Kontakt bekommen hat."

Sie zog die linke Augenbraue hoch. Alle Achtung! Der Junge war wohl doch sein Geld wert. Auch wenn es jetzt nicht mehr wichtig war.

„Und? Wer war's?" fragte sie lahm, aus schlechtem Gewissen, weil sie ihn so angefahren hatte.

„Gisa Mahn. Die ist eine wichtige Figur bei ..."

„Kenn ich. Die war bei meinem sogenannten Vorstellungsgespräch dabei. Bisschen eigenartige Frau, ziemlich herb für meinen Geschmack. Aber eigentlich ganz nett, wenn ich es mir recht überlege. Hat übrigens eine Wohnung in Dortmund."

„Du kennst die?" entfuhr es Jung.

„Wichtige Leute kennen sich eben!" Das klang schon wieder schnippisch.

„Dann wusstest du, dass Gerd sich mit der trifft?"

Der begriff aber auch wirklich gar nichts. Er sah komisch aus, wie er da mit offenem Mund und aufgerissenen Augen ehrlich empört vor ihr stand.

„Mensch, wir wären viel weiter, wenn ich das früher gewusst hätte." Erst während sie das sagte, wurde ihr selber klar, wie sehr es stimmte. Gerd ging mit der Navionic AG ins Bett, und sie hatte es einfach nicht für möglich gehalten. Man kann sich halt in jedem täuschen, dachte sie bitter.

Kowalsky schaltete sich ein.

„Das heißt also, dass wir jetzt wissen, aus welcher Ecke der Wind weht. Und deshalb würde es sich vielleicht lohnen, noch einmal ein wenig darüber nachzudenken ..."

Phillis holte gerade tief Luft, als das Telefon klingelte. Sie ließ es für den Augenblick unbeachtet und legte los, in Richtung auf Kowalsky.

„Nachdenken, nachdenken: Ja, über was denn wohl noch? Die haben uns drangekriegt, und daran ändert sich überhaupt nichts, auch wenn wir wissen, wer das genau war. Und es ist so völlig egal, ob ..."

Während sie weiter redete, hob sie den Hörer des Telefons ab und unterbrach sich damit selbst.

„Brentano, a_capella GmbH" bellte sie in den Hörer. Danach hörte sie eine kleine Weile nur zu. Sie wirkte plötzlich wie versteinert.

„Ja, sind wir!" brachte sie zwischendrin heraus.

Schließlich: „Bis gleich!"

Nachdem sie den Hörer aufgelegt hatte, ließ sie sich rückwärts bis zum Anschlag in ihren ergonomisch gefederten Bürostuhl sinken. Sie schloss die Augen und stieß die Luft mit aufgeblasenen Backen aus, dass die Papiere auf dem Tisch vor ihr in Bewegung gerieten.

„Nein, das glaube ich nicht. Das kann nicht sein, und ich will es auch nicht, und die sollen mich alle in Ruhe lassen!" Das war an niemand Bestimmtem gerichtet, einfach so in die blaue Luft. Dann sagte sie zu den anderen:

„Das war Gerd. Er fragt, ob wir da wären, er wollte mal eben vorbeikommen. In 10 Minuten ist er hier!"

Sie schüttelte den Kopf, als wenn sie das rauschende Chaos, dass sich darin breit machte, abschütteln könnte. Dann stand sie auf, um frischen Kaffee zu kochen.

Auch Herr Meier arbeitete mal wieder am Samstag Vormittag.

Herr Meier gehörte zu einer interessanten kleinen Dienststelle, die offiziell im weiteren Sinne Teil des Bundeskanzleramts. Formell gehörte er zur Koordinationsstelle zwischen den verschiedenen Geheimdiensten. Es kam immer wieder vor, dass die Trennung in militärischen Abschirmdienst, Verfassungsschutz und Bundesnachrichtendienst Probleme bereitete. Da diese Trennung gesetzlich vorgeschrieben war, gab es keinen hundertprozentig korrekten Weg, um schnell und effektiv Zusammenarbeit herbeizuführen, wenn es Not tat. Die Eifersüchteleien der verschiedenen Dienste taten ein Übriges.

Herr Meier gehörte zu diesem Amt, aber in Wirklichkeit hatten er und sein Chef eine höchst spezielle Sonderrolle, die weit über die offiziellen Funktionen hinausging. Er bekleidete diesen Posten schon lange und hatte in dieser Funktion bereits mehrere Minister kommen und gehen sehen. Er war hier schon so lange, wie es diese Dienststelle gab, und genauso lange wie sein Chef. Ihr hervorstechendstes Merkmal war, dass sie nie auffielen. Wären sie je aufgefallen, hätte das ihr sofortiges Ende bedeutet.

Diese Spezialaufgabe war im Laufe der Zeit zu ihrer ursprünglichen Tätigkeit hinzugekommen. Ein häufiges Konfliktfeld zwischen den verschiedenen Diensten und den dahinter stehenden Ministerien war der Rüstungsexport. Man sprach nicht allzu gerne in der Öffentlichkeit darüber, aber die Bundesrepublik war im Laufe der Zeit einem der größten Waffenexporteure der Welt geworden.

Dies war ein Gebiet, auf dem die verschiedensten Interessengruppen immer wieder heftig aneinander gerieten. Meistens hinter den Kulissen, aber gelegentlich auch vor laufenden Fernsehkameras.

Damit das nicht öfter als unbedingt nötig geschah, war im Laufe der Zeit die Kontaktpflege zu Entscheidungsträgern in der Wirtschaft immer wichtiger geworden. Dadurch ließen sich viele Probleme schon entschärfen, bevor sie richtig zum Ausbruch kamen.

Natürlich spielte dabei auch immer wieder Geld eine Rolle. Alle Arten von Geld, auch solches, das in Kuverts, Päckchen oder sogar Koffern anonym übergeben wurde und dann in unklaren Kanälen verschwand, ganz sicher ohne Kenntnis irgendwelcher Finanzbehörden, die bei dem Spiel bewusst außen vor gelassen wurden.

Herr Meier hatte manchen Koffer gesehen, und es gehörte zum Überleben in dieser Funktion, dass man den erforderlichen Takt und die Umsicht besaß, im entscheidenden Moment nicht zu genau hinzusehen oder noch besser gerade nicht im Raum zu sein.

Geholfen hatte dabei auch der eine oder andere kleinere Betrag, der bei ihm selber gelandet war. Das war bei der Materie, mit der er sich beschäftigte, nahezu unvermeidlich. Er hatte darauf geachtet, dass der Rahmen klein genug blieb, um nicht aufzufallen. Und dass sich daraus niemals Abhängigkeiten ergeben konnten gegenüber Leuten, von denen man lieber nicht abhängig sein wollte. Jetzt aber hatte Herr Meier ein Problem.

Es war schon interessant. Diese junge Frau war indirekt und direkt von verschiedenen Seiten aufgefordert worden, ihre Finger von der Sache zu lassen. Bisher hatte das zu nichts geführt. Und er hatte seine Zweifel, ob das Angebot, das sie erhalten hatte, etwas bewirken würde.

Das war vor allem deswegen nicht gut, weil er in Wirklichkeit nicht viel gegen sie unternehmen konnte. Er konnte es nur mit Einschüchterung versuchen, und darin war er normalerweise gut. Bisher hatte das immer hervorragend funktioniert. Er hatte aber wegen des besonderen Charakters seiner Tätigkeit wenig Möglichkeiten, ihr wirkliche Schwierigkeiten zu machen.

Eher begann er sich zu fragen, ob er nicht selber Schwierigkeiten genug hatte. Es würde vielleicht besser sein, die Sache eine ganze Ebene höher anzugehen, ohne sich mit solchen Nebenfiguren abzugeben. Seinen Gefallen hatte er erfüllt, und das würde er auch bei Gelegenheit an den Mann bringen. Was konnte er dafür, wenn er nicht die Mittel hatte, um das Ziel direkt zu erreichen?

Was immer das Ziel war.

Er begann, darüber nachzudenken, mit wem er in der Regierungsbürokratie reden konnte, um dort die ganze Sache endlich wasserdicht zu machen.

Grevenhagen erschien erst nach einer Viertelstunde.

Wenn er allerdings nicht vorher angerufen hätte, wäre keiner von ihnen auf den Gedanken gekommen, dass die Person, die da breit grinsend durch die Eingangstür gewalzt kam, Gerhard Grevenhagen sein könnte. So völlig grundverschieden war diese Erscheinung von dem Menschen, an den sie sich erinnerten. Es war um so unwahrscheinlicher, als zumindest Phillis ihn seit einiger Zeit nicht mehr sicher unter den Lebenden gewähnt hatten.

Er hatte raspelkurze Haare, nicht mehr weißblond, sondern pechschwarz. Dazu trug er schwarze Edeljeans, schwarze Schuhe, schwarze Strümpfe, sowie ein schwarzes Hemd mit Stehkragen. Für alle sichtbar außerdem einen mittelgroßen silbernen Ohrring sowie einen einfachen breiten Silberring an der rechten Hand.

Auch die dunklen Ränder unter seinen wasserhellen Augen waren neu.

Sie wussten nicht, wo sie zuerst hingucken sollten.

„Mensch, hast du dich verkleidet," begann Phillis schließlich. „Wenn ich dich so in der Stadt gesehen hätte, du hättest mich umrennen können, ich hätte dich nicht erkannt."

„Gefällt's dir?" Das kam etwas unsicher und strafte die durchgestylte Erscheinung Lügen.

„Besser als vorher, soviel ist sicher."

Grevenhagen war kurz irritiert.

„Hast du meine Mail bekommen?" Jetzt sah er sie erwartungsvoll an.

Sie hatte seit 2 Tagen ihre Mails nicht mehr vom Mailserver heruntergeladen. Das kam sonst in 5 Jahren nicht vor.

„Welche Mail?" fragte sie gereizt. Sie konnte es nicht leiden, wenn sie etwas nicht perfekt machte. Noch weniger, wenn sie dabei erwischt wurde. Jung saß in der Ecke und grinste.

Grevenhagen sah sie an, als wenn er an ihrer Zurechnungsfähigkeit zweifeln müsste. Emails waren einfach die zivilisierte Form der Kommunikation, und wichtiger als Brötchen am Morgen. Er sorgte normalerweise dafür, dass ihn seine Mails schnellstmöglich erreichten. Außer in den letzten zwei Wochen.

„Deshalb hast du vorhin am Telefon so komisch reagiert. Egal, ich muss dir etwas wichtiges erzählen. Hast du Zeit?" Er schien die beiden Anderen im Raum gar nicht zu bemerken.

„Klar, für dich habe ich immer Zeit. Selbst wenn dafür ein Flieger nach Brasilia ohne mich gehen sollte." Grevenhagen verstand nicht, aber er beschloss, es zu ignorieren. Etwas hockte ihm auf der Zunge, das unbedingt heraus musste. Allein das war bereits höchst bemerkenswert. Er sprach einfach weiter.

„Ich habe eine Frau kennengelernt."

Jetzt war es heraus.

Innerlich stöhnte Phillis auf. Irgendwo tief in ihrem Inneren hatte sie mit so etwas gerechnet. Sie hatte es nur nicht glauben wollen.

„Ist doch echt irre, wenn du in allen möglichen Newsgroups immer wieder auf den gleichen Nick triffst. Das war sie!" Er redete wie ein Wasserfall.

Bevor er je ein Bild der Frau gesehen hatte, war ihm längst klar, dass er eine ganze Reihe höchst divergierender Interessen mit ihr gemeinsam hatte. Irgendwann waren sie das Wagnis einer persönlichen Begegnung eingegangen.

„Seitdem bin ich kaum noch zum Schlafen gekommen, und in meiner Wohnung bin ich schon seit Wochen nicht mehr gewesen." Er grinste.

„Neu eingekleidet habe ich mich auch. Meine alten Klamotten habe ich in der Nachbarschaft verschenkt. War eh nicht mehr viel mit los!" Er kam wieder zum Wesentlichen.

„Technisch ist sie so gut ausgestattet wie ich, teilweise sogar noch besser. Und zusammen ist es einfach netter!" Er strahlte sie an.

Phillis ließ durch nichts erkennen, dass sie bereits davon wusste. Normalerweise hätte sie jetzt ein kleines Schuldgefühl geplagt, weil sie ihm nachspioniert hatte. Aber nicht nach dem Ärger, den sie sich damit eingehandelt hatte und für den sie Gerd die Schuld gab. Sie malte sich bereits ihre Rache aus. Sie würde ihn dafür bezahlen lassen!

„Ich nehme an, ihr seid euch auf so grundverschiedenen Gebieten begegnet wie - sagen wir einmal: Softwareentwicklung, Computersicherheit und Rechnerarchitekturen. Um mal etwas völlig Abseitiges zu nennen."

Grevenhagen bemerkte die Spitze gar nicht.

„Klar, die waren alle dabei, und noch drei oder vier andere. Aber es gab auch noch einen ganz anderen Bereich."

Täuschte sie sich, oder wurden Gerds Wangen gerade von einer leichten Röte überzogen?

„Ja? Und? Was war das?"

Sie täuschte sich nicht. Gerd Grevenhagen war ganz entgegen seiner sonstigen Gewohnheit geworden. Es begann ihr Spaß zu machen.

„Tja, jedenfalls mehr als einer..." war alles, was Gerd noch sagte. Er druckste einen Moment zu lange herum, um noch als nonchalant durchgehen zu können.

Das war Markus Jungs Stichwort. Jetzt konnte er etwas beitragen. Er war hin- und hergerissen zwischen seinem Ärger, dass dieser Grevenhagen hier einfach so auftauchte, nachdem er ihn aufgespürt hatte, und dem Stolz, dass seine Funde ihn auf die richtige Spur gebracht hatten.

„Sagt dir ABPEB etwas?" krähte er in die peinliche Stille.

„Keine Ahnung. Ein Datenaustauschprotokoll?" Phillis war irritiert.

„Usenet. Alt.Binaries.Pictures.Erotica.Bondage." Jung strahlte sie triumphierend an.

Phillis schaute ratlos zurück. Sie wusste, dass die Suche nach Sexseiten einen großen Teil des Netzverkehrs im Internet ausmachte. Vor allem von Männern. Natürlich neben den Technikern und ihrer nie nachlassenden Gier auf brandneue Informationen. Auch fast alles Männer.

Aber sonst sagte ihr das nichts.

„Das ist eine Newsgroup, wo ich Grevenhagens und Gisa Mahns Pseudonyme zusammen gefunden habe." Unsicher geworden ging sein Blick zwischen Grevenhagen und seiner Chefin hin und her. Er holte tief Luft und machte eine ausholende Armbewegung, um Anlauf für diese Hürde zu nehmen. Grevenhagen sah plötzlich überrascht und ziemlich unbehaglich aus.

„Bilder. Scharfe Bilder, sogar besondere Bilder! Sagen wir mal: Der unbedarfte Betrachter würde denken, das hat mit S/M zu tun. Und wahrscheinlich hätte er recht!" Verschraubt reden konnte Jung auch. Sehr cool!

„Männer!" sagte Phillis.

Da wurde auch der coole Markus Jung rot.

„Sie ist nicht erschienen." Der junge Mann lehnte sich in seinem Sessel zurück. Wenn er nicht gerade seinem Chef die Autotür aufhielt, wäre niemand auf den Gedanken gekommen, dass er im Hauptberuf Berufskraftfahrer war. Sein Chef hätte dieses Wort allerdings nie in dem Mund genommen. Er hatte keinen Fahrer, er hatte einen Chauffeur.

Im Hintergrund rauschten die vielfältigen Geräusche, die den Düsseldorfer Flughafen am Samstag Vormittag erfüllten.

Von seinem Platz aus konnte er die Schalter der Fluggesellschaft beobachten, ohne dass es im geringsten auffiel. Er befand sich auf einer Empore hinter einem Geländer aus Plexiglas, und unter ihm erstreckte sich die ganze Halle mit endlosen Reihen von Schaltern zum Einchecken.

„Nein, ich bin mir sicher. Sie kann nirgendwo anders durchgegangen sein." Er horchte in sein superkleines Mobiltelefon.

„Ja, ich warte noch, bis die Maschine in der Luft ist. Ich rufe dann an."

Er brach die Verbindung ab und sah wieder gelangweilt in die Halle hinunter. Eine Frauenstimme vom Band warnte über Lautsprecher davor, Gepäck unbeaufsichtigt zu lassen. Aus Sicherheitsgründen. Die große Anzeigetafel an der entfernten Wand der Halle begann zu rasseln.

Er glaubte nicht, dass Phillis Brentano noch kommen würde.

Phillis Brentano fuhr stattdessen nach Hause.

Sie wusste selbst nicht, warum sie am Ende doch nicht geflogen war. Fabelhonorar hin, Zahlungsunfähigkeit her, sie kam sich manipuliert vor. Veralbert, nicht ernst genommen und verschoben wie ein Bauer auf einem Schachbrett.

Nachdem sie jetzt ihre finanziellen Forderungen an Borghold durch Gerds Erscheinen sofort anmelden konnte, hatte sie wieder das Gefühl, eine Wahl zu haben. Und sie hatte sich gegen Brasilien entschieden. Hinzu kam, dass natürlich die Grundlage für ihre Tätigkeit höchst dürftig gewesen wäre. Wer garantierte ihr denn, dass dort wirklich Arbeit auf sie wartete, und dass sie dafür bezahlt werden würde?

Es gab noch einen weiteren Grund, der hinter den alltäglichen Zwängen beim Aufbau ihrer kleinen Firma normalerweise zurücktrat: Sie hätte vor sich selber als eine Frau dagestanden, die sich erpressen lässt! Für eine kurze Zeit hatte sie das Gefühl gehabt, zwischen harten Zwängen eingeklemmt zu sein und keine andere Wahl zu haben, immer den Gang zum Konkursrichter vor Augen.

Die neue Situation mit dem wiederaufgetauchten Gerd und die grenzenlose Erleichterung, die sie tief in ihr auslöste, hatte ihr die Entscheidung leicht gemacht. Eine Leichtigkeit wie die, mit der sie beim Aikido auch massive Gegner in einer Art schwerelosem und eleganten Tanz zur Ruhe bringen konnte.

Darunter spürte sie hart wie Stein die Gewissheit, dass sie auf keinen Fall fahren würde, egal, was passierte. Sie konnte das einfach nicht, sie war es sich selber schuldig.

Fast wurde sie ein bisschen euphorisch dabei.

„Dann werde ich mal Borghold die Rechnung präsentieren," teilte sie den anderen mit.

„Rechnung? Was hast du mit Borghold zu schaffen? Der hat doch sowieso kein Geld mehr!" Gerds Gesicht war ein einziges Fragezeichen.

Phillis ließ sich ihre Überraschung nicht anmerken.

„Was weißt du denn davon?" fragte sie.

„Borghold wollte mir nichts sagen, da bin ich zur Bank gegangen. Die waren auch nicht sehr mitteilsam. Aber die letzten Neuigkeiten weiß ich von Gisa. Die Bank hat die SimTech praktisch auf dem Silbertablett serviert. Die wollten ihre Verluste minimieren. Borghold kriegt schon seit zwei Jahren keinen Pfennig mehr von der Bank. Sie haben es nicht so deutlich gesagt, aber sie haben offenbar keine Ahnung, mit welchem Geld er sich über Wasser hält."

Gerd schaute ärgerlich drein.

„Und mir haben sie erzählt, es wäre alles in Ordnung!"

Das wurde ja immer besser! Borghold hatte Geld, aber keiner wusste, wie viel und woher. Und Phillis hatte keine Ahnung, ob er sie bezahlen würde. Egal, das musste bis zum Nachmittag warten. Sie wusste, dass er dann in die Firma kommen wollte, deshalb fuhr sie jetzt erst einmal nach Hause.

Kowalsky saß kleinlaut in seiner Ecke und sagte gar nichts. Und Gerd blieb mit Markus Jung zurück. Die beiden fingen schon an zu fachsimpeln, als Phillis gerade erst den Raum verließ.

Vielleicht war das ja der Anfang einer wunderbaren Freundschaft!

Mittags erschien die Polizei bei Phillis.

Sie war zu Hause und hielt ein kurzes Nickerchen auf dem Sofa, als er klingelte.

Der nicht mehr ganz junge Beamte mit dem zotteligen Bart wollte mit ihr über den Einbruch bei Grevenhagen sprechen. Phillis war überrascht und völlig verschlafen. Sie hatte viel länger gelegen, als sie vorgehabt hatte. Das kam vom Stress.

„Warum haben Sie eigentlich am Mittwoch bei uns angerufen?" Er blätterte in seinen Unterlagen. „Sie haben aber keine Vermisstenanzeige gestellt, oder?"

Er suchte immer noch zwischen den verschiedenen Zetteln, die ihm zunehmend auseinander rutschten.

„Nein, man hat mir erklärt, dazu müsste ich eine Verwandte sein oder sonst in einer engeren Beziehung zu ihm stehen." Jetzt war sie wieder wach.

„Hey, aber Gerd ist doch wieder da!" klärte sie den verblüfften Beamten auf.

Natürlich, woher sollten die das auch wissen. Bei der ganzen Aufregung hatte sie völlig vergessen, mit Gerd über ihren Anruf bei der Polizei zu sprechen. Sie hatte allerdings auch nicht damit gerechnet, dass die etwas unternehmen würden.

„Er ist heute morgen völlig überraschend aufgetaucht, nachdem ich über eine Woche wie wild nach ihm gesucht habe."

Jetzt musste sie dem Herrn von der Polizei zuerst einmal in groben Zügen erklären, was passiert war. Im Gegenzug erfuhr sie, was Borghold ihr am Vortag verschwiegen hatte.

In Grevenhagens Wohnung war eingebrochen worden, und zu allem Überfluss hatte sich in der Wohnung ein nicht besonders gut beseitigter Blutfleck gefunden. Das konnte natürlich alles und nichts bedeuten.

Der nette Polizist war jetzt entspannt. Wenn der Mann wieder da war, gab es wahrscheinlich kein Gewaltverbrechen. Und Einbrüche machten ihn schon lange nicht mehr nervös.

Er kam ins Erzählen.

„Im Haus haben wir auch nichts herausgefunden. Der Etagennachbar ist nicht da. Das kommt aber wohl öfter vor, der bewegt sich in einer schlechten Szene. Der hatte komische Besucher, die Leute im Haus haben Angst vor ihnen. Wahrscheinlich Drogen!"

Er ließ sich Grevenhagens Telefonnummer geben und bat, ihn von Phillis Telefon aus anrufen zu dürfen. Es meldete sich aber niemand.

Phillis musste eine Weile suchen, bevor sie die Nummer von Gisa Mahn fand. Dort meldete sich ein Anrufbeantworter. Sie sei auf einer einwöchigen Dienstreise und werde danach gerne zurückrufen.

Davon hatte Gerd am Morgen nichts gesagt.

Eine gute Stunde später verließ Phillis Borgholds Büro und fluchte laut vor sich hin. Er wollte nicht zahlen. Sie hatte keine Ahnung, ob nur aus Prinzip oder weil er nicht konnte.

„Ich habe Grevenhagen noch nicht gesehen, und so lange ist er für mich verschwunden. Außerdem galt der Auftrag nicht für sein Auftauchen, sondern dafür, dass er seine Arbeit hier wieder aufnimmt. Also, wann kommt er?"

So hatte sie ihn schon lange nicht mehr erlebt. Sonst schwankte er immer zwischen Anmaßung und dieser eigenartigen Unsicherheit. Davon war jetzt nichts zu merken. Er sprach einfach, direkt und hart. Keine Schnörkel mehr, kein Geschwafel.

Ihr blieb wohl nichts übrig, als Gerd heranzuschaffen.

Aber er war weder über sein Mobiltelefon noch in seiner Wohnung zu erreichen. Auch bei Gisa Mahn meldete sich weiterhin nur der Anrufbeantworter.

Was konnte es mit diesem Blutfleck auf sich haben, den der Polizist erwähnt hatte? Je länger sie darüber nachdachte, desto unruhiger machte sie das. Wie der Mann gesagt hatte, es konnte alles und nichts bedeuten. Wahrscheinlich nichts, hatte er zum Abschied gesagt. Aber der wusste ja auch nicht, was in den letzten Tagen alles passiert war! Sie hatte ihm natürlich nichts von dem Angriff von Dienstag erzählt.

Sie sprach eine Nachricht auf und machte sich daran, Chilli zu suchen. Auch der war bei der Arbeit an diesem denkwürdigen Samstag Vormittag.

Als Phillis mit Chilli das Büro verließ, um bei einem Teller Pasta zu überlegen, wo Gerd wohl sein könnte, begegneten sie an der Etagentür einer Frau. Sie hatte asiatische Gesichtszüge und sah bezaubernd aus. Schwarze Haare, die im Nacken von einem Band gehalten wurden, hohe Backenknochen, weit geschwungene Augenbrauen und wunderschöne Mandelaugen fesselten für einen Augenblick Phillis' Aufmerksamkeit.

Die Frau wartete, bis sie durch die Tür waren, um dann auf dezente und doch elegante Art selber hindurchzugehen. Phillis sah ihr durch die Glastür nach, wie die zierliche Gestalt durch den langen Gang in Richtung der hinteren Büros verschwand.

„Habt ihr jetzt noch mehr Chinesen hier?" fragte sie Chilli.

„Woher weißt Du, dass sie Chinesin ist? Ich kann die nicht auseinanderhalten." Er schüttelte den Kopf und ging vor Phillis die Treppe ins Erdgeschoss herab.

„Das war vielleicht eine komische Geschichte. Das ist Taos Frau. Der war doch im Winter für sechs Wochen in China. Als er zurückkam, war er verheiratet." Er redete weiter, ohne zu merken, dass Phillis wie vom Donner gerührt stehen blieb und ihm ungläubig nachsah. Sie musste einige Stufen hinablaufen, um nicht hinter ihm zurückzubleiben.

„Das war offenbar gut organisiert. Ein Freund oder ein Bekannter hatte bereits ein paar Kontakte hergestellt. Sie haben sich in der ersten Woche kennengelernt, und in der letzten geheiratet." Sie waren unten angekommen und er sprach wieder direkt zu ihr.

„Es hat dann fast zwei Monate gedauert, bis sie alle Papiere hatte, um hierher kommen zu können." Er schürzte skeptisch die Unterlippe.

„Ich glaube, sie wollte hier studieren. Aber jetzt ist sie schwanger, da wird's damit wohl nichts." Er sah Phillis an.

„Was ist denn mit dir los? Geht's dir nicht gut?" fragte er unvermittelt. Sie war sehr blass, und was sonst als Lachfältchen durchging, verlieh ihr plötzlich den Eindruck von Alter und Müdigkeit. Sie sah auf einmal verbraucht aus.

„Nein, nein, immer noch der Kreislauf," brachte Phillis mühsam hervor. Sie fasste sich an die Schläfe.

„Sag mal, gibt es eigentlich eine Arbeitsgruppe zur Standardisierung oder so, in der Tao dich vertreten hat?"

Chilli war verblüfft.

„Du weißt aber eine Menge. Stimmt, ist aber supergeheim!"

Er feixte.

Manchmal merkte Chilli alles mögliche, und manchmal gar nichts. Er stellte keinen Zusammenhang her zwischen seiner Erzählung und ihren Kreislaufproblemen.

Er ging mit ihr die Treppe hinunter und auf die Straße hinaus.

Sonntag

Der Fernsehmann Harald Behrends hatte am Sonntag Morgen erstmalig in dieser Sache das Gefühl voranzukommen.

Die Bank hatte sich erwartungsgemäß sehr zugeknöpft gezeigt, aber die Bestürzung, die sein Anruf ausgelöst hatte, war merkbar gewesen. Ob das zu etwas führte, wusste er noch nicht, aber es war überhaupt mal eine Reaktion.

Dieser Borghold hatte sich nicht mehr gemeldet. Jetzt war es bereits Sonntag morgen. Von der Seite war keine Unterstützung zu erwarten. Im Gegenteil!

Aber er hatte jetzt, am Sonntag, endlich Zeit gefunden, nach dieser Frau zu suchen. Die damals das Interview so gut hinbekommen hatte. Erst hatte er aus seinen alten Unterlagen den Namen heraussuchen müssen, und dann hatte er keine Zeit gehabt.

Es war ganz einfach. Sie hatte eine eigene Firma und war mit Telefonnummern und Adresse in jedem besseren Adressbuch aufgeführt. Für einen Journalisten das kleine Einmaleins, wenn man den Namen hatte!

Er wählte die Nummer, aber es meldete sich natürlich niemand. Schließlich war Sonntag. Er würde es später noch einmal versuchen.

Herr Meier dagegen war zufrieden.

Er hatte seine Lösung der Gesamtproblematik vorgeschlagen, und sie war nach sehr kurzer Diskussion akzeptiert worden.

Sein Hafenprojekt würde sich verzögern. Das hatte sich schon länger abgezeichnet, aber seit vierundzwanzig Stunden stand es fest. Die waren vor Ort einfach noch nicht so weit.

Klar war damit auch, dass es nicht mehr rechtzeitig zu einem Zuschlag für den notleidenden Werftkonzern kommen würde, für den er vorgesehen war. Der Konkurs war angemeldet, und um die Tochterfirma Navionic AG noch gewinnbringend verkaufen zu können, musste sofort ein Großauftrag her, um ein noch größeres öffentliches Debakel für die Regierung zu verhindern.

Dafür kam nach Lage der Dinge nur die Bundeswehr in Frage mit ihren Fahrsimulatoren.

Damit war klar, dass dies gegen die Interessen der Militärs durchgesetzt werden musste. Die hatten sich frühzeitig auf das SimTech-System festgelegt. Aber das machte nichts. Zum Glück hatten sie das Verfahren so unter dem Deckel gehalten, dass dieser Schwenk nicht auch noch zu öffentlichem Aufruhr führen würde.

SimTech musste weg, bei dieser Sachlage noch dringender als vorher.

„Wo ist eigentlich Louvier?" fragte einer der beiden beteiligten Staatssekretäre, schon im Aufbruch. Es war selbstverständlich, dass Louvier dazu gehörte.

„Louvier kommt nicht," war Meiers lapidare Antwort.

Der Staatssekretär zog fragend die Augenbrauen hoch. Die anderen unterbrachen ihre Gespräche. Die allgemeine Aufmerksamkeit zwang Meier, doch noch etwas zu sagen.

„Ich habe ihn nicht eingeladen."

Allgemeine Stille.

„So, und warum nicht?" fragte der Mitarbeiter des Verteidigungsministeriums indigniert.

„Das ist eine Vorsichtsmaßnahme. Herr Louvier ist in Schwierigkeiten, und es scheint mir im Augenblick nicht geraten, ihn bei Entscheidungen dieser Tragweite hinzuzuziehen."

Die anderen sahen sich an.

Das waren Neuigkeiten! Aber da sich Meier trotz eines kurzen allgemeinen Schweigens nicht zu weiteren Auskünften bequemte, ging man darüber hinweg. Sie verabschiedeten sich, und alle beeilten sich, wenigstens am Sonntagabend noch zu ihren Familien zu kommen, oder zu welchen anderen kurzen Vergnügen ihnen vor dem Beginn der Arbeitswoche noch Zeit blieb.

Meier machte sich ebenfalls auf. Er musste noch einmal ins Büro.

Er wusste, dass diese Fernsehleute wegen eines Autounfalls recherchierten, der in der Nähe von Frankfurt passiert war. Sie hatten zunächst keinerlei interne Informationen erhalten, weil die Befürchtung bestand, dass sonst die Bundeswehr allgemein mit ihren verschiedenen Simulatoren ins Gerede kommen würde, vor allem mit der bevorstehenden Beschaffung von Fahrsimulatoren.

Meier hatte vorgeschlagen, dies als Waffe gegen SimTech einzusetzen. Der Vorschlag war ganz einfach.

Soldaten konnte man verbieten, nach dem Simulatortraining Auto zu fahren, jedenfalls für eine gewisse Zeit. Ganz anders SimTech. Die würden ein Riesenproblem bekommen, wenn sie der Öffentlichkeit erklären mussten, wie sie das mit Zivilisten sicherstellen wollten. Denen konnte man nichts verbieten, und zum Glück war ja auch schon dieser Unfall passiert!

Den Rest würde die Presse erledigen.

Dass sie ebenfalls bereits nach Verstrickungen von Louvier in dieser Angelegenheit suchten, war eine Information, die er vorerst strikt für sich behalten würde. Die Konsequenzen daraus hatte er allerdings bereits gezogen. Louvier war nicht eingeladen worden, und Goldkettchen befand sich bereits auf einem dreimonatigen Erholungsurlaub in der Karibik.

Er hoffte, dass das ausreichen würde.

Die Fernsehleute suchten schon nach einer Dienstanweisung, die den Hubschrauberpiloten nach dem Simulatortraining für einige Zeit das richtige Fliegen verbot.

Er würde dafür sorgen, dass sie sie jetzt bekamen.

Phillis saß währenddessen wieder allein zu Hause.

Sie hatte nach dem Aikido noch mit Helli zusammengesessen und über alte Zeiten geredet. Jedenfalls kam es ihr so vor. Sie hatte ihm von Taos Frau erzählt, aber nicht so genau von Tao selber.

Danach hatte sie bei ihrer Freundin Agnes in Melbourne angerufen, wo es noch früher Morgen war, aber sie hatte nur eine Kinderbetreuung erreicht. Agnes war nicht zuhause.

Sie dachte lieber nicht an chinesische Abendessen oder gar an andere Dinge in dieser Richtung.

Lieber befasste sie sich mit der Frage, wohin Gerd Grevenhagen wohl wieder verschwunden sein könnte. Sie wollte Borghold endlich die Rechnung präsentieren und SimTech den Rücken kehren.

Außerdem war der Verbleib von Tante Lene weiterhin völlig unklar. Sie überlegte ein weiteres Mal, ob sie sich nicht besser an die Polizei wandte. Auch dieses Mal verwarf sie den Gedanken. Nachdem Gerd wieder aufgetaucht war, hatte sie ein etwas ruhigeres Gefühl. Aber es blieb völlig rätselhaft, wo sie wohl stecken konnte.

Sie saß an ihrem Küchentisch, die Reste eines kleinen selbstgebackenen Auflaufs vor sich, und malte Kreise und Linien auf ein Blatt Papier. Sie hatte beschlossen, es jetzt systematisch anzugehen. Außerdem hatte sie nichts besseres zu tun.

Sie malte einen Kreis für jede unbekannte Person, die bisher in dieser Angelegenheit eine Rolle gespielt hatte.

In einem stand ,Blauer Golf', weil sie für den Bodybuilder keinen Namen hatte. Ein weiterer enthielt den Namen ,Meier', aber in Anführungszeichen. Sie glaubte nicht eine Sekunde, dass das sein richtiger Name war.

Schließlich waren im Café zwei Personen aufgetreten: Der ältere Herr und sein gutaussehender jüngerer Begleiter, der das Auto gefahren hatte.

Sie notierte zu jedem alles, was ihr in Erinnerung kam. Der Blaue Golf hatte sie allgemein bedroht. Sie schnaubte grimmig, als sie an sein Hinken dachte, mit dem er sich von dannen gemacht hatte.

Der ältere Herr wusste offenbar von ihren ,Bewerbungen' und hatte sie als das eingeschätzt, was sie waren. Nämlich als Versuche, an Informationen zu kommen. Peinlich berührt wurde ihr klar, dass er diese Information womöglich den beteiligten Firmen zukommen ließ. Damit brauchte sie sich dann wohl keine Hoffnungen mehr zu machen, mit denen Geschäfte zu machen.

Nach einiger Überlegung malte sie einen weiteren Kreis, in den sie sorgfältig

‚Borghold' schrieb. Was wusste sie denn, was der wirklich im Schilde führte? Komisch war vor allem, dass dieser ältere Herr sich auch auf Borghold berufen hatte.

Wie waren seine Worte gewesen? Sie konnte sich nicht mehr genau erinnern, aber irgendwie hatte er den Eindruck hervorgerufen, Borghold habe ihn geschickt, oder es sei seine Idee gewesen, oder so ähnlich.

Konnte das stimmen?

Sie überlegte eine ganze Weile hin und her, und wurde sich nicht schlüssig.

Seine Verzweiflung wegen des verschwundenen Entwicklers war echt gewesen, da war sie sich sicher. Aber wusste sie denn, ob nicht in der Zwischenzeit ganz andere Überlegungen die Oberhand gewonnen hatten? Wer weiß, vielleicht wollte er ja vor allem ihr Honorar sparen.

Sie hatten einen schriftlichen Vertrag gemacht, der nach ihrer eigenen Einschätzung nicht so schlecht war, vor allem, wenn man die Umstände und den Zeitdruck bedachte, unter dem er zustande gekommen war. Wenn man es genau nahm, dann ging es hier um einen Job für einen Privatdetektiv, und damit kannte sie sich überhaupt nicht aus. Wer weiß, was die durften oder nicht durften.

Vielleicht war ihm ja in der Zwischenzeit ein ganz anderer Gedanke gekommen, wie er das Problem lösen konnte. Dann wäre er natürlich nur zu gerne aus diesem Vertrag herausgekommen.

Wenn sie es sich recht überlegte, wusste sie sehr wenig über seine Motive.

Dann war da dieser ominöse Unbekannte, von dem Herr Kowalsky gesprochen hatte, ein Industrieller, der sich als Finanzier betätigte. Den Namen kannte sie nicht. Der sollte angeblich die geheime Finanzquelle von SimTech darstellen.

Die Informationen von Herrn Kowalsky waren schon einmal falsch gewesen, als er behauptet hatte, die Bank stünde weiter hinter SimTech. Jetzt behauptete er das Gegenteil. Was da dran war, konnte sie nicht beurteilen.

Das waren jetzt schon einige Kreise, die von mehreren Fragezeichen umgeben waren. Kein sehr hoffnungsvoller Ansatz!

Aber sie machte weiter.

Ein weiterer Kreis füllte sich mit dem Namen Merkle. Er hatte in kürzester Zeit einen Auftrag per Fax an sie geschickt, der ein ganz ordentliches Volumen hatte. Er war entweder selbst in die Sache verstrickt, oder er hatte so großes Vertrauen in die Person, über die er mit dieser Sache verbunden war, dass er dazu bereit war.

Es gab noch mindestens zwei weitere Möglichkeiten: Er war so von ihr, Phillis, eingenommen, dass er deswegen zu solch einer ungewöhnlichen Maßnahme griff. Sie grinste schief. Nicht sehr wahrscheinlich.

Oder er war unter Druck gesetzt worden. Vielleicht war er sogar derjenige, der

148

die Dinge antrieb? Genauso unwahrscheinlich, aber auch nicht unmöglich.

Immer neue Gesichtspunkte erschienen auf dem Zettel. Sie überlegte, ob sie etwas vergessen hatte.

Dann fügte sie dem Namen Merkle das Stichwort ‚Brasilia‘ hinzu. Das konnte nicht erfunden sein, es war so einfach nachzuprüfen.

Es sei denn, sie gingen davon aus, dass Phillis einfach das angebotene Flugticket in Anspruch nahm und nach Brasilia flog. Weil sie sie eingeschüchtert hatten, oder weil ihr einfach nichts besseres einfiel. Es zeugte keinesfalls von einer hohen Meinung, die sie von ihr hatten!

Sie.

Aus irgendeinem Grund dachte Phillis an mehr als eine Person. Sie überlegte, warum das so war. Schließlich kam sie auf das Offensichtliche: Es gab eine ganze Reihe von Verbindungen! Die direkte Bedrohung kam vom Blauen Golf, eine eher hintergründige von ‚Herrn Meier‘, und dann wieder eine direkte von diesem ‚älteren Herrn‘.

Selbst in Gedanken benutzte sie weiter diese Formulierung. Irgendwas hatte der an sich, was einem Respekt abnötigte.

Eine andere Verbindung war die zu Herrn Merkle. Der war fest angestellter Manager in einem großen deutschen Konzern. Es schien ihr schlecht vorstellbar, wie der zu diesem ganzen Spiel passte. Es sei denn, das war so ein Spiel, das die großen Konzerne mit ihr spielten.

Ihr wurde ganz schlecht.

Sie legte den Zettel mitten auf den Küchentisch und machte sich zunächst daran, aufzuräumen. Wenn sie gekocht hatte, sah es immer aus, als hätte eine Bombe eingeschlagen. Auch wenn sie nur einen kleinen Auflauf für sich selbst machte.

Danach holte sie sich einen Schnaps aus dem Schrank und eine Zigarre aus ihrer Geheimkiste. Der Schnaps war ein spanischer Brandy, und die Zigarre eine handgedrehte Havanna.

Das machte sie nur, wenn sie einen festen Anker auf der Erde brauchte. Wie jetzt, wo ihr zwischen den vielen Unwägbarkeiten auf ihrem Zettel schwindelig wurde. Dann schon lieber der schwere, aber dennoch milde Rauch einer echten Havanna, und dazu der herbweiche Geschmack des Brandy.

Das brachte sie wieder ins richtige Leben zurück.

Der Zettel lag immer noch dort, wo sie ihn vor einer Stunde hingelegt hatte. Er hatte auch immer noch diese ominöse Aura einer undeutlichen Gefahr. Und sie war einer Lösung des Problems keinen Schritt näher gekommen, wo sich denn wohl Gerd Grevenhagen aufhalten mochte.

Sie bezweifelte, ob das überhaupt etwas mit den versammelten Kreisen und Linien auf ihrem Zettel zu tun haben konnte.

Es gab eine einzige Sache, die sie nachprüfen konnte. Das hatte sie bisher noch nicht getan, und das wollte sie jetzt nachholen. Sie konnte versuchen, herauszufinden, was es mit diesem Projekt in Brasilia auf sich hatte.

Sie musste dafür nur auf den Internetseiten von Airship nachsehen. Wenn die in Brasilia ein größeres Projekt hatten, würde sie es dort finden. Es war für Firmen dieser Größenordnung wichtig, ihre Projekte und Abschlüsse öffentlich zu machen.

Schon nach wenigen Minuten hatte sie das Gesuchte gefunden.

Auf der Seite für die Presse fand sich eine Mitteilung, die den Abschluss eines Vertrages mit einer Rüstungsfirma bekannt gab. Dabei ging es um den Aufbau und die Ausstattung einer nicht näher bezeichneten militärischen Produktionsstätte mit Technik der Firma Airship. In Brasilia. Schon in dieser Pressemitteilung war von ‚neuester Informationstechnik' und ‚Sicherheitsausstattung auf höchstem Niveau' die Rede. Die Abschlusssumme lag hoch im dreistelligen Millionenbereich.

Es schien zu stimmen. Sie fragte sich schon, ob sie vielleicht den Fehler ihres Lebens gemacht hatte, nicht dorthin zufahren.

Fast hätte sie das Foto übersehen.

Es war an das untere Ende des Artikels angehängt. Es war sehr klein und zeigte einige Herren, die sich die Hände reichten.

Sie klickte es mit der Maus an. Wenigstens einmal sehen, mit wem sie keine Geschäfte machte. Daraufhin erschien eine bildschirmgroße Version desselben Fotos.

Plötzlich konnte man die Herren erkennen.

Der in der Mitte war unverkennbar Merkle. Links und rechts neben ihm befanden sich zwei ihr völlig unbekannte Männer in schicken hellen Anzügen. Sie stachen deutlich von dem dunkel und konventionell gekleideten Merkle ab.

Im Hintergrund war eine weitere Person zu sehen.

Der Körper war von den vor ihm stehenden Männern verdeckt, aber das Gesicht war gut erkennbar. Sie würde es nie wieder vergessen. Dieser Mann hatte schon bei anderer Gelegenheit Eindruck auf sie gemacht, in einem Café in Dortmund.

Es dauerte eine ganze Weile, bis sie das verdaut hatte. Schließlich war sie doch noch auf etwas gestoßen! Sie umrandete die Kreise, die für den älteren Herrn und für Merkle standen, mit einem dicken roten Filzstift.

Der Rest war einfach: Der Name fand sich in der Bildunterschrift. Alle vier Personen waren mit Namen und Position aufgeführt, und neben dem schwäbischen des Herrn Merkle und zwei langen und irgendwie wohlklingend aussehenden brasilianischen Namen fand sich ein weiterer, den sie noch nicht kannte.

So kam das Gesicht schließlich zu einem Namen.

Herr Kowalsky hätte helfen können. Aber Herr Kowalsky war diskret, und deshalb wusste sie nichts davon. Immerhin hatte sie das Gefühl, endlich voranzukommen.

Sie nahm ihren roten Filzstift und zog eine große Umrandung um die beiden entsprechenden Kreise. Sie nahm das Blatt und hängte es mit zwei Magneten an ihre Kühlschranktür, so dass sie es aus gebührendem Abstand betrachten konnte.

Danach goss sie sich noch einen doppelten Brandy ein.

Jetzt hatte sie wirklich etwas, worüber sie nachdenken konnte.

Montag

Der Montag begann ganz ruhig. Keiner der Beteiligten ahnte, dass dies ein Tag werden würde, an den sie sich alle bis ans Ende ihrer Tage erinnern sollten.

Am Morgen früh vor der Arbeit stand Phillis vor dem Buchladen, der sich direkt neben ihrem Büro in der Massener Straße befand. Der Laden hatte gerade geöffnet.

Eigentlich war es ursprünglich ein reines Antiquariat gewesen, aber in den letzten Jahren hatten sie zunehmend auch aktuelle Titel. Die ganze vordere Hälfte des Ladens war inzwischen damit gefüllt.

Phillis stand in Gedanken vor den Bücherkisten, die vor dem Laden auf dem Bürgersteig standen. Plötzlich fiel ihr ein Buch ins Auge.

„China" stand dort einfach in roten Buchstaben. Das Umschlagfoto zeigte ein offensichtlich nicht ganz neues Schwarzweißbild, wie man sie gelegentlich in Reportagen sieht. Eine Straßenszene mit eigenartig dunkel gekleideten Menschen und fremdartig aussehenden Häusern. Es war eine Auswahl von alten Fotos aus der Zeit, als nur ganz wenige Ausländer China bereisen durften. Sie stammten aus einem berühmten amerikanischen Archiv.

Ohne langes Nachdenken kaufte sie das Buch.

Sie würde es auf Taos Schreibtisch legen, mit einer kleinen Widmung.

Einen Augenblick dachte sie daran, einen Babyschnuller daran zu befestigen, als zarten Hinweis. Aber dann kam ihr das zu billig vor. Sie war traurig, aber nicht böse auf ihn. Sie wunderte sich selbst darüber und wünschte ihm Glück auf seiner langen Reise in diesem fernen und fremden Land.

Sie verließ den Laden in Richtung Büro.

Zwei Stunden später saß Markus Jung ebendort und fragte sich bereits, was eigentlich los war.

Es war Montag Vormittag und er war allein. Das war an und für sich nichts Ungewöhnliches, aber er fand auch keinerlei Notiz oder Hinweis, wo Phillis sich befinden könnte. Es sah so aus, als sei sie früher am Tag oder vielleicht am Wochenende da gewesen, aber wo sie jetzt war, wusste er nicht.

Nicht, dass ihn das groß behindert hätte. Er hatte genug zu tun, und brauchte sie für die meisten Dinge nicht.

Aber alle anderen schienen hinter ihr her zu sein. Alle paar Minuten klingelte das Telefon, und jemand wollte sie sprechen. Zuerst die Polizei, die immer noch kein Lebenszeichen von Grevenhagen hatte. Wo er denn sein könnte.

Dann Borghold. Auch er hatte nichts von Grevenhagen gehört, und wollte nun wissen, was das sollte. Dem Klang seiner Stimme nach war er stinksauer.

Natürlich meldeten sich verschiedene weitere Kunden, um eine Vielzahl verschiedener Dinge zu klären. Es war Montag Vormittag, und überall hatte die Arbeitswoche begonnen.

Phillis war nicht da. Ihr Mobiltelefon war eingeschaltet, aber sie nahm nicht ab. Nach einer Weile kam jedes mal die Aufforderung der freundlichen Computerstimme, eine Nachricht zu hinterlassen. Er sprach ihr die aktuellen Anfragen auf die Mobilbox und legte auf.

Es dauerte aber nur fünf weitere Minuten, dann kam die nächste.

„Tag, Harald Behrends vom WDR Fernsehen. Kann ich bitte Frau Brentano sprechen?"

Wow, ein Fernsehreporter! Jung war beeindruckt. Er versuchte, sich das nicht anmerken zu lassen.

„Leider ist sie gerade nicht hier. Kann ich etwas ausrichten?" Vielleicht erfuhr er ja sogar, was seine Chefin mit dem WDR zu tun hatte.

„Nun ja, sie ist sozusagen eine alte Bekannte, und jetzt bräuchte ich in einer aktuellen Sache ihren Rat. Wie kann ich sie erreichen?"

Markus Jung war noch nicht zufrieden.

„Ich wusste gar nicht, dass sie Bekannte beim Fernsehen hat ..."

Behrends bequemte sich zu einer etwas genaueren Auskunft.

„Sie war damals ein paar mal bei uns, wegen dieses Simulators. Ist schon zwei Jahre her, aber wahrscheinlich weiß sie noch, wer ich bin! Aber wie erreiche ich sie nun?"

Phillis erschien Markus Jung plötzlich in einem ganz neuen Licht!

Aber wo sie war, konnte er trotzdem nicht sagen. Er war geschmeichelt von dem Interesse, das der Fernsehmann ihm entgegenbrachte, und erzählte ihm die ganze Geschichte mit dem verschwundenen Entwickler, der am Samstag plötzlich wieder aufgetaucht war, nur, um sofort wieder in der Versenkung zu verschwinden. Er merkte gar nicht, dass er die Rolle ein wenig übertrieb, die er selbst dabei gespielt hatte. Der Fernsehmann war zufrieden. Vor allem, nachdem Jung ihm seine eigene Mobiltelefonnummer gegeben und versprochen hatte, ihn auf dem Laufenden zu halten.

Nach dem Gespräch nahm Jung seine eigene Tätigkeit wieder auf.

Er hatte dem Journalisten keineswegs alles erzählt. Zum Beispiel wusste er seit Samstag, dass jemand ein auffälliges Interesse an ihrer Arbeit zeigte. Kowalsky war damit herausgerückt, obwohl er nicht mehr als ein paar allgemeine Bemerkungen verlor. Aber er hatte einen Namen genannt.

Auch Kowalsky nahm Jung nicht ernst, und das wurmte ihn. Er würde sich ein wenig mit dem Fall befassen.

Und er würde das nicht allein tun.

Weit weg in Moers klappte der zuständige Hauptkommissar den zwölften Aktendeckel dieses Tages zu. Dabei war es erst später Dienstag Vormittag.

Das hatte am Anfang ziemlich aussichtslos ausgesehen. Eine nackte männliche Leiche, mit einem einzigen Messerstich im Rücken, so ausgeführt, wie ein Fachmann das machen würde. Sie wollte zu keiner Vermisstenmeldung passen, für ihre Verbringung auf den Parkplatz waren keine Zeugen zu finden, auf einen Parkplatz noch dazu, der für seine nächtliche Betriebsamkeit der besonderen Art in halb Nordrhein-Westfalen berühmt war.

Aber nur bei solchen Leuten, die sich kaum jemals bei ihm melden würden. Da machte er sich nichts vor. Man nahm zu solchen Aktivitäten offenbar gerne längere Autobahnanreisen in Kauf, um nicht Gefahr zu laufen, erkannt zu werden. Von Köln bis Osnabrück und sogar Holland hatten die Autonummern gereicht, die bei der letzten Überprüfung dort aufgeschrieben worden waren. Aber praktisch keine aus der näheren Umgebung. Es gab überhaupt keinen Ansatz, wo man mit der Suche nach Zeugen beginnen sollte.

Er hatte kaum Hoffnung gehabt, dass die Tatsache weiterhelfen würde, dass der Mann offenbar drogenabhängig gewesen war. Er hatte etliche Einstiche in beiden Unterarmen gehabt. Nicht wirklich viele, und auch sonst wenige der sonst typischen Anzeichen von körperlicher Verwahrlosung. Auch die Zähne waren noch in Ordnung. Wahrscheinlich der Anfang einer Drogenkarriere, zu der es am Ende dann nicht mehr gekommen war.

Drogenabhängige gehörten nicht zu den Leuten, deren geregeltes Leben sie leicht auffindbar machte. Das Obduktionsergebnis brachte zutage, dass er zum Zeitpunkt seines Todes praktisch kein Heroin im Körper gehabt hatte.

Die einzigen Spuren an der Leiche waren Baumwollfasern, offenbar billige Qualität. Auch das ergab keinen Hinweis. Schwielen an den Händen wiesen auf körperliche Tätigkeit hin. Die Leber war für einen jungen Mann ziemlich angegriffen, wahrscheinlich durch Alkohol- und Drogenmissbrauch.

Je weniger man über einen Menschen wusste, desto mehr Stoff bot sich der Phantasie. Es war so oder so ziemlich hoffnungslos, solange sie nicht herausbekamen, wer er war.

Und jetzt das.

Eine Blutprobe, die zu einem Fall in Dortmund gehörte, ließ sich seinem Toten vom Autobahnparkplatz zuordnen! Allerdings war das ein komischer Fall, weil die vermisste Person dazu inzwischen wieder aufgetaucht war.

Die Zuordnung würde erst nach weiteren speziellen Untersuchungen hundertprozentig sicher sein. Aber seine Erfahrung sagte ihm, dass es stimmte. Wie allerdings ein wiederaufgetauchter Vermisster zu einem gar nicht mehr gesuchten Toten passte, leuchtete ihm nicht ein.

Aber das waren nicht mehr seine Sorgen. Er würde die Sache melden, und hoffentlich die Leiche bald los werden.

Seufzend wandte er sich anderen Dingen zu, die auch wichtig waren.

154

Kortschow, der einzige, der ihm zu dem Toten etwas hätte erklären können, wusste selbst nicht genau, wie das hatte passieren können. Aber die Information, dass er den Falschen erwischt hatte, war bereits bis zu ihm gedrungen. Seine Auftraggeber wollten ihn nicht bezahlen.

Daraufhin hatte er einen verzweifelten Entschluss gefasst. Er hatte sich in den Bus gesetzt, endlose zwei Tage lang. Und zwar gegen jede professionelle Logik. Er war gut davongekommen, niemand würde in der Lage sein, ihn mit dem Toten, den er zurückgelassen hatte, in Verbindung zu bringen. Und wenn doch, war er da, wo er lebte, praktisch gegen jeden Zugriff geschützt.

Das Einzige, was er niemals tun durfte, war, sich noch einmal dort hinzubegeben. Wo man ihn eventuell ergreifen und vor Gericht bringen konnte.

Deshalb hatte sich sein Auftraggeber auch so sicher gefühlt, ihn nicht zu bezahlen. Was sollte er schon machen?

Genau aus diesem Grund war er dann doch gefahren. In Dortmund stieg er völlig übernächtigt und verkrampft aus dem Bus. Als erstes wollte er sich eine Schusswaffe beschaffen, vielleicht sogar ein Gewehr.

Er würde die Sache zu Ende bringen, koste es was es wolle.

Phillis fuhr am frühen Mittag auf Landstraßen durch den Westerwald.

Sie hatte eine ganze Weile überlegt, und dann war sie losgefahren.

Irgendwann hatte sie genug vom vorsichtigen Taktieren. Das passierte ihr immer wieder, und in der Regel hatte sie damit gute Erfahrungen gemacht. Alleine schon die Zeit, die man damit sparte! Lieber irgendwann den Stier bei den Hörnern packen, dann weiß man meistens schnell, woran man ist. Seit sie den Namen hatte, meinte sie, wieder Grund unter den Füßen zu spüren. Das wäre doch gelacht!

Sie folgte einer Landstraße, die sie bereits durch Orte mit so interessanten Ortsnamen wie Asbach gebrachte hatte. Sie hatte gar nicht gewusst, dass das ein Ort war.

Schließlich befand sie sich auf einer kleinen Kreisstraße. Hier musste es sein. Der Ort, zu dem die Adresse gehörte, lag bereits anderthalb Kilometer hinter ihr. Kein Schild verriet einen Straßennamen, es gab auch keine Wegweiser, wo die kleine Straße hinführte. Aber ihr Ausdruck einer Landkarte aus dem Internet hatte hier, wenige Meter voraus, links von der Straße einen dicken Punkt eingetragen. Dort musste es sein, die Adresse war dem Kartenserver offenbar bekannt.

Sie fuhr langsam weiter. Plötzlich entdeckte sie links, ein ganzes Stück weiter, als sie nach der Karte gedacht hätte, eine Einfahrt. Sie war von einem schmiedeeisernen Tor flankiert. Das Tor stand auf.

Sie fuhr kurz entschlossen hinein. Ein ganzes Stück von der Straße entfernt kam schließlich zwischen alten Bäumen ein großes altes Haus in Sicht. Es hatte einen herrschaftlichen Eingang, mit einer kleinen Freitreppe davor.

Hinter dem Haus ließ sich eine Terrasse mit spektakulärem Blick über die Berge und das in der Ferne liegende Rheintal ahnen.

Sie hielt vor dem Eingang. Stieg aus und sah sich um.

Etwas entfernt unter den Bäumen stand ein weiteres, kleineres Gebäude. Vielleicht eine alte Remise, oder ein Gärtnerhaus. Jedenfalls hatte es jetzt zwei große Tore, von denen eines offen stand. Dahinter war eine dunkle Limousine sichtbar, mit dem bekannten Stern auf der Kofferraumhaube.

Was machte sie hier? Sie kam sich völlig fremd vor in dieser Umgebung, die aus jeder Pore alten Reichtum atmete. Dies war die Sorte Anwesen, von der ihr Vater geschwärmt hätte. Er hatte genug zum Leben, aber niemals auch nur annähernd genug, um sich so etwas leisten zu können.

Der Name Brentano lastete auf seiner Seele. Er hatte sich mehr auf die Seite der Philosophen und Dichter geschlagen, aber wahrscheinlich träumte er heimlich genauso von den Bankiers. Leider gehörten alle zusammen überhaupt nicht in seinem Zweig der Familie, der seit einhundertfünfzig Jahren mit den berühmten Trägern dieses Namens nichts zu tun hatte.

Sie riss sich von diesen Gedanken los. Das Haus war erstklassig in Schuss. Auch die umliegenden Blumenbeete und der Park mit den hohen alten Bäumen waren perfekt gepflegt.

Die Eingangstür des Wohnhauses öffnete sich.

Ein Mann mit einer auffälligen Glatze trat heraus, nicht groß und in Arbeitskleidung. Kariertes verwaschenes Hemd in einer undefinierbaren Farbe, dazu eine blaue, unendlich oft gewaschene Latzhose. Er sah Phillis an. Nicht sehr freundlich.

„Ja, bitte?" Er kam einige Schritte auf sie zu.

„Ist Herr Louvier wohl zu Hause? Ich würde ihm gerne etwas ausrichten." Aus irgendeinem Grund war Phillis froh, dass sie noch auf der anderen Seite des Autos stand. Eine Dogge oder ein bärbeißiger Dobermann hätten ihr nicht mehr Unbehagen verursachen können. Dabei war der Mann gar nicht offensichtlich aggressiv.

„Ich sehe mal nach, ob sich jemand um Sie kümmern kann. Warten Sie hier!" Er drehte sich um und verschwand wieder im Haus.

Phillis war erleichtert.

Der Mann war völlig normal gewesen. Sie bildete sich das nur ein. Sie würde hier ein bisschen auf den Putz hauen, und dann war der Spuk vorbei. Das wäre ja noch schöner, wenn sie sich von so einem reichen Schnösel und seinem Gesindel einschüchtern ließe.

Während der zwei Stunden auf der Autobahn und der Landstraße hatte sie sich oft gefragt, was sie eigentlich vorhatte. Jetzt streifte sie alle Zweifel ab.

Die Tür öffnete sich erneut.

Ein junger Mann in tadelloser Haltung und gekleidet in einem dezenten Anzug kam auf sie zu. Sie erkannte ihn sofort. Es war derselbe, der den alten Mann gefahren hatte, nachdem er sie im Café verlassen hatte. Der im Regen gestanden und sich ihr Gesicht eingeprägt hatte.

Er erkannte sie im gleichen Augenblick.

Sie bemerkte, wie er kurz zusammenzuckte. Dann hatte er sich wieder in der Gewalt.

„Guten Tag. Sie haben nach Herrn Louvier gefragt. Darf ich fragen, was Sie wünschen?" Er gab ihr nicht die Hand, seine ganze Haltung drückte hochmütige Distanz aus.

Wie so ein Oberklassegentleman in alten englischen Filmen! Phillis musste grinsen. So etwas gab es also auch im wirklichen Leben.

Das gefiel ihm offenbar gar nicht.

„Nun?" Seine Stimme hatte an Schärfe gewonnen.

„Ich hätte eine Nachricht für Herrn Louvier. Er scheint ja da zu sein, also wäre es sehr nett, wenn Sie mich zu ihm bringen könnten." Sie hob den Kopf und sah ihm direkt in die Augen. „Es wird nicht lange dauern."

Der junge Mann starrte sie an und holte Luft. Gleich würde er sie hinauswerfen, und den anderen Kerl holen. Dann war die ganze Fahrt umsonst gewesen.

Sie starrte zurück. Ihr Grinsen war verflogen. Sie würde hier Wurzeln schlagen und solange warten, bis Louvier erschienen war. Sie würde sich nicht mit seinen Angestellten abgeben!

Irgendwie brachte das den jungen Mann aus dem Takt.

Er drehte sich auf der Hacke um und sagte heiser: „Kommen Sie mit!" Sein Gang hatte etwas eckiges bekommen, steif in der Hüfte, verkrampft.

Vielleicht kann er ja keine Frauen vertragen, dachte Phillis, als sie ihm folgte.

Als Phillis den Eingang durchschritten hatten, stand sie in einer alten Diele. Sie wirkte überhaupt nicht ländlich, es gab keinerlei ausgestopften Keilerköpfe oder Hirschgeweihe an der Wand.

Die ganze Diele war in einer Zusammenstellung aus alten Holzbalken und Jugendstilelementen gestaltet. Das schien eine unmögliche Mischung, war aber von einem eigenartigen Reiz. Besonders die Glastüren waren sehr schöne Stücke.

Der junge Mann raunzte sie vor einer der Türen mit seiner plötzlich heiser gewordenen Stimme an: „Warten Sie hier!"

Dann öffnete er die Tür und ging hindurch. Er lehnte sie hinter sich nur an. Sie hörte kurzes Stimmengemurmel. Die Tür öffnete sich wieder.

„Kommen Sie rein!" erklang wieder die heisere Stimme.

„Sehen Sie mal nach, wo Karl ist!" sagte der ältere Mann und schickte den Chauffeur damit weg. Er saß hinter einem schönen alten Schreibtisch an der

Stirnseite eines Raumes, das zur Hälfte eine Art Bibliothek oder Arbeitszimmer war, zur anderen Hälfte ein Salon mit hochbeinigen Sofas und Beistelltischchen.

Sie kannte ihn. Das war der Mann aus dem Café! Seit sie das Foto gefunden hatte, hatte sie auf diesen Moment gewartet.

Die lange Seite ging auf die Terrasse, zu der sich zwei hohe Glastüren öffneten. Dahinter war das Panorama der sprichwörtlichen kalten Höhen des Westerwaldes zu sehen.

„Sie entschuldigen, wenn ich mich nicht erhebe. Das Rheuma!" Er sah sie interessiert an. Falls er über ihren Besuch erschrocken war, so hatte er diesen Schrecken schnell überwunden.

„Wie haben Sie mich gefunden?" Das interessierte ihn wirklich.

„Das war gar nicht so schwer. Es gibt Fotos von Ihnen. So etwas kann gefunden werden. Mit dem Namen war der Rest kein wirkliches Problem."

Der ältere Mann war nicht wirklich besorgt. Aber das war etwas, was er sich durch den Kopf gehen lassen musste. Wenn es so leicht war, ihn zu finden, musste er vielleicht seine Gewohnheiten überdenken. In der Regel war es kein Problem, aber es gefiel ihm nicht.

Und es hatte Zeiten gegeben, wo es sehr schlecht für ihn gewesen wäre, wenn er so leicht auffindbar gewesen wäre.

Er fragte sich, ob jetzt wieder so ein Zeitpunkt gekommen war.

Seine Überlegungen wurden durch Phillis unterbrochen.

„Ich nehme an, Sie sind Herr Louvier? Der mich in letzter Zeit liebend gerne verscheucht hätte?" Sie sah ihn böse an.

„Wo haben Sie diese miesen Tricks her? Haben Sie damit normalerweise Erfolg?"

Sie kniff die Augen zusammen und sah ihn direkt an.

„Eigentlich wollte ich Ihnen nur sagen, dass ich es leid bin. Es wäre besser, wenn Sie mich in Ruhe meine Arbeit tun ließen! Was habe ich Ihnen denn eigentlich getan?"

Ein leises Lachen bewegte Louviers Schultern. Er lachte mehr nach innen, zu sich selber.

„Lassen Sie mich denn meine Arbeit tun?" fragte er.

Phillis gab nicht nach.

„Soweit es mich angeht, ja!" gab sie zurück.

Louviers linke Augenbraue hob sich spöttisch.

„Soweit sie wissen! Sagen Sie mir doch bitte: Wer hat Sie geschickt?" Das Lachen hatte seine Mundwinkel noch nicht ganz verlassen, aber um seine Augen wurde ein anderer Ausdruck sichtbar. Sie waren unbeweglich und bleich wie Kerzenwachs.

158

Phillis wurde plötzlich kalt. Unwillkürlich zog sie die Schultern zusammen.

„Wieso fragen Sie das? Sie haben mich die ganzen letzten zwei Wochen drangsaliert, und Sie fragen mich, wer mich geschickt hat?" Sie stellte sich breitbeinig vor den Schreibtisch, eine Hand auf die Hüfte gestemmt. Wenigstens stritt er es nicht ab!

„Die Antwort können Sie sich selber geben!" stieß sie hervor.

Noch einmal erschien ein Anflug von Amüsement auf Louviers Gesicht, während er zu überlegen schien, ob er ihr das glauben sollte.

„Sagt Ihnen der Name Grevenhagen etwas?" Das kam ganz unverfänglich und völlig unerwartet, wie zur Einleitung eines neuen Themas.

Phillis stieß die Luft durch die Nase aus. Was war das jetzt?

„Ich habe vorgestern noch mit ihm gesprochen. Ein alter Kollege." Sie wurde misstrauisch.

„Was hat der jetzt damit zu tun?"

Louvier war urplötzlich auf der Hut. Sein gesamter Ausdruck hatte sich schlagartig verändert. Phillis bemerkte es, aber sie konnte sich keinen Reim darauf machen.

„Erzählen Sie mir etwas über ihn. Vielleicht kommen wir dann zueinander." Er lehnte sich zurück und sah sie scharf an. Seine Augen waren starr, zusammengekniffen.

„Ein Kollege, von SimTech. Hardwareentwickler. Ein Träumer, der an Verschwörungstheorien glaubt und nicht mit der S-Bahn zurechtkommt. Genialer Techniker."

Und einer mit speziellen sexuellen Vorlieben.

Konnte das etwas hiermit zu tun haben? Dominant genug war der Mann, wer wusste denn, mit wem sich Gerd da eingelassen hatte? Sie erinnerte sich an ihr Versprechen, diesen Punkt für sich zu behalten. Warum hatte sie überhaupt etwas gesagt? Es war schwer, sich der Autorität dieses Mannes zu widersetzen.

„Aber das geht Sie alles gar nichts ..." setzte sie an, aber er unterbrach sie.

„Was für Verschwörungen?" schnarrte er.

„Das wollen Sie nicht wirklich wissen," begann Sie, aber sein starrer Blick sagte das Gegenteil.

Sie überlegte einen Augenblick. Diese Wendung des Gesprächs war seltsam, aber sie würde schon wieder auf ihr Thema zurückkommen.

„Es gibt da in Büchern und im Internet Mutmaßungen zu dem Thema, ob so etwas wie eine Weltverschwörung im Gang ist. Zum Beispiel in einem Buch mit Namen ‚Illuminatus'." Sie warf es fast verächtlich hin. „Sie bringen alle möglichen Skandale auf der Welt miteinander in Verbindung, mischen es mit etwas Antisemitismus, fügen ein bisschen Kritik an Kapitalisten wie Ihnen dazu, und schon denken sie, sie haben die Welt verstanden."

Sie brachte ein freudloses Grinsen zustande.

„Es gibt sogar einen Film darüber. Ist unter Computerleuten stärker verbreitet, als man denken sollte."

Er reagierte überhaupt nicht. Saß weiter unbeweglich da und starrte sie an.

„War es das, was sie wissen wollten? Was soll das alles?"

Statt einer Antwort drückte Louvier einen kleinen Knopf auf seinem Schreibtisch. Irgendwo in der Diele oder dahinter hörte sie eine elektrische Klingel.

Er hat tatsächlich eine Dienstbotenklingel, dachte Phillis. Wie in einem alten Edgar-Wallace-Film. Der Bösewicht gegenüber konnte vielleicht Gert Fröbe sein, und gleich würde ein junger Klaus Kinski seinen schmalen Körper durch die Tür schieben und mit seiner Fistelstimme „Ja?" sagen.

Es war nicht Klaus Kinski. Es war der Chauffeur, und er sagte gar nichts, als er hereinkam.

„Bringen Sie sie raus!" befahl Louvier. Er sah Phillis nicht einmal mehr an.

Ihr fiel noch etwas ein.

„Sagen Sie mir wenigstens, was Sie mit Frau Klug angestellt haben."

Louvier blickte sie indigniert an.

„Mit wem bitte?" fragte er in unendlich genervtem Ton.

„Eine alte Frau, die Sie letzte Woche aus dem Krankenhaus entführt haben!"

Für einen kurzen Augenblick schien Louvier irritiert. Sein Blick wanderte fragend zu dem jungen Mann. Der zuckte die Achseln.

„Ich glaube, sie haben mehr Probleme, als gut für Sie ist!" war alles, was er noch zu dem Thema verlauten ließ.

Er drehte seinen Sessel zur Seite, so dass er durch eine der hohen Fenstertüren nach draußen blicken konnte.

Am liebsten hätte Phillis ihn beschimpft. Mistkerl, oder irgend etwas weit Schlimmeres!

Aber was sollte das noch. Die Audienz war beendet. Was eigentlich geschehen war, hatte sie nicht mitbekommen, aber es war passiert. Sie drehte sich nicht sofort um. Schon streckte der Chauffeur die Hand nach ihrem Ellenbogen aus. Sie maß ihn mit einem kalten Blick von oben bis unten, wandte sich zur Tür und verließ den Raum. Er kam hinterher.

Als sie die Diele halb durchquert hatte, spürte sie hinter sich mehr als dass sie es hörte eine schnelle Bewegung. Sie fühlte seine Hand an der Schulter, nicht leicht, sondern wie ein kurz bevorstehender harter Griff.

Sie reagierte instinktiv, geschult durch jahrelanges Training.

Sie ließ sich nach vorne fallen, rollte ab und stand im nächsten Augenblick sicher auf den Füßen, jetzt mit Blick zu ihm und beide Hände vor dem Körper.

Er hatte sie an der Schulter packen und herumziehen wollen. Als sie plötzlich vor ihm verschwand, war er für einen Augenblick aus dem Gleichgewicht. Aber er war keineswegs ungeübt in solchen Situationen. Sein gepflegtes Äußeres verbarg einen harten Kern, den lange Jahre auf der Straße und im Gefängnis geprägt hatten.

Er kam sofort hinter ihr her, packte ihre rechte Schulter und riss sie herum. Sie ließ es zu, aber als er ihre Schulte packte und daran zog, tauchte sie plötzlich unter seinem Arm durch. Gleichzeitig packte sie sein Handgelenk, hob seinen Arm an, und brachte ihre Energie für einen kurzen Augenblick in Richtung auf seine Körpermitte.

Er reagierte spontan und warf sich nach vorne, um ihrem Impuls zu begegnen.

Das war das Ende des Kampfes.

In einer eleganten kurzen Drehbewegung, die vor allem durch sein Vorwärtsdrängen und ihr minimales Ausweichen zur Seite entstand, verlor er das Gleichgewicht, drehte sich um sie als Angelpunkt und schlug hart mit dem Bauch auf dem Boden auf. Sie hatte seinen Arm festgehalten und drückte ihn jetzt mit einem Hebel gegen den Boden, der seinen Ellenbogen in unerträglicher Weise überdehnte. Er brach allerdings nicht.

Der Mann schrie.

Er versuchte kurz, sich aus diesem Griff zu befreien. Er wand sich auf dem Boden und versuchte, auf die Knie zu kommen. Das machte den Schmerz im Ellenbogen nur noch schlimmer. Nach wenigen Sekunden hielt er ganz still, biss die Zähne aufeinander und sog zischend die Luft ein.

Phillis hörte ein Geräusch von der Haustür her. Dort stand Glatzkopf. Er hatte einen Spaten in der Hand, und er sah ihr mehr neugierig als erschrocken zu. Er machte keinerlei Anstalten, die Tür freizugeben. In der anderen Tür, die zur Salonbibliothek führte, erschien Louvier. Er hatte wirklich etwas Mühe beim Gehen, er hielt sich krumm.

Außerdem hielt er eine Pistole in der Hand.

Der Chauffeur saß mit dem anderen Angestellten von Louvier im Erdgeschoss. Sie sahen sich zusammen im Fernsehen ein Fußballspiel an. Vor den Fenstern gingen gerade die letzten Reste der Dämmerung in völlige Dunkelheit über. Der Glatzkopf war eine Art Faktotum, der fest in diesem Haus lebte und alle anfallenden Arbeiten erledigte, vom Reinigen der Dachrinnen bis zur Wartung der umfangreichen technischen Installationen.

Er war gedrungen und in den mittleren Jahren, und er versuchte, seine Glatze dadurch zu verbergen, dass er eine lange Strähne oberhalb der Stirn quer über den Kopf kämmte. Bei schweren körperlichen Arbeiten machte sie sich regelmäßig selbständig und gab ihm ein wildes Aussehen. Wenn sie ihm nicht in die Augen geriet. Er hieß Karl. Niemand wusste, wie sein Nachname war.

Karl betreute auch die Alarmanlage. Sie war nagelneu, höchstens ein halbes Jahr alt. Sie war eingebaut worden, weil bei der alten die fatale Neigung zu

Fehlalarmen in letzter Zeit zugenommen hatte. Schließlich gab es nur noch die Alternative, sie zu erneuern oder ganz abzuschalten. Ein Einbruchsversuch im Herbst, der zum Glück von Karl vereitelt werden konnte, gab schließlich den Ausschlag.

Sie wurde von einem Computer gesteuert. Der war fest in einem abgeschlossenen Metallgehäuse an der Wand eingebaut, und die Anzeige befand sich auf dem Tisch neben dem Fernseher. Es handelte sich um einen ziemlich großen Flachbildschirm. So konnte Karl, während er fern sah, die Anzeigen im Auge behalten.

Natürlich meldete sich die Anlage bei Alarm auf die verschiedensten Arten, durch Blinken auf dem Monitor, durch verschiedene Signaltöne sowie bei Bedarf dadurch, dass außen am Gebäude angebrachte Sirenen und Blinklampen ausgelöst wurden. Das war alles einstellbar, wie man es gerade brauchte. Der Alarm konnte auch telefonisch direkt an eine Wachfirma geleitet werden. Je nach Art des Signals schickten die jemanden vorbei oder verständigten gleich die Polizei.

Auf diesem Monitor waren neben verschiedenen anderen Anzeigen auch drei Bilder zu sehen. Alle zeigten unterschiedliche Szenen. Wenn man genau hinsah, konnte man auf dem einen die beiden Männer beim Fernsehen beobachten. Wenn sie sich bewegten, folgte das Bild auf dem Computermonitor ihren Bewegungen mit eigenartig ruckweiser Verzögerung.

Ein anderes Bild zeigte eine beleuchtete Haustür in Fischaugenoptik. Dort bewegte sich nichts. Daneben war eine grafische Darstellung der aktuellen Staus auf der A 3 in einem Browserfenster zu sehen, neben dem Logo des WDR.

Auf dem dritten Bild sah man eine Frau. Sie füllte fast das ganze Bild. Im Hintergrund war schemenhaft ein dunkler Raum erkennbar, vielleicht eine Tür. Die Frau hielt ihre Arme unnatürlich hoch in die Luft. Offenbar konnte sie sie nicht herunternehmen. Gelegentlich bewegte sie sich, sichtbar ebenfalls in dieser eigenartig verzögerten Art und Weise. Sie schien zu stehen, aber sie war nur von der Hüfte an aufwärts zu sehen. Auch die Hände waren nicht mehr im Bild.

Ihre Kleidung war ziemlich derangiert. Das Hemd war zur Hälfte aufgerissen, und darunter konnte man erkennen, dass der BH verschoben war. Die linke Brust war zum größten Teil zu sehen. Die Frau sah sehr unglücklich aus.

Es war Phillis.

Die beiden Männer beachteten sie im Augenblick nicht. Das Fußballspiel befand sich kurz vor der Halbzeit, und es ging gerade hoch her. Karl nahm einen Schluck aus seiner Bierflasche. Er regte sich auf.

„Diese Saftsäcke! Die kriegen aber auch gar nichts mehr hin! Da, hast du das gesehen? Wie die Anfänger!" Er nahm noch einen Schluck. Sein Dialekt verriet ihn als Kind des Ruhrgebiets. Die Gelbschwarzen auf dem Schirm gerieten immer mehr unter Druck.

„Warum pfeift der nicht ab, der Hampelmann?" rief Karl jetzt erregt. Es war bereits die siebenundvierzigste Minute, und immer noch lief das Spiel.

Der junge Mann hatte bisher nichts gesagt. Plötzlich fuhr er auf: „Was ist denn das?"

Karl hörte es kaum. Er stöhnte laut, während das Publikum aus dem Fernseher mit einem lauten Pfeifkonzert zu hören war.

„Was das ist? Ein Tor ist das, das isses! Warum hat der bloß nicht eher abgepfiffen? Ich krieg noch die Krise!" Er erhob sich, um die Halbzeitpause für einen Gang auf die Toilette zu nutzen, sowie für den Biernachschub.

Der junge Mann hielt ihn zurück.

„Das da!" sagte er hart. Er zeigte auf den Computermonitor neben dem Fernseher.

Nun sah es auch Karl.

Alles war wie vorher. Nur das Bild, auf dem bis vor wenigen Augenblicken sie beide vor dem Fernseher zu sehen waren, hatte sich verändert. Es zeigte eine nackte Frau. Eine Frau, die mit halb niedergeschlagenen Augen in die Kamera sah, sehr verführerisch. Wenn man füllige Frauen mit Riesenbrüsten, stark geschminkten Augen und weiß blondierten Haaren mochte.

Nichts bewegte sich, es musste ein Standbild sein.

Karl sah hoch zu der Minikamera, die auf dem Schrank stand. Die kleine rote Betriebsanzeige leuchtete wie immer.

„Das is' ja 'n Ding! Wo kommt denn das her?"

Er zog schnell eine neben dem Monitor liegende Maus heran und benutzte sie, um den Status der Kamera, die zu der Bildschirmdarstellung gehörte, abzufragen.

„Komisch! Sieht alles völlig in Ordnung aus. Was kann das sein?"

Plötzlich veränderte sich das Bild.

Aus dem Standbild wurde eine Bilderserie. Wie ein Video im Miniaturformat, und mit derselben ruckartigen Darstellung wie vorher, sah man plötzlich in eine Art Schlafzimmer. Es gab vor allem ein riesenhaftes Bett, auf dem sich bereits zwei Frauen des gleichen Kalibers gekünstelt räkelten. Alles sehr schlecht beleuchtet und unprofessionell, mit einer statischen Kameraposition. Als wenn es von einer Überwachungskamera aufgenommen würde.

Karl leckte sich die Lippen. Der junge Mann war irritiert. Aber die anderen Bilder und Darstellungen waren noch genauso wie vorher. Phillis hatte aufgehört, sich zu bewegen. Alles war wie es sein sollte.

Fast alles.

„Woher kommt das, verdammt noch mal?" fuhr er Karl an. Der reagierte nur halb.

Zunächst glotzte er weiter auf die sich entwickelnde Szene. Jetzt war eine dritte Person ins Bild gekommen, sie verdeckte die Kamera halb.

„Komm, geh doch an die Seite," murmelte er vor sich hin. Dann veränderte sich der Ton seiner Stimme. Er wandte allerdings die Augen keine Sekunde von dem kleinen Bildschirmfenster ab.

„Die Kamera arbeitet mit Funk. Das ist jetzt der letzte Schrei, man braucht kein Kabel mehr. Kostet ein Vermögen, ist aber sehr praktisch." Er deutete auf die Darstellung von Phillis.

„Deshalb konnten wir das Ding ja so einfach im Keller vor der da aufbauen. Hinstellen und fertig! Keine Kabelage und nichts!" Er schluckte, während sich die Dinge auf dem Monitor in voraussehbarer Weise entwickelten. Der Mann, der ins Bild gekommen war, lag bereits mit auf dem Bett.

Plötzlich sah Karl den jungen Mann neben sich an.

„Hey, das ist es! Funk!" Er lachte los. „Irgendwo hier in der Nähe muss jemand genau so eine Kamera anhaben. Wahrscheinlich ist das sogar live!" Er ging mit den Augen nah an den Bildschirm heran.

„Man kann überhaupt niemanden erkennen, viel zu klein. Mist!" Er überlegte bereits, wer von den verschiedenen Nachbarn dafür in Frage kam. Nicht, dass er sich viel mit diesen Hinterwäldlern hier abgegeben hätte. Aber dies war ja nun entschieden etwas anderes!

Der junge Mann überlegte.

„Wie soll denn das gehen? Das nächste Haus ist einen halben Kilometer entfernt, und das ist ein Altersheim."

Karl sah ihn groß an.

„Diese alten Säcke! Das glaubt man doch nicht. Da ist ja echt noch was los!" Er prustete. Die Szene auf dem Bildschirm hatte ihn schon wieder völlig in ihren Bann gezogen.

Der junge Mann war skeptisch.

Andererseits, was sollte schon groß passieren? Sie hatten ja alles unter Kontrolle. Er setzte sich zurück und drückte mit der linken Hand die Fernbedienung des Fernsehers. Der rechte Arm lag in einer Schlinge, und er hielt ihn sehr ruhig.

Mal sehen, was so auf den anderen Kanälen los war. Er war eh kein großer Fußballfan.

Schließlich fand er etwas, das ihm gefiel.

Eine Oper, auf einem Kulturkanal. Er liebte Opern, vor allem die italienischen. Er entspannte sich.

Phillis stand mit erhobenen Armen in dem dämmerigen Kellerraum.

Plötzlich zuckte sie heftig zusammen. Ihr Atem ging stoßweise.

Der Grund war ihr Mobiltelefon. Zum x-ten Mal ging das Handy in ihrer

Hosentasche los. Sie hatte es beim Aussteigen aus dem Auto in die rechte Tasche ihrer Jeans gesteckt. Dabei hatte sie nicht bemerkt, dass es auf lautlos gestellt war, der Ruf löste nur den eingebauten Vibrationsmelder aus. Den hatte sie im Auto natürlich nicht gehört.

Die hatten sie nicht einmal durchsucht.

Das Gerät ruhte direkt in ihrer rechten Leistenbeuge, und sie fuhr jedes mal heftig zusammen, wenn es plötzlich einen Anruf signalisierte.

Das geschah jetzt bestimmt zum fünfzehnten Mal. Sie hatte nicht mitgezählt. Irgend jemand versuchte die ganze Zeit, sie zu erreichen. Der Akku ließ bereits nach, aber der Schreck wurde jedes mal schlimmer.

Sie hätte die Anrufe gerne entgegengenommen, aber sie konnte nicht. Ihre Hände waren über einem unter der niedrigen Kellerdecke verlaufenden Eisenrohr mit Handschellen zusammengeschlossen. Sie konnte gerade noch stehen, aber nur um den Preis, dass ihr ganzer Körper in einer unnatürlich gereckten Haltung blieb und sich mit dem Ablauf der Stunden immer mehr verkrampfte.

Auch die Handgelenke schmerzten immer mehr. Die Handschellen waren nicht allzu fest zugedrückt, aber sie konnte sie nicht entlasten.

Sie konnte es immer noch nicht glauben, was ihr hier passierte.

Sie war auf einen harten Schlagabtausch gefasst gewesen. Aber doch mit Worten! Schließlich lebten sie in der Bundesrepublik Deutschland. Und jetzt stand sie hier, konnte sich nicht rühren und dachte darüber nach, was das wohl alles zu bedeuten haben könnte.

Sie hatte jemanden so in die Enge getrieben, dass er jetzt so reagierte. Louvier selbst?

Es fiel ihr schwer, sich zu konzentrieren. Das lag an ihrer Situation, aber auch daran, dass nichts einen Sinn zu machen schien. Sie hatte Jung öfter für naiv gehalten, aber jetzt musste sie sich das wohl selber zuschreiben. Sie war durch nichts auf das vorbereitet gewesen, was sie hier erwartete.

Sie fror. Der Raum war nicht wirklich kalt, aber sie war auch nicht mehr sehr ordentlich angezogen.

Gewalt gegen Frauen war nie wirklich abgeschafft worden. Das hatte sie zu spüren bekommen, als die beiden Kerle sie hier unten angekettet hatten.

Es war der Glatzkopf gewesen. Er hatte sich vor sie hingestellt, ihr ins Gesicht gesehen, und dann mit einem einzigen Ruck ihr Hemd vorne aufgerissen Nicht nur die Knöpfe platzten auf, auch der Stoff war mit einem lauten „Ratsch!" gerissen. Dann hatte er grob ihren BH an die Seite geschoben und ihre Brust in die Hand genommen.

Sie zog zischend die Luft ein, als er zudrückte.

„Nur, damit du weißt, mit wem du es zu tun hast! Viel Spaß erst mal hier unten!"

Der junge Mann hatte daneben gestanden, seinen rechten Arm gehalten und sie hasserfüllt angestarrt. Gesagt hatte er nichts.

Dann waren sie verschwunden.

Das Gefühl der kühlen Luft an ihrer Brust trieb immer wieder Wellen von Scham und von blinder Wut über ihren Körper.

Wie viele Stunden das jetzt her war, konnte sie nur ahnen. Sicherlich mehr als fünf. Sie war gegen Mittag hier angekommen, und jetzt schien es draußen vor dem kleinen Kellerfenster langsam dunkler zu werden. Das konnte aber nichts mit dem Sonnenuntergang zu tun haben, es war schließlich Mai.

Sie hatte Durst, und sie konnte nicht mehr.

Die unnatürlich Haltung, und die völlige Unklarheit, was sie mit ihr vorhatten, forderten ihren Tribut. Dazu dieses immer wieder losrüttelnde Telefon.

Es machte sie verrückt.

Und dann diese kleine Kamera vor ihrer Nase.

Sie hatten eine von diesen nagelneuen WebCams vor ihr aufgebaut. Sie kannte das Modell aus Fachzeitschriften. Offenbar hatten sie irgendwo im Haus einen Rechner, auf dem sie jetzt sichtbar war, halb bekleidet, wie sie hier stand. Womöglich noch ganz woanders. Aber was sollte das?

Sie hatte sich im Raum etwas umsehen können. Es handelte sich um einen typischen Kellerraum mit groben, weiß gestrichenen Wänden, der für verschiedene Dinge als Abstellplatz genutzt wurde. Sie sah zwei alte verrostete Gartenstühle, und einen kaputten Sonnenschirmständer. Der Raum war halb leer. Wahrscheinlich waren hier nur die kaputten Sachen geblieben, als die guten Gartenmöbel in den beginnenden Sommer hinaus getragen wurden.

Es gab eine Tür, die nach draußen führte, und ein kleines Fensterchen daneben direkt unter der Decke. Es ging auf einen Lichtschacht, man konnte nicht direkt hinaussehen.

Das alles hatte sie nur unter großen Mühen herausgefunden, da sie mit dem Gesicht in die Gegenrichtung stand.

Noch etwas war ihr deutlich geworden, als sie sich zum Anfang ihrer Gefangenschaft im Raum zu orientieren versucht hatte: Tür und Fenster waren mit einer nagelneuen Alarmanlage gesichert. Man sah die weißen Kabel, die zu Kontakten an Fenster und Tür führten. An der Tür gab es gleich zwei, sowie ein Kabel, das im Schlosskasten verschwand.

Selbst wenn es ihr gelang, sich von den Handschellen zu befreien, würde sie diesen Raum nicht so leicht verlassen können. Und selbst wenn sie das Türschloss zum Garten oder das Fenster aufbrechen konnte, so würde sie damit wahrscheinlich einen Alarm auslösen, der eine unbemerkte Flucht höchst unwahrscheinlich machte.

Allerdings steckte ihr Autoschlüssel noch in ihrer Hosentasche.

Wenn überhaupt, dann war das ihre einzige Chance. Sie musste irgendwie zu ihrem Auto und damit vom Grundstück kommen. Das zwanzig Jahre alte Alfa

Spider Cabrio, auf das sie so stolz war, würde es ihr erlauben, jeden Verfolger abzuhängen, wenn es nicht gerade Niki Lauda war!

Sie machte eine unwillkürliche Bewegung, die aber sofort neue Schmerzwellen von den Handgelenken durch ihren ganzen Körper jagte. Sie konnte sich nicht einmal mehr umdrehen. Sie würde hier nicht herauskommen.

Sie begann, hemmungslos zu weinen.

Louvier saß mit steifem Rücken hinter seinem Schreibtisch.

Als die junge Frau von diesen eigenartigen Verschwörungstheorien anfing, hatte etwas in seinem Gedächtnis geklingelt. Seitdem saß er hier und versuchte, sich darüber klar zu werden, was es war.

Er kam nicht darauf.

Er dachte über die bisherigen Ereignisse nach. Es war nur logisch gewesen, dafür zu sorgen, dass sie nicht nach Grevenhagen suchte, während sich gleichzeitig ein Beauftragter seiner russischen Freunde um ihn kümmerte.

Aus irgendeinem Grund hatte beides nicht funktioniert.

Sie war noch in Deutschland, und Grevenhagen lebte noch! Als sie sagte, dass sie mit ihm gesprochen hatte, hatte er sich fast verraten. Das war wirklich unerwartet gewesen, ein Schock!

Schließlich schaltete er, weil ihm nichts besseres einfiel, seinen Computer ein. Sie hatte von Diskussionen im Internet gesprochen. Er gehörte trotz seines Alters zu den Menschen im Lande, die sich darin schlafwandlerisch sicher bewegten. Er hatte früh erkannt, welche Möglichkeiten dort schlummerten und die Natur seiner Tätigkeit erforderte es, dass er manche Dinge nicht von Angestellten erledigen lassen konnte.

Er musste oft innerlich über die Männer in den Chefetagen lachen, mit denen er immer wieder zu tun hatte. Die erhoben sich gerne über diese niederen Dinge und verabredeten zum Beispiel, bei irgendwelchen Verhandlungen keine Email zu benutzen. Sie schrieben sich lieber wie vor hundert Jahren Briefe auf Büttenpapier, getippt von ihren Sekretärinnen, und unterschrieben sie persönlich mit ihren schönen Füllfederhaltern.

Da war er von anderer Art.

Außerdem half es über die Leere seines Hauses hinweg. Außer Figuren wie Karl oder seinem neuen Chauffeur bewegte sich hier niemand mehr. Er war der Chef, aber er war allein. Und sie würden ihn ohne mit der Wimper zu zucken verlassen, sollte er einmal nicht mehr der Chef sein. Er wusste es, denn er hatte sie danach ausgewählt. Es war eine berufliche Notwendigkeit.

Inzwischen war er im Internet ein alter Hase. Wenn er etwas suchte, dann fand er es auch.

Aber was suchte er?

Phillis spürte es mehr, als dass sie es hörte.

Hinter ihr bewegte sich etwas. Sie schrak zusammen, und ihre bereits völlig überstrapazierten Nerven begannen zu flattern.

Sie versuchte sich umzudrehen. Ihre Handgelenke und ihr ganzer Körper quittierten das mit einem heftigen Schmerzanfall. Ihre Hände waren halb taub, die Haut an ihren Handgelenken war bereits entzündet. Sie schickte rotglühende Wellen ihre Arme hinab über ihren Rumpf.. Der ganze Körper war völlig verkrampft, und alle möglichen Muskeln in Armen, Rücken, Bauch, Oberschenkeln und Füßen protestierten heftig.

Irgendwie schaffte sie es, ihren Blick für kurze Zeit in Richtung Tür zu wenden. Was sie sah, brachte noch einmal ihre letzten Energiereserven in Schwung.

Die Tür öffnete sich.

Langsam.

Es gab keinen merkbaren Alarm. Also waren SIE das. Sie hatten sich diesen Weg ausgesucht, um sie hier unten aufzusuchen. Jetzt würde es losgehen.

Sie wusste nicht, was sie vorhatten, aber die unglaubliche Frechheit, verbunden mit der völligen Selbstverständlichkeit, mit der sie ihr gegenüber bisher zu Werke gegangen waren, ließen nichts Gutes ahnen.

Es gab natürlich eine schwache Chance, dass sie mit ihr über irgend etwas verhandeln wollten. Aber nach dem, was sie bisher mit ihr veranstaltet hatten, war das nicht zu erwarten. Schon bisher waren einige schwerwiegende Straftatbestände zusammengekommen: Freiheitsberaubung, Bedrohung mit einer Schusswaffe oder wie das nun juristisch hieß, sowie Nötigung fielen ihr auf Anhieb ein.

Das konnte nur bedeuten, dass sie davon ausgingen, sie würden damit davonkommen. Natürlich konnten sie versuchen, sie mundtot zu machen, indem sie behaupteten, sie sei hier eingebrochen oder Schlimmeres. Sie würde natürlich größte Schwierigkeiten haben, zu beweisen, was ihr hier passiert war.

Sie hatte genug Zeit gehabt, über diese Dinge nachzudenken, und sie hatte keine großen Hoffnungen, was die Absichten ihrer Kerkermeister anging.

Jemand betrat den Raum.

Nicht laut, aber auch nicht besonders leise.

Trat von hinten an sie heran, blieb direkt hinter ihr stehen, und sagte nur ein Wort:

„Scheiße!"

Trotz ihres Versuchs, denen keine Blöße zu zeigen, erschrak sie zu Tode. Viel zu lange hatte sie hier gehangen, viel zu lange hatte sie sich selber mit den verschiedenen üblen Möglichkeiten, die ihr durch den Kopf gingen, verrückt gemacht. Sie würde sich die größte Mühe geben, es denen so schwer wie möglich zu machen, aber sie konnte nicht mehr.

Diese Stimme. Sie hatte mit der gepflegten, kontrollierten des Alten gerechnet, oder mit dem Slang von Glatze. Oder auch mit der gequetschten, heiseren des jungen Mannes.

Dies war eine andere Stimme.

Für einen Augenblick kam Hoffnung in ihr auf. Sie hatte das Gefühl, diese Stimme zu kennen. Sie versuchte noch einmal, sich umzudrehen, aber es ging nicht mehr. Sie brachte nur einen Ächzlaut zustande, bevor sie wieder versuchte, die Stellung einzunehmen, die die verschiedenen Körperteile am wenigsten belastete.

Ihr überreiztes Sensorium spielte ihr einen Streich. Sie schloss die Augen.

Der Mann machte noch einige ärgerliche Geräusche, ging dann an ihr vorbei, und begann, unter den verschiedenen Gerätschaften, die sich in einem Regal in der Ecke befanden, und die sie nicht hatte identifizieren können, schnell herumzukramen.

Er suchte etwas.

Sie öffnete die Augen.

Es war keiner von den Dreien, die sie bisher hier im Hause angetroffen hatte. Er war ganz in Schwarz gekleidet, mehr konnte sie bei dem unsicheren Licht nicht erkennen.

Dann drehte er sich um, mit einem mittelgroßen Bolzenschneider in der Hand.

Sie dachte, es träfe sie der Schlag.

Es war Gerd Grevenhagen.

Louvier sprang auf. Er hatte sich wie ein vollendeter Idiot verhalten!

Er hinkte hastig durch den Raum, in Richtung Tür. Das Rheuma war schlimmer als gewöhnlich, aber er beachtete es nicht.

Er hasste es, wenn er sich wie ein Idiot vorkam. Dann war kein Raum groß genug für ihn, dann brauchte er Platz. Seine Finger kribbelten auf eine widerliche Art, und sein Kopf hallte innerlich wider wie ein riesiges schwarzes Loch.

Plötzlich blieb er wie angewurzelt stehen! Er hörte Musik aus der Diele. Sie drang durch seine gepolsterte Bürotür. Eine Arie aus einer italienischen Oper. Er verabscheute Opern!

Die beiden Kerle dort draußen waren nicht das, was er jetzt brauchte.

Er blieb fast fünf Minuten dort stehen, bedrängt von seinem inneren Aufruhr und von diesem abscheulichen Geträller. Langsam kam er wieder zu sich. Er bewegte sich zu einem der dort stehenden Sofas und ließ sich vorsichtig nieder. Als wenn es bemerkt worden wäre, wurde die Musik leiser gedreht.

Er dachte daran, was er herausgefunden hatte.

Die verschiedenen Orte im Internet, an denen von Verschwörungstheorien aller Art gefaselt wurde, hatte er schnell gefunden. Aber es gab zu viele davon. Es hatte ihn viel Zeit gekostet, bis er darauf gestoßen war. Dabei war es so einfach!

Er hatte sich mit zunehmender Ungeduld durch absurde Verdächtigungen gequält. Da wurde allen Ernstes darüber philosophiert, ob das uralte Dreifaltigkeitssymbol, das auf jeder Dollarnote aufgedruckt war, als geheimes Verständigungszeichen für dunkle Machenschaften diente oder nicht. Und das war noch nicht die abstruseste Vorstellung!

Es war so absurd, dass er den Hinweis erst gar nicht bemerkte, als er ihn fand. Schließlich, als zum wiederholten Male auf die Aktivitäten der italienischen Geheimloge P2 verwiesen wurde, hatte es bei ihm geklingelt.

Diese Loge hatte vor etlichen Jahren große Berühmtheit erlangt, weil sie aufgeflogen war. Irgend jemand, an dessen Namen er sich nicht erinnern konnte, hatte sie als eine Art Geheimbund der Reichen und Mächtigen gegründet, und er konnte sich dunkel erinnern, dass es da eine eigenartige Verquickung von Wirtschaftsclub und esoterischer oder freimaurerischer Spinnerei gegeben hatte.

In irgendeinem dunklen Winkel seines Gedächtnisses dämmerte es. Nach kurzer systematischer Suche stieß er schließlich darauf. Die besser Unterrichteten in dieser Schar von Irren hatten durchaus Fakten gesammelt. Und sie hatten als Graue Eminenzen hinter der Loge verschiedene lebende Personen benannt, darunter einen, den er kannte:

Seinen Freund Viacelli!

Und als er den Namen erst einmal hatte, fand er sehr schnell heraus, dass vor nicht langer Zeit intensiv über dessen Rolle in der Weltverschwörung diskutiert worden war.

Er lachte grimmig und ohne echte Freude vor sich hin. Er kannte Viacelli sicher nicht gut genug, um ausschließen zu können, dass er etwas mit dieser P2 zu tun hatte. Im Gegenteil, wenn er es sich recht überlegte, traute er es ihm sogar zu. Aber mit Sicherheit nur, wenn er eine leitende Rolle dabei spielte!

Louvier war das völlig egal. Seine eigenen Geschäfte mit Viacelli lagen jetzt schon eine Weile zurück, und sie waren professionell eingefädelt. Sie hatten sich gegenseitig mehrfach abgesichert, Freund oder nicht. Von der Seite drohte keine Gefahr.

Aber dieser Grevenhagen!

Ihm wurde fast schwindelig, als er das Ausmaß seines Irrtums erkannte. Dieser Idiot hatte bei der Bank nur im Nebel gestochert! Und er, Louvier, hatte es nicht gemerkt. Jemandem seine russischen Geschäftsfreunde auf den Hals zu hetzen, der nur versehentlich das richtige Stichwort genannt hatte, das war unverzeihlich.

Nicht wegen des jungen Mannes. Der interessierte ihn nicht im Geringsten.

Aber er hatte das Geschäft gefährdet, all das, was er sich in vielen Jahren mühevoller Arbeit und etlicher riskanter Operationen aufgebaut hatte und das jetzt im Alter das Einzige war, was von ihm bleiben würde.

Eile führte zu Fehlern. Er hatte zu schnell gehandelt, und mit übereilter Härte. Solche Maßnahmen waren nur angebracht, wenn es wirklich keine andere Möglichkeit mehr gab. Er wusste das genau. Das Risiko war trotz allem zu groß.

Wie man am aktuellen Beispiel sehen konnte.

Warum der Junge das überlebt hatte, verstand er nicht. Normalerweise arbeiteten die Russen sehr akkurat, nach allem, was er hörte. Außerdem hatte er seine eigenen Erfahrungen, wenn auch nicht viele.

Aber so bekam die ganze Angelegenheit einen völlig neuen Aspekt: Wenn Grevenhagen nichts wusste, dann war es egal, ob sie ihn erwischten oder nicht!

Und jetzt hatte er diese Frau im Keller und wusste nicht, was er mit ihr anfangen sollte. Aber es war auch nicht das erste Mal, dass er sich in Schwierigkeiten befand. Er würde eine Lösung finden. r versank in tiefes Nachdenken.

Gerd Grevenhagen half Phillis die Treppe zum Garten hinauf.

Sie war ziemlich schwach, und vor allem völlig steif und verkrampft. Gerd bewegte sich ohne große Eile, aber doch zielstrebig. Er hatte mit dem Bolzenschneider, der sich zum Glück unter dem Werkzeug gefunden hatte, die kurze Kette der Handschellen durchgeschnitten. Die beiden großen Ringe befanden sich noch immer an ihren Händen.

Er führte sie zu ihrem eigenen Auto. Er ging vor ihr her und bewegte sich nicht allzu vorsichtig. Vorher war aus dem Haus laute Opernmusik gedrungen, jetzt war sie nur noch ganz leise zu hören. Phillis blieb ein wenig hinter ihm zurück, zum Teil weil sie sich der schnellen Gangart nicht gewachsen fühlte, zum Teil aus Vorsicht. Sie hatte hier schon zu viel erlebt, um sich so schnell sicher zu fühlen.

Als Gerd neben ihrem Auto stand und gerade die Beifahrertür öffnen wollte, löste sich plötzlich ein Schatten von der Haustür, die nur wenige Meter entfernt war.

Gerd bemerkte nichts davon. Er öffnete die Tür. Das Licht im Innenraum ging an, und man sah eine weitere Person, die auf dem Fahrersitz saß und unter dem Lenkrad hantierte.

Plötzlich wurde Grevenhagen von hinten an der Schulter gepackt und herumgerissen. Ehe er reagieren konnte, erhielt er einen Schlag ins Gesicht, der ihn rückwärts gegen das Verdeck des kleinen Autos warf. Er versuchte instinktiv sich zur Seite wegzuducken, um weiteren Schlägen zu entgehen. Aber es kamen keine.

Benommen richtete er sich auf und hielt sich das Kinn. Er schüttelte den Kopf und versuchte, seinen Angreifer in den Blick zu bekommen.

Was er sah, versetzte ihm einen weiteren Schock! Der Mann, der ihn angegriffen hatte, wälzte sich stöhnend auf dem Boden und griff sich zwischen die

Beine. Er hatte eine auffällige Glatze. Daneben stand Phillis, schwer atmend, und stieß hervor: „Das war das!" Sie machte gar nicht mehr so einen fertigen Eindruck, sondern strahlte plötzlich eine grimmige Zufriedenheit aus. Sie stieß Gerd zur Seite und zog die Wagentür auf.

Auf dem Fahrersitz saß Markus Jung!

Phillis blieb keine Zeit, erstaunt zu sein.

„Los, kommt rein, bevor uns noch jemand bemerkt!" herrschte er sie an.

Phillis hockte sich schnell auf den Beifahrersitz und begann fieberhaft, in ihrer Hosentasche nach ihrem Autoschlüssel zu suchen. Jung fauchte:

„Lass Gerd endlich rein, damit wir los können!"

Phillis fauchte zurück.

„Ohne Schlüssel fahren wir überhaupt nirgendwo hin!" Dann sah sie es. Unter dem Lenkrad fehlte eine Verkleidung, und einige Drähte hingen heraus. Zwei davon waren verbunden, die anderen beiden hielt Jung in der Hand.

Sie ließ es zu, dass Grevenhagen sich zu ihr in den Wagen auf den Beifahrersitz drängelte. Normalerweise war das ein unmögliches Unterfangen, aber irgendwie schafften sie es.

Jung hielt kurz die beiden Drähte aneinander, und der Wagen sprang ohne Murren an.

Er gab Gas, und sie fuhren los. Viel zu schnell nahm er die Biegung an der Ausfahrt zur Straße und wäre fast von der Fahrbahn abgekommen.

„Langsam, langsam," murmelte Phillis vor sich hin, während sie versuchte, sich in dem wild schaukelnden Gefährt festzuhalten und nicht zu Jung auf den Fahrersitz geschleudert zu werden.

Sie nahmen die Richtung zur Hauptstraße. Nach kurzer Zeit kamen die Autobahnschilder in Sicht. Direkt an der Auffahrt befand sich ein Parkplatz, der zu dieser abendlichen Zeit völlig leer war.

Sie zeigte dorthin.

„Fahr da drauf!" befahl sie.

Jung knurrte. Aber sie wiederholte es, und er bog auf den Parkplatz ein. Phillis hockte sich auf die Mittelkonsole, so dass sie alle drei gleich wenig Platz hatten. Für ein paar Minuten musste es so gehen.

„Ich will eine Erklärung! Wo kommt ihr beide plötzlich her?"

Markus Jung sah nach vorne durch die Windschutzscheibe. Grevenhagen ergriff das Wort.

„Ich musste doch schließlich herausfinden, was hier gespielt wurde. Markus hat mir erzählt, was passiert ist. Von Kowalsky wussten wir, dass dieser Louvier eine Rolle spielt. Eigentlich haben wir nichts anderes getan, als mit ein bisschen geeigneter Hardware sein Telefon anzuzapfen."

Phillis schüttelte ungläubig den Kopf.

„ISDN, kein echtes Problem, wenn man die richtigen Dinge dabei hat. Du kannst halt nur nicht so einfach ein Abhörtelefon anstöpseln wie früher."

Markus Jung fiel ein.

„Du glaubst das nicht! Die haben einen PC, mit dem sie eine supermoderne Alarmanlage steuern, und dann stecken sie eine ISDN-Karte rein und surfen damit im Web. Hast du so etwas Idiotisches schon mal gehört?"

Grevenhagen fuhr fort.

„Sie haben die Verkehrslage beim WDR abgerufen, und dann die Telefonverbindung nicht unterbrochen. Wir hatten alle Zeit der Welt." Er sah sie fast mitfühlend an.

„Du kannst Dir unseren Schreck vorstellen, als wir plötzlich dich auf dem Bildschirm hatten. Du sahst ziemlich ramponiert aus."

Sie schoss einen scharfen Blick auf ihn ab. Eine einzige hämische Bemerkungen oder eine Witzelei auf ihre Kosten, und sie würde Amok laufen!

Gerd sah eher besorgt aus.

„Da haben wir die Alarmanlage umkonfiguriert. Sie ist zwar noch in Funktion, aber der Keller ist abgeschaltet." Er lachte kurz.

„Und dann haben wir den beiden Jungs vor ihrem Fernseher noch ein kleines Spezialvideo zum Angucken eingespielt. Damit sie nicht merken, dass die Übertragung von deiner kleinen Kamera im Keller unterbrochen war. Sie hatten von dir nur noch ein Standbild, und irgendwann hätten sie das vielleicht gemerkt."

„Irgendwann haben sie es bemerkt!" warf Phillis trocken ein.

„Da könntest Du recht haben," war Jungs Antwort.

Den Schuss hörten sie nicht.

Sie schraken zusammen, als plötzlich die rechte Seitenscheibe des Alfa zersplitterte. Das Verdeck zwischen den beiden Köpfen von Gerd Grevenhagen und Phillis Brentano zierte ein kleines Loch.

„Fahr los!" schrie Phillis.

Jung brachte mit zitternden Händen die beiden Kabel aneinander, und der Motor sprang ein zweites Mal an. Er gab Vollgas und fegte mit quietschenden Reifen vom Parkplatz auf die Bundesstraße. Er bog scharf nach links ab und war in wenigen Sekunden im vierten Gang.

Leider lag die Autobahn in der anderen Richtung.

Der Alfa tauchte in den Wald ein.

Die Bundesstraße führte durch ein großes zusammenhängendes Waldgebiet. Jung nahm die erste Querstraße fast auf zwei Rädern. Sie hatten trotz der zunehmenden Dunkelheit kein Licht eingeschaltet.

Hinter ihnen sahen sie auf der Bundesstraße eine große Limousine schnell näher kommen.

Jung gab Gas. Die Straße wurde schnell sehr kurvig.

„Mach langsam, wir müssen auf der Straße bleiben!" rief Phillis.

Jung nahm den Fuß etwas vom Gas. Er folgte der kleinen Straße, die schnell schlechter wurde. Schon bald war sie nur noch ein Band von Asphaltflicken, unterbrochen von tiefen Löchern. Der Sportwagen hatte wenig Bodenfreiheit und war überladen. Jung musste jetzt sehr vorsichtig fahren.

Sie konnten nicht erkennen, ob sie verfolgt wurden. Sie hielten auch nicht an, um es zu überprüfen. Schließlich endete der Straßenbelag ganz und wurde durch tiefe Treckerfurchen links und rechts ersetzt. Der Alfa begann bedenklich zu schlingern. Ein Stück voraus erschien ein Schlagbaum aus einem wettergegerbten alten dünnen Baumstamm. Unmittelbar vorher wurde der Weg von einem anderen Waldweg gekreuzt.

Phillis zeigte nach links.

„Da lang!"

Da ihm nichts Besseres einfiel, bog Jung nach links ab.

Sie rumpelten durch einige tiefere Löcher, aber zum Glück wurde der Weg nicht schlechter. Im Gegenteil, nach wenigen Metern verbreitete er sich, und ging schließlich in einen Wirtschaftsweg von der gleichen Art über wie der, den sie gerade verlassen hatten. Vielleicht führte er ja aus dem Wald heraus. Wenn sie es bis zur Bundesstraße schafften, konnten sie die Autobahn erreichen.

Jung gab wieder Gas. Es ging durch zwei enge Kurven und dann bergauf. Als sie über die Kuppe rasten, sprangen ihnen mehrere Dinge gleichzeitig ins Auge.

Zirka hundert Meter voraus befand sich wieder die Bundesstraße. Der Wirtschaftsweg, auf der sie sich befanden, endete dort. Ein großer Lastzug heulte in Richtung Autobahn. Sonst war dort kein Auto zu sehen.

Nur auf ihrer kleinen Straße.

Die Limousine stand mit aufgeblendeten Scheinwerfern so, dass sie den größten Teil dieses Wegs mit einem grellen flachen Licht überflutete. Kurz davor versperrte ein landwirtschaftlicher Anhänger die Straße. Er war wahrscheinlich an der Seite abgestellt gewesen, jetzt aber war er gerade genug rückwärts gerollt, dass er die Straße effektiv blockierte. In dem Halbdämmer und dem grellen Licht der Autoscheinwerfer warf er einen gespenstischen Schatten.

Jung trat hart auf die Bremse. Schlitternd und mit quietschenden Reifen kam der Alfa zwanzig Meter vor dem Anhänger zum Stehen.

Dabei gab es einen Funkenregen im Dunkel unter dem Lenkrad. Der Motor erstarb.

Über der Ladekante des Anhängers erschien ein Kopf. Er wurde von einer auffälligen Glatze geziert, und das Gesicht darunter war Phillis verhasst.

Glatze war nicht sehr entspannt, er bewegte sich mühsam. Aber in der Hand hielt er eine Pistole der gleichen Machart, die vorher Louvier getragen hatte. Er wedelte damit.

Das Zeichen war klar. Sie sollten aussteigen.

Beklommenheit machte sich breit im Alfa. Keiner der beiden Männer mochte eine Tür anfassen. So blieben sie alle sitzen, ohne eine Ahnung, was sie machen würden, wenn Glatze zu ihnen herüber kam.

Der Mann war nicht mehr zu sehen. Von ihrer niedrigen Position in dem Sportwagen konnten sie ein Stück weit unter dem Anhänger durchblicken. Auch da war niemand. Sie hörten einen Ruf, den sie nicht verstanden.

Plötzlich quietschten Reifen, und die Limousine schoss mit einem waghalsigen Wendemanöver davon in Richtung Bundesstraße, bog scharf rechts ab und verschwand mit laut zischendem Motorgeräusch und jaulenden Reifen.

Sie sahen sich an.

Jetzt stiegen sie doch aus. Sie waren ganz froh, hinter dem Anhänger relativ geschützt zu stehen. Sie lugten vorsichtig daran vorbei.

Von links mündete ein kleiner Pfad auf den Wirtschaftsweg vor ihnen. Auf diesem Pfad stand, kurz vor ihnen, ein Mann mit einem Gewehr im Anschlag.

Er war durch seine grüne Kniebundhose, seinen Hut mit angesteckter Plakette und durch seine Lodenbekleidung unschwer als Jäger oder Förster oder so etwas zu erkennen.

Der Mercedes war verschwunden.

Phillis setzte sich einfach dort auf den Boden, wo sie stand. Gerd Grevenhagen stand kopfschüttelnd daneben und murmelte die ganze Zeit etwas, das wie „Mannomannomann" klang. Der Förster sprach Marcus Jung an.

„Sie sind der, der das alte Auto da gefahren hat?" fragte er mit unverkennbarem Westerwälder Einschlag.

„Ja, habe ich! Mann, wenn Sie wüssten, wie froh..." Der andere unterbrach ihn.

„Das wird Ihnen noch leid tun, dass Sie hier mit dem Auto durch den Wald gefahren sind!" fuhr er Jung in barschem Ton an. Er kramte einen Bleistift und einen schmuddeligen Block aus einer seiner zahlreichen Taschen.

Der Mann erwies sich als Problem. Er bestand darauf, ihnen ein Bußgeld aufzudrücken, nahm umständlich alle Personalien auf und drohte die ganze Zeit mit schlimmsten Konsequenzen. Es wurde kaum besser, als zum guten Schluss auch noch Harald Behrens auftauchte. Er kam in einem weißen Renault Espace langsam von der Bundesstraße her in den Wirtschaftsweg gefahren, der mit großen Buchstaben als Fahrzeug des WDR gekennzeichnet war.

Jetzt hörte der Mann zwar auf zu reden, aber er wurde um so neugieriger. Erst als die ganze Geschichte erzählt war, und der Kameramann alles was zu sehen war aufgenommen hatte, half er ihnen, den Anhänger an die Seite zu schieben. Dann durften sie endlich fahren, nun doch ohne Bußgeld

Borghold schwitzte.

Das lag nicht nur an den grellen Studioscheinwerfern, die direkt auf ihn gerichtet waren. Sondern auch an dem, was er auf dem Monitor sah, der direkt vor ihm in den Tisch eingelassen war.

Der erste Teil war schon schlimm genug gewesen. Da hatten sie in allen Einzelheiten von diesem Unfall berichtet, und davon, dass für Hubschrauberpiloten diese besonderen Regeln galten. Die Schussrichtung war klar: SimTech hatte sich völlig verantwortungslos verhalten, weil sie die Leute nach der Simulatorvorführung einfach auf die Straße gelassen hatten, ohne wenigstens auf die möglichen Gefahren hinzuweisen.

Deshalb saß er hier, weil sie ihn sozusagen gezwungen hatten, direkt im Studio Stellung dazu zu beziehen.

Das Schlimmste war, dass er keine Kraft mehr hatte, zu kämpfen. Seit Louvier ihm zu verstehen gegeben hatte, dass er nicht bereit war, irgend etwas für ihn zu tun, war ihm klar, dass es nicht mehr lange so weiter gehen konnte.

Er konnte sich nicht gleichzeitig gegen eine öffentliche Kampagne wehren und Geld für SimTech heranschaffen. Dazu reichte die Zeit nicht, und auch nicht seine Kraft. Es war, als hätte er Blei in den Knochen.

Er erledigte, was erledigt werden musste, aber er fühlte sich seit Freitag wie ein Verurteilter, der nur noch auf das Herabsausen des Fallbeils wartete.

In der Firma hatte tagsüber bereits eine drückende Stimmung geherrscht. Irgendwie war durchgesickert, dass sie Schwierigkeiten hatten. Dieser Computergrafiker hatte sogar die Stirn besessen, ihn direkt darauf anzusprechen und Informationen zu verlangen.

Er hatte ihn kurz abgefertigt, aber das half alles nichts.

Er wusste seit dem frühen Vormittag, dass er SimTech hier am Abend im Fernsehstudio verteidigen sollte. Ihm war nicht recht klar, was das noch bringen sollte, aber er schaffte es auch nicht, die süffisanten Bemerkungen des Redakteurs abzuschütteln. Also hatte er zugesagt.

Nicht im Traum hatte er damit gerechnet, was er jetzt zu sehen bekam.

Nach einer kurzen Einblendung mit Phillis, Grevenhagen und diesem jungen Mann, der für Phillis arbeitete, zusammen mit einem Bilderbuchförster in Kniebundhosen, sah man das Wohnhaus von Louvier.

Er kannte es, sie hatten damals die endgültigen Vereinbarungen dort getroffen. Es schien verlassen, niemand öffnete, als der Redakteur klingelte. Die Garage stand offen, war aber leer.

Er konnte es nicht glauben, aber in dem Beitrag wurde vorsichtig unterstellt, dass Louvier sich in irgendeiner Form an Phillis vergriffen hätte. Eigentlich mehr angedeutet als unterstellt.

Was konnte denn in den gefahren sein? Was hatte er überhaupt mit ihr zu tun?

Eine ganze Flut von Fragen rauschte durch seinen gebeutelten Verstand. Er hatte aber keine Zeit, sich damit zu befassen.

Der Beitrag war zu Ende. An der Kamera vor dem Moderatorentisch leuchtete die rote Lampe auf. Der Moderator der Sendung, der neben ihm saß, begann zu sprechen.

„Geisterfahrer! So nennen wir die Leute, die unter Gefahr für Leib und Leben anderer auf die falsche Straßenseite geraten. Heute Vormittag noch dachten wir, es ginge bei unserem Beitrag um Probleme, wie sie beim Einsatz einer neuen Technik immer wieder mal auftreten. Darf man sich nach einer Simulatorfahrt noch in ein echtes Auto setzen? Gibt es vielleicht gefährliche Folgen dieser Technik, die wir noch nicht kennen?" Plötzlich drehte er den Kopf und redete in eine andere Kamera, die seitlich von ihm stand. Dort war jetzt die rote Lampe angegangen. Auf dem Monitor vor sich konnte Borghold erkennen, dass er jetzt mit im Bild war. Er gab sich einen Ruck.

„Aber heute ergab sich plötzlich, dass in dieser Geschichte noch ganz andere Geisterfahrer eine Rolle spielen. Dies ist Herr Borghold, der Geschäftsführer der Firma SimTech, die diese Simulatoren herstellt. Er hat sich freundlicherweise bereit erklärt, in dieser Sendung zu den angesprochenen Fragen Stellung zu nehmen." Der Redakteur wandte sich ihm zu.

„Herr Borghold, was sagen Sie zu dieser Räuberpistole, die sich heute am frühen Abend im Westerwald abgespielt hat?"

Borghold gab sich empört. Das fiel ihm nicht schwer. Was konnte nur in den Alten gefahren sein, dass er auf derartig abstruse Mittel verfiel?

„Sie werden verstehen, dass ich dazu im Einzelnen lieber gar nichts sagen möchte, aber ich kenne Frau Brentano als langjährige und sehr honorige Mitarbeiterin, und ich habe keine Ahnung, was da passiert sein kann."

Er lehnte sich nach vorne und begann jetzt, in die Kamera zu sprechen, nicht mehr zum Moderator.

„Wozu ich aber etwas sagen kann, ist diese ...."

„Nur noch eine Frage dazu: Kennen Sie diesen Herrn Louvier?"

Das war sie. Die Frage der Fragen, auf die er auf keinen Fall antworten wollte. Instinktiv war ihm noch beim Ansehen des Beitrags klar gewesen, dass er genau dazu auf keinen Fall etwas sagen durfte. Im Gegenteil, das Thema musste auf jeden Fall vermieden werden.

„Es tut mir wirklich leid, zu kriminalistischen Fragen kann und möchte ich vor allem wirklich nichts sagen. Ich bin Simulatorfachmann, kein Polizist!"

Fast hätte er es geschafft. Er sah die Unsicherheit des Moderators, er war schon soweit, das Thema zu wechseln.

„Also Sie kennen Herrn Louvier nicht?" fragte er noch einmal, abschließend, wobei er bereits das Blatt Papier wechselte, auf dem seine Notizen geschrieben standen.

Borghold zögerte einen Augenblick zu lange.

Hätte er einfach weitergeredet, über seine Simulatorgeschichten und die Unmöglichkeit, dass der Unfall etwas damit zu tun haben konnte, wäre er damit durchgekommen. Aber er zögerte, glatt zu lügen.

Nicht, weil er Probleme mit dem Lügen hatte. Wie jeder Geschäftsmann seines Kalibers hatte er oft genug in seiner Laufbahn vor der Notwendigkeit gestanden, kühl und professionell die Unwahrheit zu sagen. In den unterschiedlichsten Situationen.

Wenn sie aber wussten, oder auch nur später herausfanden, dass er Louvier doch kannte, dann bekam er ein richtiges Problem.

Wussten sie es? Das war die Frage, die ihn zögern ließ.

Natürlich war die Wirkung des Zögerns eine ganz andere. Auch die Bildregie merkte das, plötzlich war Borghold allein im Bild. Und er zögerte noch immer.

Aus den Augenwinkeln nahm er wahr, dass jemand die Gelegenheit nutzte, dem Moderator einen Zettel auf den Tisch zu legen.

„Nein, ich kenne den Mann natürlich nicht. Woher sollte ich auch?"

Borghold hatte sich entschieden. Er würde leugnen. Woher sollten sie davon wissen, dass er Geld von dem Alten erhalten hatte? Das konnten sie unmöglich erfahren haben. Hätte er bloß mehr Zeit zum Überlegen gehabt, dann wäre er sofort zu dieser Schlussfolgerung gekommen.

Der Moderator blickte von seinem Zettel auf. Jetzt waren sie wieder beide im Bild.

„Aber, Herr Borghold, dann erklären Sie mir bitte noch schnell, was an den Gerüchten dran ist, dass genau dieser Herr Louvier, von dem in unserem Beitrag die Rede war, Ihre Firma finanziert?"

Er blickte Borghold herausfordernd in die Augen.

„Danach können wir uns ja dann über den Unfall unterhalten."

Borghold sank innerlich auf seinem Stuhl zusammen.

Sie wussten es. Woher wussten sie das? Das war unmöglich!

Diese Gedanken fuhren in seinem Schädel Karussell, während er nur noch mechanisch abstritt, irgend etwas mit diesem Louvier zu tun zu haben.

Sie redeten danach noch fünf Minuten über mögliche Zusammenhänge zwischen dem Unfall und der Fahrt im Simulator, und in der Sache schlug er sich gut. Er verwies auf den Alkoholpegel des Verunfallten, auf frühere Auffälligkeiten im Straßenverkehr, die in dem Beitrag angeführt worden waren, kurz, er sagte genau das Richtige.

Aber es half nichts. Er hatte die ganze Zeit das Gefühl, dass er sich selber nicht glaubte. Es war, als stünde er neben sich und sähe zu. Früher war er bei solchen Gelegenheiten regelrecht abgehoben, und diese Fähigkeit war es, die ihm bisher so viel Zuspruch verschafft hatte. Die Leute nahmen es ihm ab und kamen selber ins Schwärmen.

Heute führte er alle Argumente ins Feld, aber er blieb gnadenlos am Boden kleben. Sie wussten es, und das war genau das, was auf keinen Fall hätte passieren dürfen! Am Ende des Interviews hatte Borghold das sichere Gefühl, dass SimTech tot war. So mausetot wie eine Idee nur sein kann, die zur Unzeit realisiert wird. Wenn die Zeit einfach noch nicht reif ist, um damit Geld zu verdienen.

Er verließ den Sender mit Schritten, denen jeder Schwung abhanden gekommen war.

„Weißt du eigentlich, dass bei dir eingebrochen wurde?" fragte Phillis Gerd Grevenhagen.

Sie hatten gerade das Auto abgestellt und gingen durchs Treppenhaus zu seiner Wohnungstür. Es war spät abends. Gerd reagierte kaum.

Er war fertig, war inzwischen so viele Stunden unterwegs gewesen, dass er einfach nicht mehr konnte. Sie hatten Markus Jung vor seiner eigenen Wohnung abgesetzt. Er wollte duschen und dann nachkommen.

Nachdem sie den Förster losgeworden waren, beschlossen sie, diese Angriffe zumindest bei der Polizei anzuzeigen. Sie hatten wenig Hoffnung, dass viel dabei herauskommen würde, aber einfach nach Hause fahren mochten sie auch nicht.

Schließlich waren sie zur nächsten Polizeiwache gefahren, während die Fernsehleute sich in ihr Studio aufmachten, um den Beitrag fertig zu stellen. Die Wache befand sich in der fünfzehn Kilometer entfernten Kreisstadt. Wegen der Uhrzeit waren alle anderen Wachen in der Umgebung nicht mehr besetzt.

Dort empfing man sie mit unverhohlenem Misstrauen. Schon nach kurzer Zeit bereuten sie, überhaupt dorthin gefahren zu sein. Der einzige Beleg für ihre Geschichte bestand in einer Seitenscheibe, die in tausend Scherben zersprungen war und keinerlei Durchschuss mehr erkennen ließ. Sie war einfach nicht mehr da.

Außerdem noch in einem kleinen Loch im Verdeck des uralten Alfa. Schnell zeigte sich aber, dass es nicht das einzige Loch war. Der diensthabende Beamte war nicht beeindruckt.

Auch die beiden halben Handschellen, die sie ihm zeigten, erzeugten nur skeptische Reaktionen. Gerd hatte es noch im Wald in kurzer Zeit geschafft, die beiden Dinger von Phillis Handgelenken zu entfernen. Er hatte dazu eine Büroklammer benutzt. Jetzt lagen sie auf dem angestoßenen Tisch, dahinter der schäbig grinsende Polizist, und sie drei davor auf unbequemen harten Metallstühlen, die auf dem Fliesenboden unerträglich quietschende Geräusche machten, wenn man sie verschob. Der Raum hallte wie ein alter Keller.

„Tja, und dann wäre da ja auch noch die Tatsache, dass sie zu dritt in diesem kaputten Auto gefahren sind."

Er deutete auf die Wagenpapiere, die neben den Handschellen lagen.

„Da steht: Anzahl der Sitzplätze: Zwei! Und Sie sind: Drei!" stellte er kategorisch fest. „Dazu ist das Fahrzeug kurzgeschlossen. Wenn Sie nicht die Papiere vorlegen könnten, würde ich das Fahrzeug hier behalten." Man hörte deutlich, dass es ihm nicht passte, sie damit ziehen zu lassen.

Er war kurz davor, eine Anzeige gegen sie aufzusetzen. Was sie selber vorgebracht hatten, hatte er bereits als Unfug ad acta gelegt.

Unter normalen Umständen wäre es wahrscheinlich zu einem kurzen heftigen Wortwechsel gekommen, bei dem der Beamte vielleicht schnell den kürzeren gezogen hätte. Auf so etwas verstand sich Phillis. Aber sie war in keinem normalen Zustand. Sie war wie in Trance. In keiner angenehmen Trance, mehr wie in einem Nebel, der sich kalt und unwirtlich auf ihre Seele gelegt hatte. Sie hatte Mühe, genau mitzubekommen, was geschah.

Jemand, der sie nicht kannte, bemerkte das nicht unbedingt. Nach außen wirkte sie weiterhin normal. Aber innerlich war sie in einem labilen Zustand. Sie hatte das Gefühl, sie könnte jeden Moment zusammenklappen oder einen hysterischen Anfall bekommen.

Mit tonloser Stimme sagte sie nur:

„Lasst uns hier abhauen!"

Den beiden anderen fiel auch nichts besseres ein. Sie standen ohne weiteren Kommentar auf und verließen den Raum. Durch einen kurzen Flur führte der Weg direkt auf die Straße. Zum Glück ließ der Polizist es bei einigen hässlichen Bemerkungen bewenden.

Vor seinen Augen stiegen sie zu dritt in den Zweisitzer und fuhren davon.

Gerd nahm den Wohnungsschlüssel aus der Tasche.

„Wie, eingebrochen?"

Er wollte die Tür aufschließen, aber sie sprang schon auf, als er sie nur leicht berührte.

„Wer sollte denn hier einbrechen?" Dass die Tür praktisch offen stand, gefiel ihm nun doch nicht.

Der Flur war karg und unwohnlich wie immer. Sie gingen hindurch in den Raum, der bei jedem anderen Bewohner das Wohnzimmer gewesen wäre. Dann sahen sie die Bescherung. Phillis fand, es sah ziemlich übel aus.

Gerd stand unbeweglich in der Mitte und betrachtete den Haufen Schrott.

„Tja, die Rechner sind weg. Aber das waren keine Fachleute, sonst hätten sie die SCSI-Platte nicht dagelassen." Er deutete auf ein unscheinbares Blechkästchen, das an der Seite des langen Arbeitstisches lag.

„Die Bänder sind auch noch da, also keine Daten verloren."

Phillis stand hinter ihm, und der Kontrast haute sie endgültig um.

Vor sich hatte sie eine völlig verwüstete Wohnung, mit abgerissenen Tapeten, hängenden Kabeln und herumliegenden Teilen der unterschiedlichsten Art. Und mitten dazwischen den Besitzer dieses Chaos. Aber für den schien es keine Bedeutung zu haben.

Plötzlich begriff sie: Die inneren Werte waren noch da! ‚Keine Daten verloren!' hatte er gesagt. Also nichts wesentliches passiert!

Sie ging in die Küche und suchte sich einen Stuhl. Sie konnte den großen Raum keinen Augenblick länger ertragen. Innere Werte oder nicht, es war einfach trostlos.

Im Kühlschrank fand sie eine Flasche Champagner. Sogar zwei.

Wo hatte er die denn her, Asket, der er war?

Egal, sie nahm eine heraus, entfernte die Folie und den Draht und drehte den Korken mit einem lauten Plopp aus dem Flaschenhals. Ohne zu fragen.

Sie fand zwei Gläser, füllte sie bis zum Rand und rief ihn.

Als er gerade saß, klingelte es an der Haustür.

Gerd öffnete und kam mit Markus Jung zurück. Er bekam auch ein Glas.

Irgendwie hatten sie keine Lust mehr zu reden.

Sie saßen in der Küche und tranken gelegentlich einen Schluck. So verging eine Weile, ohne dass jemand auf die Uhr gesehen hätte.

Langsam hatte Phillis das Gefühl, wieder in Kontakt mit ihrer Umgebung zu kommen. Der Nebel hob sich, und sie konnte wieder sehen und hören und riechen, ohne dieses ekelhafte Gefühl von Unwirklichkeit um sich herum.

Noch hatte die Wut sie nicht gepackt. Sie wusste bereits, dass sie kommen würde. Aber sie war noch unter der Wirkung des Schocks. Sie war noch lange nicht soweit, die Wirkung ihrer Erlebnisse an sich heran zu lassen.

Lieber trank sie einen Schluck Champagner. Das prickelnde Gefühl auf der Zunge und das leichte Kitzeln im Gaumen waren das einzige, was sie im Moment fühlen wollte.

Es klingelte schon wieder an der Wohnungstür.

Sie sah Gerd an.

„Wer kann das sein?" fragte sie.

Er zuckte die Schultern und machte sich auf den Weg dorthin.

Nach kurzer Zeit kam er mit einem mittelalterlichen Herrn zurück.

„Schon wieder Polizei," war alles, was er sagte.

Sie kannte den Mann. Es war der nette Polizist, der sie wegen dieses Einbruchs aufgesucht und nach Gerd gefragt hatte.

Wenn es so etwas wie nette Polizisten gab.

Der Mann wusste nicht, wie er ihre Reaktionen einschätzen sollte. Phillis hatte nicht die geringste Lust, ihn aufzuklären. Auf gar keinen Fall würde sie auch nur ein Sterbenswörtchen über die Vorfälle des Tages verlieren.

Er hatte allerdings eine Neuigkeit, die es in sich hatte. Gerds Nachbar war tot. Ermordet durch einen Messerstich und aufgefunden auf einem Parkplatz in der Nähe von Moers am Niederrhein.

„Und jetzt fragen wir uns natürlich, wie sein Blut hier in Ihrem Flur auf den Fußboden gekommen ist!" sagte der Polizist gedehnt. Er blickte Gerd auffordernd an.

Zu dem weggewischten Blutfleck mochte Gerd gar nichts sagen. Er hatte keine Verbindungen zum Niederrhein, und dem Nachbarn hatte er seine alten Klamotten geschenkt. Vor ein paar Wochen. Es interessierte ihn nicht wirklich. Markus Jung war da anders, er verfolgte diese Wendung mit größtem Interesse und angespannter Miene. Keine Fernsehserie der Welt konnte da mithalten!

Schließlich ließ sich Gerd dazu herbei, mit dem Mann das Inventar im Wohnzimmer durchzugehen und eine Liste von möglicherweise gestohlenen Gegenständen aufzustellen. Er zeigte keinerlei Bereitschaft, Anzeige zu erstatten oder sich über den Einbruch oder den Mord aufzuregen. Während sie noch dabei waren, und Phillis und Jung in der Küche gerade die zweite Flasche Champagner aufmachten, klingelte es ein drittes Mal.

Phillis rief: „Ich gehe schon," und begab sich durch das verwüstete Wohnzimmer in den kargen Flur. Sie öffnete die Tür. Dann traf sie der Schlag!

Draußen stand Louvier, gekleidet in einen dunklen Mantel mit einem altmodischen schwarzen Hut. Ohne die geringste Unsicherheit fragte er: „Darf ich hereinkommen?"

Er wartete die Antwort nicht ab und ging leicht hinkend einfach an Phillis vorbei, wobei er den Hut auf elegante Weise in die Hand nahm.

Phillis war für einen Augenblick von einer kalten Leblosigkeit erfasst, die ihr Herz am Weiterschlagen hindern wollte. Aber nur wenige Sekunden später begann sich darunter die heiße rotglühende Wut auszubreiten. Wie konnte er es wagen, hier einfach aufzutauchen? Sie stapfte ihm nach, die Hände vor der Brust verschränkt, verkrampft, jeder Muskel zum Zerreißen angespannt.

Louvier stand im Wohnzimmer. Er besah sich den Schaden und machte dabei ein väterlich bekümmertes Gesicht. Er kam gleich zur Sache.

„Ich denke, es hat da ein paar Missverständnisse gegeben, und wie ich inzwischen weiß, haben meine Angestellten – ich sollte sagen, meine Ex-Angestellten – weit über das von mir gesteckte Ziel hinausgeschossen und sich dabei möglicherweise strafbar gemacht. Ich bin hier, um den Schaden wieder gut zu machen."

Er zückte eine große weiche schwarze Brieftasche, die nicht allzu dick war. Der Polizist sah mit wachsendem Interesse zu.

„Sie sind vermutlich Herr Grevenhagen?" wandte Louvier sich an Gerd.

Der antwortete nicht, sondern blickte verwundert zu Phillis. Zu einer Antwort kam es nicht mehr.

Hinter Louvier ertönte ein Geräusch. Ohne weitere Warnung flog die Kammertür auf, und ein Mann kam herausgestürzt. Er war nicht besonders auffällig gekleidet und nicht besonders groß oder klein. Unter anderen Umständen hätte man ihn höchstens als besonders unauffällig bezeichnet.

Obwohl er hinkte, als wenn er einen Krampf hätte, kam er schnaufend aus der Kammer geschossen wie ein Kugelblitz. Den klappernden Haufen von Besen, Schrubbern und Handfegern hinter sich ließ er unbeachtet.

In der Hand hielt er ein hässliches langes schmales Messer.

In einer Sekunde hatte er Louvier an die Seite gestoßen, der über den ganzen Haufen von Putzgerätschaften stürzte und sich unrettbar darin verknotete. Alle Würde war in einem Augenblick dahin.

Der schnaufende Mann aus der Besenkammer erfasste mit einem einzigen Blick die Situation. Er sprang hinkend auf Gerd zu, starrte ihn an und sagte: „Grevenhagen? Du bist Grevenhagen? Scheiße!" Für einen Augenblick sah er von einem zum anderen.

Das Messer hatte er immer noch in der Hand

Phillis griff zu einem Besen, trat auf den Querholm und riss den Stiel mit einer kurzen Drehbewegung heraus.

Kortschow war jetzt fast bei Gerd. Mit einer flüssigen Bewegung, die in seltsamem Gegensatz zu seiner hinkenden Fortbewegung stand, holte er mit dem rechten Arm aus.

Plötzlich flog Gerd wie eine Billardkugel zur Seite. An seiner Stelle stand Phillis. Eine schöne junge Frau, mit einem seltsam abwesenden Blick. Sie stand einfach ganz ruhig da, leicht zur Seite gewandt. In den Händen hielt sie den Besenstiel, die Spitze auf Kortschow gerichtet.

Schade, dass sie auch sterben muss, dachte Kortschow, bevor er zustieß. Dabei versuchte er, den auf ihn gerichteten Stock mit der anderen Hand zur Seite zu schlagen.

Irgendwie gelang es ihm nicht. Blitzschnell fuhr der Stock mit einer kreiserden Bewegung um sein Handgelenk. Wo er hinstach, stand plötzlich niemand mehr. Statt dessen geriet er ins Kreiseln, mit dem Stock als Führung, und taumelte Richtung Ausgang.

Er hielt sich auf den Beinen, trotz Krampf. Aber das Messer war ihm bei der Aktion aus der Hand geflogen. Es verschwand in einem Haufen Elektroschrott.

Jetzt wurde er wirklich wütend.

Die Frau stand ihm genauso gegenüber wie zuvor und rührte sich nicht.

Mit einem Schrei stürzte er sich auf sie. Er packte den Stock, aber es gelang ihm nicht, ihn festzuhalten. Er war im Bruchteil einer Sekunde etwas weiter weg, als er gedacht hatte. Er griff hinterher, und versuchte, sie dabei mit dem Körper umzustoßen. Aber da, wo er hinstieß, war plötzlich leere Luft, und er trudelte hinter dem Stock her, um sie herum, die den Stock immer noch mit leichter Hand führte.

Er war kurz davor, sich wieder zu fangen, da kam ihm der Stock plötzlich mit einer Vierteldrehung entgegen. Wenn er ihn festgehalten hätte, hätte es ihm das Handgelenk gebrochen. Er ließ los, und nichts konnte seinen Sturz verhindern.

Er flog kopfüber in den winzigen Flur, wobei er sich die Hand böse an der Türklinke prellte. Noch im Fallen versuchte er, auf die Füße zu kommen. Er strauchelte, trat mit seinem verkrampften Bein unglücklich auf, und es gab ein grässlich knirschendes Geräusch.

Er hatte noch nie das Geräusch einer reißenden Achillessehne gehört. Er wusste auch nicht, was da passierte. Er hörte nur dieses widerliche Knirschen, das so laut war, dass er es in seinem Leben nicht mehr vergessen würde. Und er merkte, dass der Schmerz im Bein sich noch vervielfachte, obwohl er das vorher nicht für möglich gehalten hätte. Er konnte praktisch nicht mehr gehen. Halb ohnmächtig sank er gegen die Wand.

Phillis ließ den Besenstiel fallen und ging zu Boden. Ihre Hände zitterten, und ihre Knie gaben einfach nach. Markus Jung starrte sie mit offenem Mund an. Gerd Grevenhagen rappelte sich wieder auf. Er war unverletzt.

Der Polizist war der einzige, der nicht mit sich selbst beschäftigt war. Er ging vorsichtig an dem Fremden aus der Besenkammer vorbei und hockte sich mit dem Rücken zur Wohnungstür auf den Boden, wobei der ihn nicht aus den Augen ließ. Der Mann war verletzt, er saß auf dem Boden und hielt sich mit schmerzverzerrtem Gesicht das Bein. Die rechte Hand, mit der er das Messer geführt hatte, war bereits rot verfärbt und geschwollen.

Der würde niemandem mehr etwas tun. Jetzt sprach er.

„Polizei?"

„Ja, wieso? Was haben Sie hier gesucht?" fragte der Beamte. Er war trotz allem auf der Hut.

„Merke ich sofort. Habe ich in der Nase!" Er machte ein zischendes Geräusch, als er versuchte, seinen rechten Fuß anders zu lagern. Er hing unnatürlich schief im Gelenk.

„Ich war schon mal hier. Habe Grevenhagen gesucht. Dachte, ich hätte ihn gefunden..." Weiter kam er nicht, weil ein neuer Schmerzanfall sein Gesicht verzerrte.

Der Polizist erhob sich. Seine Dienstwaffe und seine Handschellen befanden sich sicher verstaut im Handschuhfach seines Wagens. Er beschloss, dass er sie holen konnte. Der würde nicht abhauen.

Später wusste Kortschow nie, wie er es aus der Tür, die Straße hinunter und bis in die U-Bahn geschafft hatte. Er konnte sich erinnern, dass er sitzend auf der Rolltreppe in den U-Bahn-Schacht gefahren war. Unten wartete glücklicherweise gerade ein Zug. Er war mit zwei Schritten darin, und der Zug fuhr sofort ab. Er sah gerade noch, wie der Polizist hinter ihm her die Treppe heruntergestürzt kam, in der einen Hand eine Pistole und verzweifelt mit einer Art Ausweis in der anderen Hand winkend.

Es kümmerte ihn nicht mehr.

Als er schließlich wieder bei sich zu Hause war, hatte er eine gerissene und entzündete Achillessehne und keinen Pfennig Geld, um sich operieren zu lassen.

Er würde nie mehr im Leben ordentlich laufen können.

Damit war er nicht nur seine „Arbeit" los, sondern er kam auch für keinen der trostlos wenigen Jobs in Frage, die es hier draußen gab. Sie waren alle mit harter körperlicher Arbeit verbunden.

Es würde nur der Wodka bleiben.

Und gegen das andere Problem half auch das nicht viel.

Fast alle waren noch da, als der Polizist zurückkam. Einzig Louvier war verschwunden. Nur sein altmodischer schwarzer Hut lag noch in der Ecke und wurde vom Durchzug leise hin und her gerollt.

„Könnte mir vielleicht mal jemand erklären, was hier eigentlich vorgeht?" begann er und schloss die Tür hinter sich. Es gab keine Möglichkeit, sich hinzusetzen, außer auf den einzigen Bürostuhl auf Rollen, der einen schadhaften Plastiksitz hatte, aus dem blassgrüner Schaumstoff quoll. Dort saß Markus Jung und schüttelte den Kopf.

„Wenn ich das mal wüsste, dann wäre mir auch wohler!" murmelte er, mehr zu sich selbst denn als Antwort auf die Frage.

Der Polizist sah sich suchend um. In der Ecke des Raumes entdeckte er einen großen Pappkarton, der einmal einen der großen Monitore enthalten hatte. Er zog ihn hervor und setzte sich darauf, mit dem Rücken an der Wand, direkt neben die Flurtür.

Phillis war wie in Trance. Sie war völlig am Ende, und gleichzeitig wäre sie ebenfalls gern wütend geworden. Sie merkte, dass sie einen ganzen Vulkan in sich hatte, der nur darauf wartete, zu explodieren. Warum nicht jetzt? Aber ihre Energie war verbraucht, und es gelang ihr nicht, ihre Wut auf diesen Mann zu richten. Er saß da, noch schnaufend von der wilden Rennerei, und sie dachte: Bloß weg! Sie drehte sich abrupt um. Ging in die Küche und knallte die Tür hinter sich zu. Das Schloss fasste nicht. Die Tür blieb einen Spalt geöffnet.

Der Champagner war alle.

Noch immer wollte sie auf überhaupt keinen Fall über die Ereignisse dieses

Tages reden. Die Nachwirkungen des Kampfes setzten ein. Sie war aufgedreht und weggetreten gleichzeitig.

Sie wusste nicht, wie sie jemals damit klarkommen sollte. Nein, sie war nicht vergewaltigt worden. Jedenfalls nicht im Wortsinn. Aber sie war zutiefst gekränkt und verletzt, auf eine Art und Weise, die sie nicht für möglich gehalten hätte und der sie keine Worte geben konnte. Wenige Augenblicke in ihrem Leben hatten ausgereicht, die ganze relative Sicherheit ihrer Existenz völlig in Frage zu stellen.

Dieser glatzköpfige Kerl hatte eine Art, die ihr unter die Haut gegangen war. Er hatte nicht viel getan oder gesagt, aber sie schauderte bei der absoluten Glaubwürdigkeit, die er an den Tag gelegt hatte. Sie zweifelte keine Sekunde daran, dass er sein Versprechen in die Tat umgesetzt hätte.

Es half etwas, dass sie zumindest auf körperlicher Ebene mit ihm gleichgezogen war. Für einen kurzen Moment erlaubte sie sich ein grimmiges Lachen, als sie daran dachte, wie große Schwierigkeiten er beim Gehen gehabt hatte, als er im Wald mit der Pistole gewedelt hatte.

Sie ahnte, dass sie dem Bösen begegnet war, und das Schlimmste war noch nicht einmal ihre Schutzlosigkeit in dem Moment. Das Schlimmste war, dass sie sich dieser abgrundtiefen Bosheit gegenüber im Grunde ihres Herzens auch jetzt schutzlos wusste. Gegen soviel Hass und bösen Willen gab es keinen wirklichen Schutz.

Sie hörte die drei Männer nebenan reden. Sie redeten jetzt schon eine halbe Stunde. Aber wozu sollte das gut sein? Warum fuhr sie nicht einfach nach Hause? Sie traute auch Gerd Grevenhagen und Markus Jung nicht, nicht in diesem Punkt.

Überhaupt Grevenhagen. Der amüsierte sich mit seiner neuen Freundin bei sexuellen Gewaltspielchen. Sie hatte sich gar nicht aufregen können, als er davon erzählte. Die Frau war irgendwie auch in Ordnung, so schien es jedenfalls.

Aber jetzt war es wie ein tiefer Graben zwischen ihnen. Sie würde es nie schaffen, ihn zu fragen, was er wohl gedacht oder gefühlt hatte, als er sie auf seinem Monitor gefesselt und mit zerrissener Bluse gesehen hatte. Mit heißem Kopf wurde ihr klar, dass sie vielleicht eine seiner Phantasien ins wirkliche Leben gebracht hatte!

Was quatschten die bloß die ganze Zeit?

Vor dem Haus wurde es lebendig. Sie hörte die Sirenen schon von weitem, dann hielten einige Fahrzeuge vor dem Haus. Grevenhagen öffnete die Tür. Der Polizist hatte Verstärkung bekommen.

Schluss

„Der Mann hat echt was drauf!" sagte Markus Jung fast bewundernd.

Sie saßen in den engen Räumlichkeiten von a_capella in der Massener Straße in Unna, Kowalsky rumorte in seiner Ecke, und Phillis war zum ersten Mal wieder bei der Arbeit. Sie hatte sich zwei Tage frei genommen, und jetzt war sie wieder da.

Außer einem leichten Schatten unter den Augen sah sie aus wie immer. Sie fühlte sich nur nicht so. Aber das konnte sie Jung nicht erklären.

Sie sprachen über den Polizisten.

„Von wegen, Polizist! Der ist beim Landeskriminalamt, relativ hohes Tier! Und versteht was von Informationstechnik."

Jung war tatsächlich beeindruckt. Hätte sie gar nicht erwartet, bei dem rotzigen Umgang mit gesetzlichen Regelungen und so!

„Das haben wir sofort gemerkt, Gerd und ich, als der an dem Abend da auftauchte. Der wusste einfach zu viel. Hat sofort kapiert, was weg war, und was nicht; und auch, dass es sich da um eine ziemlich einmalige Ausrüstung handelte. Bevor die Einbrecher da waren, natürlich."

Plötzlich fiel ihm etwas ein.

„Hast du eigentlich mitbekommen, dass sie die beiden Gangster erwischt haben? Louviers Leute?" Ihr überraschter Gesichtsausdruck sagte ihm genug.

„Sie haben sie erwischt, als sie wie die Wilden durch eine Ortschaft gerast sind. Bei der fälligen Kontrolle lag auf dem Rücksitz ein Gewehr, für das es keinen Waffenschein gab. Da sind die Bullen etwas nervös geworden und haben sie kassiert."

„Wieso befasst so einer sich dann mit einfachen Einbrüchen?" frage Phillis misstrauisch.

„Du bist gut! Schließlich ging es um Mord, und Gerd hat ein bisschen Glück gehabt, dass die ihn deswegen nicht mehr in die Mangel genommen haben. Wenn der Mann die Szene mit dem Messerstecher nicht mit eigenen Augen gesehen hätte, hätte uns das doch sowieso kein Mensch geglaubt. Genau wie die Geschichte im Westerwald! Mann, wenn ich daran denke!" Er sah sie anerkennend an. „Wie du mit dem fertiggeworden bist! Mannomann!"

„Wissen sie denn inzwischen, wer das war?" fragte Phillis. Sie wollte seine Bewunderung nicht hören, aber sie hatte auch keine Lust auf eine Diskussion.

„Sie wissen es nicht. Könnte ein Russe gewesen sein, sprach aber ziemlich gut deutsch. Er hat was davon gesagt, dass er hinter Gerd her war, bevor er abgehauen ist. Dann hätte er den Nachbarn versehentlich erwischt."

Er redete darüber, wie ein Biologe über das Leben der Waldameisen. Es war interessant, aber es hatte mit seinem Leben nichts zu tun.

„Der Einbruch geht wahrscheinlich nicht auf sein Konto. Kommt wohl öfter vor, als man meint. Sie denken, dass es Beschaffungskriminalität war, weil alles so durcheinander ist. Professionelle Einbrecher gehen anders vor. Die hätten nicht so viel stehen gelassen."

Er fügte hinzu: „Ist natürlich auch das richtige Viertel für so etwas, wo Gerd da wohnt. Würde ich nie hinziehen!"

Er wechselte abrupt das Thema.

„Hast du übrigens nächsten Donnerstag Zeit? Wir müssten da zusammen zu einem Kunden. Die wollen dich kennenlernen, bevor sie uns beauftragen."

Jung brachte das mit einer auffälligen Nonchalance vor.

Phillis wurde misstrauisch. Was war das jetzt wieder? Hatte der junge Mann etwa schon wieder Oberwasser? Schließlich schaffte sie hier die Kunden heran, nicht er! Und nachdem von SimTech nicht mehr viel an Zahlung zu erwarten war, und auch aus dem Projekt in Brasilia nichts geworden war, war das auch dringend nötig. Dringender als je zuvor.

„Muss ich im Kalender nachsehen. Um was geht's denn?" Sie warf ihm einen auffordernden Blick zu.

Jung schaute mit voller Konzentration auf einen Zettel, den er in der Hand hatte. Werbung von einer Computerkette, die Billigware anbot. Völlig uninteressant. Außerdem hatte er sich die blaue Porsche-Sonnenbrille aufgesetzt, so dass seine Augen hinter den spiegelnden Gläsern unsichtbar waren.

Was ging hier vor? Phillis wurde ungeduldig.

Jung ließ das Blatt auf seinen Schreibtisch sinken und meinte in unbeteiligtem Ton: „Netbalance. Eine kleine Firma in Dortmund mit einer großen Zukunft. Sie brauchen Unterstützung auf dem Sicherheitssektor."

Er schob anerkennend die Unterlippe vor.

„Obwohl sie da selber gar nicht schlecht sind. Ich weiß, wovon ich rede!"

Das war alles? Dann war es jedenfalls nichts Weltbewegendes. Wahrscheinlich kannte er die Leute von der Uni, und jetzt brachte er sie halt als Kunden an.

Aber irgend etwas an seiner Art, das Thema anzuschneiden, machte sie misstrauisch. Er war so betont unbeteiligt.

„Und? Was machen die so?" Sie kam nicht drauf und stocherte herum.

„Netbalance? Oh, das ist mein alter Internet-Provider. Die, die so ungehalten angerufen haben, als gerade der Hack bei P&M lief."

Er nahm sein Studium der Sonderangebote auf dem Zeitungsprospekt wieder auf.

188

Phillis war sprachlos. Dieses Damoklesschwert hatte sie keineswegs vergessen, sie hatte immer noch ein ungutes Gefühl, wenn das Telefon klingelte. Halb rechnete sie auch jetzt noch damit, die Polizei oder jemand schlimmeres am anderen Ende zu haben.

Jung genoss, was er sah. Er grinste breit. Schließlich ließ er sich zu einer Erklärung herab.

„Ich bin da vorbeigefahren. Zuerst waren die stinksauer. Aber ich habe mich entschuldigt, und dann habe ich sie gefragt, ob wir nicht für sie arbeiten sollen." Er lachte selbstgefällig in diesem näselnden Tonfall.

„An meiner Qualifikation hatten sie von Anfang an keine Zweifel, scheint mir."

Er nahm die Sonnenbrille ab und sah sie an.

„Es geht da um ein Riesenprojekt. Sie werden die komplette Netzinfrastruktur für einen Deutschen Logistikkonzern betreiben. Wir sollen dann gegebenenfalls die Sicherheitsdinge übernehmen."

Breites Grinsen!

„Also, kommst du mit?"

Er hatte entschieden Oberwasser! Das würde ein ungewöhnliches Gespräch bei dem Kunden werden. Kurz durchzuckte sie der Gedanke, dass sie auf diese Idee auch selber hätte kommen können.

„Klar komme ich mit. Dich kann man doch nirgendwo alleine hinschicken!"

Aber sie grinste.

Dann nahmen sie Kowalsky mit und gingen Eis essen. Vielleicht würde Jung bezahlen. Aber dieses mal freiwillig.

Vor der Haustür von Tante Lene blieb Phillis noch einen Augenblick stehen. Tante Lene hatte sie am Dienstag angerufen. Sie war wieder zu Hause.

Sie war nicht mehr erkennbar verwirrt, vielleicht nicht ganz so konzentriert wie vorher. Phillis schob das auf das Alter. Sie hatte es bei ihrer eigenen Mutter erlebt.

Tante Lene hatte sie zu Kaffee und Kuchen eingeladen.

Und sie hatte sich beschwert, dass Phillis nie zu erreichen war. Sie hätte am Montag über zwanzig Mal angerufen, aber nie sei sie drangegangen. Immer nur diese blöde Frauenstimme von der Telefongesellschaft.

Sie wollte aber nicht mit einer Maschine sprechen, sie wollte Phillis!

Sie hatte nicht drangehen können, hatte Phillis ihr erklärt. Die näheren Umstände erklärte sie lieber nicht.

Sie stand vor der Tür und fragte sich, ob Tante Lene sich noch an das ganze Theater im Krankenhaus erinnern konnte. Wo sie wohl in der Zwischenzeit geblieben war?

Aus dem Augenwinkel nahm sie eine Bewegung hinter einem Vorhang wahr. Herr Knobloch war auf seinem Posten.

Sie klingelte. Als der Summer ertönte und sie die Tür aufdrückte, hatte sie Mühe mit dem großen Paket, das sie bei sich trug.

Sie war sich überhaupt nicht sicher, ob Tante Lene den neuen Staubsauger benutzen würde, den sie ihr mitbrachte. Sie konnte stur wie ein Maulesel sein, wenn es darauf ankam.

Aber schließlich war ihr alter kaputt, und Phillis würde einfach versuchen, ihn mitzunehmen.

Schon der Gedanke an die Szene brachte sie zum Grinsen.

Tante Lene fuhrwerkte mit einem Löffel in einem Paket Kaffee herum, als sie eintrat. Sie begrüßte Phillis freundlich und sah sie für einen Moment scharf an.

Das war wieder die alte Tante Lene.

Als Phillis wenige Minuten später in dem alten Sofa saß und den Kaffeeduft roch, der die ganze Wohnung erfüllte, erfuhr sie auch endlich, wo sie gewesen war.

„Elke, meine missratene Nichte, hat mich im Krankenhaus besucht, zusammen mit ihrem Freund und seinem Kumpel. Ich habe einige Tage bei ihr gewohnt, bis es mir wieder richtig gut ging. Das Krankenhaus ging mir auf die Nerven!"

„Wieso missraten? Das war doch richtig nett!"

Tante Lene lachte in sich hinein.

„Ja, eigentlich schon. Oder doch eher nicht! Am Ende wollte sie mein Testament sehen." Sie sah Phillis forschend von der Seite an.

„Sie hat Angst, ich könnte dir meinen alten Staubsauger vermachen."

Phillis spürte die Zuneigung, die in diesen Worten steckte. Ihre Augen wurden plötzlich feucht. Sie musste lachen und brach doch umstandslos in Tränen aus.

„Ich glaube, jetzt solltest du erzählen!" war alles, was die Alte sagte.

Und Phillis erzählte. Hier bei dieser alten Frau gelang es ihr schließlich, das abgrundtiefe Entsetzen stockend in Worte zu fassen, das sie seit jenem Abend im Westerwald in sich spürte und das ihr die Luft zum Atmen nehmen wollte.

Als sie geendet hatte, saßen sie lange schweigend beieinander.

Phillis wollte nicht mehr reden. Sie hatte es gesagt, und es hatte ihr gut getan. Aber es hatte sie nicht von diesem nagenden Gefühl von Scham und Wertlosigkeit befreit. Sie war erleichtert, und gleichzeitig fragte sie sich, ob es nun immer so bleiben würde.

Helene Klug sah sie mit freundlichen Augen an. Sie hatte überhaupt nichts Verwirrtes mehr an sich.

„Jetzt habe ich in meinem Leben so viele Bücher gelesen, und noch viel mehr verliehen. Aber dazu stand nie etwas darin."

Ihre Stimme verlor sich für einen Augenblick.

„Das Kriegsende in Berlin, das war auch so..." begann sie, und dabei verdüsterte sich ihr Blick. Aber plötzlich begann sie wieder zu lächeln.

„Es ist ein Frage des Herzens. Es ist das Leben selbst, das dich einlädt. Nichts sonst. Alles andere ist Unfug."

Phillis kniff die Augen zusammen. Sie waren noch feucht und brannten.

Eine Einladung zum Leben, ausgesprochen von dieser alten Frau. Ja, vielleicht war eine Einladung das Richtige. Sie fühlte sich noch nicht in der Lage, sie anzunehmen, aber zum ersten Mal seit diesem vermaledeiten Montag regte sich wieder so etwas wie Hoffnung in ihr. Sie begann, zaghaft zu lächeln.

Phillis glaubte nicht an die heilende Kraft der Worte, aber sie ahnte, dass sie wieder in die Reihe kommen würde.

„Tja, Bücher sind eben auch nur viele Wörter!" gab sie zurück.

„Na, na! Mach mir die Bücher nicht schlecht! Es hat bestimmt in einem gestanden, ich habe es wahrscheinlich nur nicht bemerkt!"

Sie musste plötzlich lachen.

„Muss wohl in einem von denen gewesen sein, die ich nie zurückgekriegt habe!"

Epilog

Als er von dem Fernsehauftritt erfuhr, konnte Herr Meier es erst gar nicht glauben.

Er saß vor seinem Videorecorder und besah sich wieder und wieder die Sequenz mit Borghold und wie er sich um Kopf und Kragen redete.

Das machte alles um so viel einfacher.

Die Militärs würden sofort Ruhe geben, wenn er ihnen das hier zuspielte. Auch ein Oberstleutnant, der sich auf einem technischen Posten bereits halb zur Ruhe gesetzt hatte und der nur noch wenig Rücksichten nehmen musste, würde nicht das Risiko eingehen, sich mit Lieferanten einzulassen, die sich derart an die Wand spielen ließen.

Mit so einem Oberstleutnant in der inneren Emigration hatte er es in diesem Fall zu tun, und er würde ihm klar machen, dass er Gefahr lief, auf seine alten Tage noch einmal Rekruten auf einem Kasernenhof zusammenbrüllen zu müssen. Das zog in der Regel, das wusste er aus Erfahrung.

Jetzt musste er eben einen lauwarmen Sekt aufmachen. Er hatte nichts kalt gestellt, weil er noch nicht im Mindesten damit gerechnet hatte.

Manchmal war das Leben einfach zu schön!

Die Firma SimTech machte es nicht mehr lange. Zwar konnte sie noch mit einer schönen dreidimensionalen Computerdarstellung bei der Demonstration für die Bundeswehr glänzen, aber ihre Tage waren gezählt. Sie kam nicht zum Zuge, und meldete wenig später Konkurs an.

Der Entwicklungssimulator steht noch immer in Dortmund in einer kleinen Halle und verstaubt.

Das Verfahren wegen Steuerhinterziehung und Geldwäsche gegen den ehemaligen Vorstandsvorsitzenden der Louvos Holding AG, Louvier, geht jetzt ins zweite Jahr, ohne dass ein Abschluss in Sicht wäre. Wegen anderer Delikte wurde keine Anklage erhoben.

Der Angeklagte ist gesundheitlich schwer angeschlagen. Seit einem Unfall leidet er an einem nicht verheilenden Beckenbruch, der ihm nur im Rollstuhl kurze Phasen der Mobilität gestattet.

Von daher ist es zweifelhaft, ob es je zu einem Abschluss des Verfahrens kommen wird.